劍南詩藁

四部備要
集部
中華書局據汲古閣本校
刊
桐鄉　陸費逵總勘
杭縣　高時顯
吳汝霖輯校
杭縣　丁輔之監造

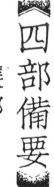

劍南詩稿目錄

卷第十七

劍南詩稿卷第十七

宋　陸游　務觀

初冬雜題

勛業文章意已闌莫年不足是看山江南寺寺樓堪倚安得身如杜牧閑

又

莫嫌風雨作新寒一樹青楓已半丹身在范寬圖畫裏小樓西角剩憑闌

又

風橫雲低雨脚斜一枝柔艣莫咿啞昏昏醉臥知何處推起船篷忽到家

又

五斗安能解醉酲瞢騰睡眼怯窗明策勛賴有春芽在臥聽山童轉磑聲

又

荒郊寒雨晚淒淒四壁穿頹旋補泥物我元須各安

穩自苦牛屋織雞棲

又

風雨聲豪入夢中不知身世寄孤蓬狐裘氈帽如龍

馬天漢西南小益東

閉戶

屏居無一事閉戶常經旬勿勿云艸舍陋愛此油窗新

三日不作詩幽禽語撩人尺素雜行草往檄江梅春

十月四日夜記夢

四客聯轡來我醉久不知倒衣出迎客媿謝前致辭

客意極疎豁大笑軒鬚眉禮豈爲我設度外以相期

袞袞吐雄辯泠泠誦新詩共言攜酒壺掃地臨前墀

意氣相顧喜忽如少年時老雞不解事喚覺空嗟咨

涉世四十年賢雋常追隨爾來風俗壞動脚墮險巇

森然義府刀誰爲叔度陂起作四客篇捕影吾其癡

西路口山店

日薄霜清十月天馬蹄聲裏送流年店當古路三叉處山似孤雲兩角邊 孤雲兩角在漢中 淹泊自悲窮不醒衰殘更著病相纏榆關瀚海知何在目送飛鴻入莫煙

題海首座俠客像

趙魏胡塵千丈黄遺民膏血飽豺狼功名不遣斯人了無奈和戎白面郎

送綽姪住菴吳興山中

一盃淡粥不烹蔬 綽居山粥飯外菜亦不食 自占雲根結草廬非佛非心猶坐斷定知不看夾山書

又

湖海相從十日留頽哀老子鬢驚秋目光猶射車牛背不用殷勤舉話頭

冬夜與溥菴主說川食戲作

唐安薏米白如玉漢嘉栮脯美勝肉大巢初生蠶正

浴小巢漸老麥米熟龍鶴作羹香出釜木魚淪菹子
盈腹未論索麪與饡飯最愛紅糟并缹粥東來坐閱
七寒暑未嘗舉箸忘吾蜀何時一飽與子同更煎土
茗浮甘菊

仗錫平老自都城回見訪索怡雲堂詩

東華軟塵飛撲帽黃金絡馬人看好渠儂胸中誰得
知畏禍憂讒鬢先老舉世輸與平元衡青山白雲過
一生出門曳杖便千里白雲不約常同行敲門剝啄
雲沒履劇談未竟還東去到山分我一片雲併遣春
風吹好句

野飲

青山千載老英雄濁酒三盃失阨窮訪古頹垣荒塹
裏覓交屠狗賣漿中平堤漸放春蕪綠細浪遙翻夕
照紅已把殘年付天地騎牛吹笛伴村童

樊江觀梅

莫笑山翁老據鞍探梅今夕到江干半灘流水浸殘

月一夜清霜催曉寒倚醉更教重秉燭怕寒元自怯
憑欄誰知攜客芳華日曾費纏頭錦百端 成都合江園

芳華樓下梅最盛

山亭觀梅

與梅歲歲有幽期忘却如今兩鬢絲乘淡月時和雪
看斷蒼苔地帶花移先春瘦損應多恨靜夜香來更
一奇醉倒欄邊君勿笑明朝紅蕚綴空枝

射的山觀梅

射的山前雨墊巾籬邊初見一枝新照谿盡洗驕春
意倚竹真成絕代人餐玉元知非火食化衣應笑走
京塵卽今畫史無名手試把清詩當寫真

又

凌厲氷霜節愈堅人間乃有此癯仙坐收國士無雙
價獨立東皇太一前此去幽尋應盡日向來別恨動
經年花中竟是誰流輩欲許芳蘭恐未然

別梅

竹籬數掩傍魚磯萬點梅花掠地飛正喜迴簷來索
笑已悲臨水送將歸影橫月處愁空絶子滿枝時事
更非自古情鍾在吾輩尊前莫怪淚沾衣

憶梅

護惜常愁滿樹開況無一片在蒼苔眼高嬾爲凡花
醉腸斷驚聞莫角哀寫向素綃時拂拭移來幽圃自
栽培論心竟是明年事輸與酴醾在酒盃

新晴午枕初起信筆

閉戶日陶然晴窗春已妍華胥夢中國龍漢刼初年
浩浩塵揚海茫茫杵倚天何妨駕孤鶴小憩華山前

乙巳早春

故故啼鶯傍曲廊飛飛戲蝶度橫塘病來對酒心雖
怯老去逢花眼尚狂牀擁琴書供枕籍簾通風月索
平章一丘一壑從來事起就功名未若忙

小雨

細細溼春光霏霏破夕陽臥聞鶯倦枕起看入虛堂

映葉鶯猶囀爭泥燕正忙閑愁無遣處誰與共飛觴

南樓遇大風雨

歎息誰如造物雄故將意氣壓衰翁千羣鐵馬雲屯野百尺金蛇電掣空身羨漁蓑鳴急雨心憐鴉陣困狂風世間變態誰能測歸路斜陽十里紅

春晚至山中因訪陳道人

一春衰病集殘骸太息流塵覆酒盃僧鉢始知蓴菜老佛瓶初見杏花開蘋溪小雨成幽討松院斜陽又獨來不爲愛閑從野叟年來萬事學低摧

小隱

小隱在江干茆廬亦易安庖廚供白小籬落蔓黃團蹭蹬馮唐老飄零范叔寒世情從迫隘醉眼覺天寬

春興

萬事不關身翛然一幅巾雖非愛酒伴猶是別花人杜詩走覓南鄰愛酒伴白樂天紫薇花詩不別花人不與看領略琴書意掃空車馬塵東阡與南陌隨處夢殘春

曾仲躬見過適遇予出留小詩而去次韻二首

地僻元無俗客來蓬門只欲爲君開山横翠黛供詩

本麥卷黄雲足酒材

又

數樹山花草舍東想公繫馬落殘紅那知老子耶溪

上正泛朝南莫北風

睡起

風約飛花滿曲廊蕭然無客共焚香瓮醅力重初投

枕鼻鼾聲豪已撼牀栩栩夢遊心自適昏昏起坐日

方長靜憑一几吾何恨笑殺穿簾燕子忙

病起

山村病起帽圍寬春盡江南尚薄寒志士淒涼閑處

老名花零落雨中看斷香漠漠便支枕芳草離離悔

倚闌收拾吟牋停酒椀年來觸事動憂端

山居戲題

海山縹緲斷雲扃掃地焚香悅性靈嫩白半甌嘗日

鑄硬黃一卷學蘭亭衰顏冉冉臨清鏡華髮蕭蕭倚素屏尊酒不空身見在莫爭天上少微星

又

病起淸羸不自持年光都上鬢邊絲昏昏雨細梅黃後漫漫秧青水滿時曲几方牀娛永日矮冠高屐駭羣兒客來莫笑狂顛甚此處那容世俗知

芒種後經旬無日不雨偶得長句

芒種初過雨及時紗廚睡起角巾欹癡雲不散常遮塔野水無聲自入池綠樹晚涼鳩語鬧畫梁晝寂燕歸遲閑身自喜渾無事衣覆熏籠獨誦詩

久雨喜晴十韻

一雨二十日頹牆屋茆爛扶杖出門行四顧水瀰漫村迥鳩爭巢林昏雞失旦荒庭蛙黽豪空廡螢火亂蠹魚敗書編萍草黏戶半淸風忽東來一剪雨脚斷天青日杲杲河白星燦燦車轍尋舊途船步出新岸稍喜泥潦乾破竈得炊爨賤貧固多憂長歌寄吾歎

盆池

人生何處不兒嬉一世元知孰是非汲井埋盆鑿苔
破敲針作釣得魚歸蕭蕭菰葉風聲細㛹㛹蘋花雨
點稀竝舍老翁能喜事爲添拳石象苔磯 盆池初成隣
人吳氏老送小石置池上

月中過蜻蜓浦

天光水色合爲一舟出西城猶落日一規忽見寒壁
升萬頃坐歎溶銀溢哀哀姑惡訴何苦熠熠螢火光
自失葦低時見小艇過水響遙知大魚出銅壺玉酒
我徑醉短髮垂肩蓬不櫛緩篙遡月勿遽行坐待湘
妃鼓瑤瑟

六峯項里看采楊梅連日留山中

綠陰翳翳連山市丹實纍纍照路隅未愛滿盤堆火
齊先驚探頷得驪珠斜簪寶髻看遊舫細織筠籠入
上都醉裏自矜豪氣在欲乘風露摘千株

雨中自項里夜至新塘捨舟步歸

樺炬如椽點不明還家潦水與階平一盃濁酒頹然
睡恍似金牛夜下程

又

天如漆黑泥沒踝老健猶能蹠踔歸裊裊爐香支枕
看終年只合掩柴扉

夜聽竹間雨聲

解酲不用酒聽雨神自清治疾不用藥聽雨體自輕
我居萬竹間蕭瑟送此聲焚香倚蒲團袖手坐三更
人苦不自覺忿慾投隙生起欹簷間雨更與此君盟

泛三江海浦

鼇負三山碧海秋龍驤萬斛放翁遊少舒我輩胸中
氣一掃羣兒分外愁醉斬長鯨倚天劍笑凌駭浪濟
川舟悠然高詠平生事齷齪寧能老故丘

獨酌有懷南鄭

憶從皤冢涉南沮笳鼓聲酣醉膽麤投筆書生古來
有從軍樂事世間無秋風逐虎花叱撥夜雪射熊金

僕姑白首功名元未晚笑人四十歎頭顱

秋日泛鏡中憩千秋觀

病起重來理釣絲扁舟迨及素秋時舊交猶有青山在幽趣唯應白鳥知冉冉年光行老矣茫茫世路欲何之秦皇酒榼苔封遍虛負霜螯左手持 湖山之間有石號秦皇酒瓮

秋夕虹橋舟中偶賦

解纜初離小市門放篙衝破一谿雲露螢合散自成陣水鳥飛鳴如覓羣楓落荷疎秋漸老河傾斗轉夜將分書生老負功名志醉裏長歌强一欣

秋思

一徑苔侵四壁空北窗支枕聽秋鐘故人去後登樓怯白髮多來覽鏡慵狂憶射麋窮楚澤閑思釣雪泛吳松相如病渴年來劇釀酒傾家畏不供

自嘲

窮途久矣歎吾衰雙鬢新添幾縷絲身是在家狂道

士心如退院病禪師極知勾漏求丹藥不及衡陽賣
瀧籬習氣若爲除未盡小軒風月又成詩

豐年行

秋風蕭蕭秋日薄築場穫稻方竭作志士雖懷晚歲
悲農家自足豐年樂撥醅白酒喚隣曲豚黍黃雞初
束縛長魚出網健欲飛新兎臥盤肥可臛躬耕辛苦
四十年一飽豈非天所酢書生識字亦聊爾莫作揚
雄老投閣

秋夜泊舟亭山下

逢水逢山到處留可憐身世寄孤舟一汀蘋露漁村
晚十里荷花野店秋羽檄未聞傳塞外金椎先報擊
衙頭 聞虜酋行帳爲壯士所攻幾不免虜語謂酋所在爲衙頭 煌
煌太白高千丈那得功名取次休

初秋山中作

萬里西風吹幅巾卽今眞箇是閑人堆盤菱熟燕脂
角藉藻鱸新淡墨鱗姥嶺蹇驢尋雪徑娥江孤艇繫

煙津飄然樂事真當勉遠付十年無此身

秋夜讀書有感

久病畏長夏枕簟如炮焚扶持賴藥物俛仰秋已分清夜炷爐香裊裊起孤雲靈府豁蒙滯舊學資鉏耘言念總角初操觚極蘄勤諸老頗賞識謂可與斯文沉痼幸鍼石輪囷勞斧斤可憐四十年薄陋負所聞白首猶著書逝將獻吾君太官薦玉食野人徒美芹

晚涼登山亭

庭空葉飛秋村迥鳩喚雨新涼入巾褐老子顛欲舞憑高望稽山秀色溢天宇一鏡三百里水落分别浦淒涼吊禹穴秦漢未爲古世俗誰與歸吾其老農圃

夜步

市人莫笑雪蒙頭北陌南阡信脚游風遞鐘聲雲外寺水搖燈影酒家樓鶴歸遼海逾千歲楓落吳江又一秋却掩船扉耿無寐半窗落月照清愁

感秋

秋堂露氣清蕭爽入毛骨葛裯耿無寐坐待山月沒溼螢飛不起熠熠依衰草勁風西北號落葉紛可掃老生惜歲月烈士志功名登臨送將去非復兒女情懸知青海邊殺氣橫千里良時不可失胡行速如鬼

時聞虜酋自香草淀入秋山蓋遠遁矣

病中作

一病二十日直愁難自還殘書不成讀長夜只供閑風舞迎霜葉雲昏欲雨山臨窗忽自笑詩思又相關

送猷講主赴李明府姜山之招

貫花籤帙壓車轅惟子窮探到本源聽法鬼神環塵尾質疑英俊集龍門孤舟此日輕爲別尺素何時遠見存坐想文殊對摩詰高談無礙九河翻

雨中排悶

點點滴滴雨不晴暗暗淡淡燈不明皇天胡爲貸此老病臥垂困今已平却慚向者力量淺鼠肝蟲臂猶關情百年終歸朝露速一死正自秋毫輕明朝且作

山中行青鞵已覺白雲生豐年處處村酒好莫教湘
湖蓴菜老 湘湖在蕭山縣蓴菜絕奇

秋夜歌

書生白首無處著病臥空齋夜蕭索茶鐺颼颼候湯
熟燈檠蔌蔌看燼落山童喚起已復倒顧影自笑如
孤鶴人言富貴墮駭機一生窮愁正不惡架上故裘
破見肘牀頭殘酒傾到脚問君何以禦霜風悠然臥
聽山城角

病起鏡中見白髮此去七十無十寒暑矣偶得
長句

短鬢蕭條失故青人間真似宿郵亭正令寬作十年
夢安用更留三日醒覆瓿書成空自苦擊轅歌罷遣
誰聽客來若覓衰翁處睡起悠然倚素屏

初寒宴坐

微火如螢度篆盤明窗坐敗幾蒲團羣兒誰信老懷
嬾萬事不禁醒眼看道在簞瓢端自足心閑天地本

來寬此生自斷君知否不辦歸裝也掛冠

溪行

霜落水初澄星繁月未升近村聞夜犬隔浦見秋燈
多病乃如許微寒已不勝平生隣曲意移棹避漁罾

又

疎鐘度莽蒼遠火耿微茫歲莫水歸壑夜寒天霣霜

讀書

人生一蟲臂世路幾羊腸老大忘繩檢狂歌盡意長
遠遯江湖上端居風雨中紙新窗正白爐煖火通紅
籤袠方重整聲形且細窮扶衰倘未死更破十年功

自嘲用前韻

殘年過六十寂寞臥山中病眼驚新暗衰顏失舊紅
人譏作詩瘦自憫著書窮輸與封侯骨雲臺競策功

病中久廢遊覽悵然有感

裘馬清狂徧兩川十年身是地行仙歸來訪舊半爲
鬼已矣此生休問天不恨盃觴無藉在但悲山水曠

周旋垂虹風月休如昨安得青錢買釣船
新釀熟小飲
玉船瀲瀲酌鵝黃菊欲殘時抵死香似與幽人爲醉
地清笳聲裏一天霜
又
籬菊猶堪采落英一尊玉瀣釀初成今宵要向中庭
飲不展華茵展月明
題徐淵子環碧亭亭有茶山曾先生詩
茶山丈人厭囂譁幅巾每訪博士家小亭談笑不知
莫往往城上聞吹笳與來傑作粲珠璧歲久妙墨士
龍蛇郎君弟子多白髮回頭日月如犇車徐卿赤城
古仙子十年四海推才華覽觀陳迹喜不寐旋補罅
漏支傾斜曲池還浸古來月叢莽忽見當時花重題
舊句照高棟力振風雅排淫哇席間紵袍已散鵠堂
上講鼓初停撾速宜力置竹葉酒不用更瀹桃花茶
桃花茶見曾公詩

雜興

鰻井初生一縷雲鮑郎山下雨昏昏艣聲嘔軋秋空曉水際人家尚閉門

又

孤夢初回揭短篷橋邊曉日已曈曨太平氣象君知否盡在豐年笑語中

又

古寺高樓莫倚闌野雲不散白漫漫好山遮盡君無恨且作滄溟萬里看

大雪

大雪江南見未曾今年方始是嚴凝巧穿簾罅如相覓重壓林梢欲不勝氈幄擲盧忘夜睡金羈立馬怯晨興此生自笑功名晚空想黃河徹底冰

遣興

書生不自憐老眼付皇天已飽三升稷寧堆百屋錢紅塵忙過日青嶂醉論年名字元虛幻從人謗是仙

委巒

委巒去悠悠山窮得渡頭白雲生碧巘翠木擁朱樓野榼淵明酒征塵季子裘自憐詩興在杜若滿芳洲

雪中作

竹折松偃鳥雀愁閉門我亦擁貂裘已忘作賦遊梁苑但憶銜枚入蔡州屬國餐氈真强項翰林煑茗自風流明朝日暖君須記更看青鴛玉半溝

夢筆驛

朱扉水際亭白塔道邊寺扁舟幾往返每過輒歔欷經秋病不死歲莫復一至少年自喧譁此老獨顰頞可憐釣鼇客終返屠羊肆吾身行亦無榮辱安所寄短燈照孤愁寒衾推殘醉明當臨大江一灑壯士淚

舟中感懷三絕句呈太傅相公兼簡岳大用郎中

浪中鞺鞳雨聲寒孤夢初回燭半殘甲子一周胡未滅關山還帶淚痕看

雨打孤篷酒漸消昏燈與我共無聊功名本是無憑事不及寒江日兩潮

又

夢筆亭邊擁鼻吟壯圖蹭蹬老侵尋不眠數盡雞三唱自笑當年起舞心

西興泊舟

衰髮不勝白寸心殊未降避風留水市岸幘倚船窗日上金鎔海潮來雪捲江登臨數奇觀未易敵吾邦

錢清夜渡

輕舟夜絕江天闊星磊磊地勢下東南壯哉水所匯月出半天赤轉盼離巨海清暉流玉宇艸木盡光彩男子志功名徒死不容悔坐思黃河上橫戈被重鎧晚途雖益困此志顧常在一日天勝人醜虜安足醢

夜歸

晡時捩柂離西興錢清夜渡見月升浮橋沽酒市嘈

噴江口過埭牛凌兢寒齏煮麫坐茆店小鮮供饌尋
魚罾偶逢估客問姓字歡笑便足爲交朋須臾一飽
各散去帆席健快如超騰雲間戍樓鼓坎坎山尾佛
塔燈層層夜分到家趨篝火穉子驚起頭鬅鬙道途
辛苦未暇說一尊且復驅嚴凝

江北莊取米到作飯香甚有感

我昔從戎清渭側散關嵯峨下臨賊鐵衣上馬蹴堅
冰有時三日不火食山蕎畬粟雜沙磣黑黍黃床如
土色飛霜掠面寒壓指一寸赤心惟報國卽今歸卧
稽山下眼昏臂弱衰境逼新秔炊飯香出甑風殄潤
飲何曾識我豈農家志飽煖閉戶惟思事耕織征遼
詔下倘可期盾鼻猶堪試殘墨

感興

築室真須待伯夷起墳仍合近要離藥來賊境靈何
用米出胡奴死不炊下石紛紛驚俗薄絕絃寂寂嘆
吾衰一尊且作尋春計又見東風浩蕩時

新春

濛濛煙雨暗江干新歲還勝故歲寒酒壓濁清鳴社瓮菜分紅綠簇春盤良辰節物元如昨病客情懷自鮮歡却羨村鄰機上女隔籬相喚祭蠶官

新年

寄迹人間夢已長新年脫帽始微霜坐中使氣如秦俠陌上行歌類楚狂掃榻欲招貧與語杜門聊以醉爲鄉稽山剡曲雖堪樂終憶祁連古戰場

遊鏡湖

禹祠柳未黃剡曲水已白魴鱮來洋洋鳧雁去拍拍皇天亦大度能容此狂客挂席乘長風未覺湖海迮讀書五十年自笑安所獲昔人精微意豈獨在簡冊驥空萬馬羣裘非一狐腋超然登玉笥及此煙月夕

玉笥峯在會稽山南

初春晚晴

雪盡冰消斂積威參差碧瓦帶斜暉土膏漸釋人東

作天氣初和雁北歸小閣金船嘗臘酒華堂銀燭製
春衣關心雖有尋梅夢冷蕊幽香事已非 自占歲多風
雪屢廢觀梅之集

偶讀山谷老境五十六翁之句作六十二翁吟

三百里湖水接天六十二翁身刺船飯足便休慵念
祿丹成不服怕登仙胸中浩浩了無物世上紛紛徒
可憐但有青錢沽白酒猶堪醉倒落梅前

自開歲略無三日晴戲作長句

新年暗噎覺春慳變化相乘一瞬間雨脚稍收初見
日風花忽起又遮山 風欲作則大霧充塞謂之風花 欲行
幽圃還成阻未脫重裘自笑孱桃李會開君勿恨清
尊且用破衰顏

置酒梅花下作短歌

歲月不貸人綠髮成華顛此生幾兩屐念之每悽然
我本塵外客已絕區中緣惟當及未死勤醉梅花前
瘦影寫微月疎枝橫夕煙偃蹇巖壑間欲與松忘年

豈亦薄世俗忽逐天風翩吾詩不徒歌持配湘娥弦

梅花已過聞東村一樹盛開特往尋之慨然有感

春晚城南十里陂亭亭獨立見奇姿品流不落松竹後懷抱惟應風月知旋拂亂雲成小伫重攜芳榼卜幽期佳人空谷從來事莫恨桃花笑背時

思蜀

老子饞堪笑珍盤憶少城流匙抄薏飯加糝啜巢羹栮美傾篘籠茶香出土鐺西郊有舊隱何日返柴荆

書憤

早歲那知世事艱中原北望氣如山樓船夜雪瓜洲渡鐵馬秋風大散關塞上長城空自許鏡中衰鬢已先斑出師一表真名世千載誰堪伯仲間

南窗擘黃柑獨酌有感

放翁潦倒鬢成絲也把花前酒一巵何限人間堪恨事黃柑丹荔不同時

久雨驟晴山園桃李爛熳獨海棠未甚開戲作
雨霽風和日漸長小園尊酒答年光直令桃李能言
語何似多情睡海棠
臨安春雨初霽
世味年來薄似紗誰令騎馬客京華小樓一夜聽春
雨深巷明朝賣杏花矮紙斜行閑作草晴窗細乳戲
分茶素衣莫起風塵嘆猶及清明可到家
延和殿退朝口號
雨餘未肯放朝曦穿仗恭承聖主恩清蹕傳聲徐御
殿　立庭中頃之奏姓名上乃自東廂出御座　紫衣引拜許龍
門徘徊漫結堯階戀零落難招楚澤魂歸去猶堪誇
里巷桐江新賜兩朱轓
又
十年短櫂樂滄波強著朝衫棄釣蓑才薄何堪試馮
翊恩深猶許對延和空牆煙柳遙迎馬輦路春泥欲
濺鞾莫恨此身衰病去同時朝士久無多

簡楊庭秀
衮衮過白日悠悠良自欺未成千古事易滿百年期黃卷閑多味紅塵老不宜相逢又輕別此恨定誰知
飲張功父園戲題扇上
寒食清明數日中西園春事又匆匆梅花自避新桃李不爲高樓一笛風
夜泛西湖示桑甥世昌
嗟我客上都忽已見莫春騎馬出闠門眯眼吹紅塵西湖商賈區山僧多市人誰令污泉石只合加冠巾黃冠更可憎狀與屠沽鄰鼽鼽酒肉氣吾輩何由親少須一鬨散境寂鷗自馴舉手邀素月移舟采青蘋鍾從南山來殷殷浮煙津鶴髮隱者歟長樂收釣緡畏冷不竟夕恨此老病身明發復擾擾吾詩其絕麟
小舟過御園
聖主憂民罷露臺春風別苑晝常開盡除曼衍魚龍戲不禁芻蕘雉兔來水鳥避人橫翠靄宮花經雨委

蒼苔殘年自喜身强健又作清都夢一回

又

水殿西頭起砌臺綠楊開處杏花開簫韶本與人同樂羽衛纔聞歲一來鷁首波生涵藻荇金鋪雨後上莓苔遠臣侍宴應無日目斷堯雲到晚回

自真珠園泛舟至孤山

呼船徑截鴨頭波岸幘閑登瑪瑙坡弦管未嫌驚鷺起塵埃無奈汚花何宦情不到漁蓑底詩興偏於野寺多明日一藤龍井去誰知伴我醉行歌

真珠園雨中作

清晨得小雨憑閣意欣然一掃羣兒迹稍稀遊女船煙波蘸山脚潑翠到闌邊坐誦空濛句予懷玉局仙

還家

富貴元須早致身白頭豈復市朝人數聲鵓鴣呼殘夢一架酴醿送晚春疊嶂出雲明客眼澄江漲雨濯京塵逢人枉道哦詩瘦下語今年尚未親

又

天津橋上醉騎驢一錦囊詩一束書作客況當多病後還家已過莫春初泥深村巷人誰顧草滿園畦手自鉏不爲衰遲思屏迹此心元向利名疎

初歸偶到近村戲書

雨過一村暗風回百草香刺船過古埭倚杖立新塘醉覺乾坤大閑知日月長莫歸詩滿卷雖老尚能狂

題跨湖橋下酒家

湖水綠於染野花紅欲燃春當三月半狂勝十年前小店開新酒平橋上畫船翩翩幸强健不必愧華顛

春遊至樊江戲示坐客

江頭蕭蕭春色莫柳陰遊魚飽飛絮茸羹筍美如玉點豉絲蓴滑縈筋銀鞍烏帽尋春客朱戶青旗沽酒處浮生細看纔幾時一笑自應忘百慮綠盃到手不肯盡寶帶照地身何與酴醾爛熳我欲狂茗艼還家君勿遽

莫春

顑頷都門白髮新歸來一振客衣塵啼鶯妒夢頻催曉飛絮鍾情獨殿春湖上風光猶淡沱尊前懷抱頗清真詩成絕恨知心少自寫吳牋寄故人

天華寺前遇縣令過避之入寺僧皆晝睡

墮絮飛花掠釣舩天華寺下賞春妍縣多官府鳴騶過僧少叢林避客眠出網長魚猶鱍鱍爭泥新燕欲翩翩典衣剩買旗亭醉已過旗亭六十年

偶得海錯侑酒戲作

判無神藥斸清冥放筋那憎海物腥滿貯醇醪漬黃甲密封小瓮餉紅丁從來一飽志南北此去千鍾任醉醒添雪更知憑茗椀山童敲臼隔窗聽

雨晴遊香山

雨打酴醿夜未拆一晴柳岸先飄雪我搖畫檝鏡湖中碧水青天雨奇絕長歌縹緲雲不動横笛清悲竹將裂悠然起舞影零亂卓爾四顧心激烈好山可隱

輕捨去故人已貴長乖隔肺渴生塵防酒興眼暈成花作書戹平生所期無一遂獨有曠快相除折夜歸燈火鬧湖邊淡淡西南一鈎月

春遊絕句

一百五日春郊行三十六溪春水生千秋觀裏逢急雨射的峯前看晚晴 自秦望山而北合三十六溪水爲若耶溪

夜行玉笥樵風之間宿龍瑞

野店谿橋供晚餉吟邊醉裏弄春風馬行缺月黃昏後鐘下亂山空翠中名宦不辭成寂寂歲時惟恨去忽忽頗聞禹穴遺書在安得高人與細窮

聞傅氏莊紫笑花開急棹小舟觀之

日長無奈清愁處醉裏來尋紫笑香漫道閑人無一事逢春也似蜜蜂忙

遊法雲寺觀彝老新葺小園

古寺朱扉傍水開高僧笑語共徘徊陰陰曲徑人稀到一一名花手自栽竹筧引泉滋藥壠風爐篝火試

茶盃此行自喜非生客二百年間六世來　五世祖太保公捨園地建寺

鹹齏十韻

九月十月屋瓦霜家人共畏畦蔬黃小甕大甕盛滌濯青菘綠韭謹蓄藏天氣初寒手訣妙吳鹽正白山泉香挾書旁觀稚子喜洗刀竭作廚人忙園丁無事卧曝日棄葉狼籍堆空廊泥爲緘封糠作火守護不敢非時嘗人生各自有貴賤百花開時促高宴劉伶病酲相如渴長魚大肉何由薦凍齏此際價千金不數狐泉槐葉麪摩挲便腹一欣然作歌聊續冰壺傳

長門怨

未央宮中花月夕歌舞稱觴天咫尺從來所恃獨君王一日讒興誰爲直咫尺之天今萬里空在長安一城裏春風時送簫韶聲獨掩羅巾淚如洗淚如洗兮天不知此生再見應無期不如南粵匈奴使航海梯山有到時

遣興

莫羨朝回帶萬釘吾曹要可草堂靈風來弱柳搖宮綠雲破奇峯湧帝青聽盡啼鶯春欲去驚回夢蝶醉初醒從教俗眼憎疏放行矣桐江酹客星

晨坐道室有感

一鉢青精便有餘世間萬事總成疏手揮絃上烏棲曲口誦巖間鳥跡書丹氣初升勤沐浴芝房未熟飽耘鋤碧霄騰舉人人事莫戀汚渠與臭帤

晝臥

忽忽見春盡徂年那更還香生帳裏霧書積枕邊山凌厲心猶壯沈緜氣已孱千秋有管葛看鏡汗吾顏

雨晴

久雨作我病今朝身頓輕花房避初旭簾影弄新晴漉酒綸巾折聽琴拄杖横翛然又終日未覺負平生

宿石帆山下

卷地東風吹釣船石帆重到又經年放翁夜半酒初

解落月卸山聞杜鵑

又

繫舩禹廟醉如泥投宿漁家月向低溼翠撲人濃可掬始知身在石帆西

小雨泛鏡湖

吾州清絕冠三吳天寫雲山萬幅圖龍化廟梁飛白雨鶴收仙箭下青蕪菱歌嫋嫋遙相答煙樹昏昏淡欲無端辦一船多貯酒敢辭送老向南湖 鏡湖一名南湖

小憩村舍

藤梢維艇子煙際覓人家小婦篸新麥羣童摘晚茶溪雲易成雨崖樹少開花聊寄平生快青鞵到若耶

平水

水悍溪橋敗沙頹野徑移年華入詩卷心事付笻枝雨霽鶺鴒喜春歸鶗鴂知客庖消底物麥飯薦蒓絲

初夏山中

又報東皇促駕歸醉中鬬賦送春詩佛餅是處見紅藥僧榻有時聞子規野客款門聊倒屣谿潭照影一軒眉年光佳處惟初夏兒女紛紛詎得知

雨後

礎潤還成雨雲收旋作晴巖花分日發林筍逐番生筆硯行常具軒窗晚更明塵埃幸不到那得傍詩情

雲門溪上獨步

山路聯翩十日陰晚晴剩喜得幽尋殘紅猶有數枝在漲綠真成一倍深泉響珮環鳴闇壑月明珠璧散疏林歸來寂寞鐘初動羞向孤燈說壯心

雲門過何山

漠漠稻滿陂濛濛雨霑衣林花落更新磔鳥止復飛我作山中行十日未擬歸思酒過野店念茶叩僧扉眠枕松下石適意無訶譏心廣體自舒泰然不肉肥念昔在官塗萬事與願違逢人無一欣對食或累欷低回三十年竟不飽蕨薇空將書五車自誑腹十圍

餘日猶幾何可復貪塵韈饋拾柏子香閉門觀昨非

明覺院

細路蟠青壁層軒倚碧空天香下塵世僧梵起雲中藤絡將頹石松號不斷風尤憐扶杖處直下數飛鴻

自雲門至上竈欲遊一二僧菴以雨不果

道遠晨炊米風和晝減衣花殘孔官廟苔滿葛仙磯剩欲尋僧話先判秉炬歸山昏又成雨心事固多違

自上竈過陶山

宿雨初收見夕陽縱横流水入陂塘蠶家忌客門門閉茶戶供官處處忙綠樹村邊停醉帽紫藤架底倚胡床不因蕭散遺塵事那覺人間白日長

四月

四月江南暑尚微虛堂初換葛衣時嬾陪陌上雍容騎且對窗間脳膞棋糝徑落花猶片片拂雲新竹已離離年來病肺踈盃酌應接風光賴有詩

初夏閑居卽事

門巷蕭蕭日正長方床曲几傲羲皇輕風忽起楊花鬧清露初晞藥草香對奕兩奩飛黑白雜書千卷雜朱黃穿簾語燕能從我分爾湖邊一夏涼

夜汲

酒渴起夜汲月白天正青銅瓶響寒泉聞之心自醒井邊雙梧桐映月影離離上有獨棲鵲細爪握高枝我欲畫團扇良工不可求三歎拊庭楯浩然風露秋

排悶

老去知心少流塵鎖斷絃尊空問字酒囊罄作碑錢掃葉供朝爨和泥補漏船胸中元浩浩白眼望青天

初夏夜賦

好景入新夏幽人臥弊廬廊腰得風遠樹罅見星疏門掩鴉棲後鐘鳴月上初青燈尚堪近起了讀殘書

新霽城南舟中夜興

身是江湖不繫舩雨餘隨處一翛然浮雲盡斂出青嶂孤月徐升行碧天收網漁歌移別浦隔城塔影落

前川明朝閑就平洲飲巾履追涼又一年

泊舟

蘸岸煙波檥畫船幅巾蕭散餞流年兩行楊柳吹晴雪只著啼鸎未著蟬

又

湖水無風鏡面平巉巉倒影萬峯青放翁眼界便疎豁過盡蘆村泊蓼汀

飲伯山家因留宿

小醉悠然不作酲斷雲飛盡却成晴月生檐外見簾影風下城頭聞角聲岸幘莎庭便髮冷酌泉桐井覺魂清雞號忽報明星上夢破虛皇白玉京

夜泛蜻蜓浦

四顧水無際三更月未生偶成搖檝去不減御風行煙浦漁歌斷蘆洲鬼火明還家人已睡小立叩柴荊

晨起看山飲酒

愛山入骨髓嗜酒在膏肓跌宕風煙外歌呼麴糵傍

虛窗天柱曉 書堂正見天柱峯 小甑臺泉香 家釀今年試用岐下槖泉麴法 垂老叨微祿無□□□忙

枕上偶賦

初夏暑猶薄紗幮怯夜深孤螢入窗罅斜月下牆陰靜養觀書眼窮悲濟世心吾衰亦久矣徂歲苦駸駸

自詠

射的山前一老樵此生何敢辱旌招繆緣學道肱三折不遇知音尾半焦去蠹區區慚啄木附高燁燁鄙凌霄但令窮死心無媿也勝鳴珂事早朝

題齋壁

二十餘年此結茆園公谿父日論交風翻半浦亂荷背雨放一林新筍梢隔葉晚鸎啼谷口唼花雛鴨聚塘坳出門行罷還無事借得丹經手自抄

又

四顧茫茫水接天幽居真箇似乘船月窗竹影連棲鵲露井桐聲帶斷蟬甘寢每憎茶作祟清狂直以酒

爲仙形骸那得常羈束六十年來又二一年

又

舴艋爲家一老翁陽狂羞與俗人同夢回菱曲漁歌裏身寄蘋洲蓼浦中斷簡塵埃存治道高丘草棘閉英雄旗亭村酒何勞醉聊豁平生芥蔕胸

又

稽山千載翠依然著我山前一釣船瓜蔓水平芳草岸魚鱗雲襯夕陽天出從父老觀秧馬歸伴兒童放紙鳶君看此翁閑適處不應便謂世無仙

劍南詩稿卷第十七終

劍南詩稿目錄

卷第十八

城　初夏遇休日園中閒賦　小雨出西門五
里至東嶽廟　初夏燕堂睡起　晡後領客僅
見燭而罷戲作短歌　讀宛陵先生詩　書歎

劍南詩稿卷第十八

宋陸游務觀

丙午五月大雨五日不止鏡湖渺然想見湖未廢時有感而賦

朝雨莫雨梅正黃城南積潦入車箱鏡湖無復鍼青秧直浸山脚白茫茫湖三百里漢訖唐千載未嘗廢陂防屹如長城限胡羌嗇夫有秩走且僵旱有灌注水何傷越民歲歲常豐穰泆湖誰始謀不臧使我婦子饜糟糠陵遷谷變亦何常會有妙手開湖光蒲魚自足被四方煙艇滿目菱歌長

遊鄞

晚雨初收旋作晴買舟訪舊海邊城高帆斜挂夕陽色急艣不聞人語聲掠水翻翻沙鷺過供廚片片雪鱗明山川不與人俱老更幾東來了此生

泊上虞縣

鄞江久不到乘興偶東遊漲水崩沙岸歸雲抱縣樓吟餘聲混混梳罷髮颼颼喜見時平象新絲入市稠

發丈亭 一作長亭

姚江乘潮潮始生長亭却趁落潮行參差隣舫一時發臥聽滿江柔艣聲

又

玄雲垂天暗如漆艣聲嘔軋知船行南風忽起卷雲去江月已作金盆傾

明州

豐年滿路笑歌聲蠶麥俱收穀價平村步有船銜尾泊江橋無柱架空橫海東估客初登岸雲北山僧遠入城 仗錫平老出山來迎予 風物可人吾欲住擔頭蒓菜正堪烹

水亭獨酌十二韻

清風掃鬱蒸爽氣生戶牖客中淡無事脩然一盃酒

書生拙自料事業期不朽少年忝朝跡蹭蹬今白首歷觀千載事和戎固嘗有定襄伍原間乃可畫地守神州在何許東巡已去久煌煌一統業謨訓其可負太祖嘗書大宋一統字以賜王溥荊楚多劍客宣潤富弩手孰能用其長坐使老農畝講武幸長楊勞軍臨細柳中興望聖時未死得見否

坐客有談狄魚眼眶之美者感嘆而作

黃雀頭顱羞五鼎狄魚眼眶參雋永兩螯何鼻蟹喪軀一臠可憐牛斷領霜刀斫膾幾許痛公子方誇醉魂醒物生怖死與我均磋几流丹只俄頃哀哉堂堂七尺身正坐舌端成業境豪華只可誇僕妾報應那知類形影世間擾擾何時了一念超然差若韻不妨

衰病不復能劇飲而多不見察戲作此詩

瓦缽飽晚菘更汲山泉試春茗平生不持面看人寧作五湖雲水身忍窮閉門豈自苦是中有味敵八珍酒盃瀲灩鼓吹作我自悲悲吒人

自樂更闌坐睡不得去如鷹在韝虎遭縛丈夫歡樂自有時遇酒先怯非予衰萬騎擊胡青海岸此時意氣令君看

或以予辭酒爲過復作長句

陸生酒戶如蠡迮痛酒豈能堪大白正緣一快敗萬事往往吐茵仍墮幘爾來人情甚不美似欲殺我以麴糵滿傾不許計性命傍睨更復騰頰舌醉時狂呼不復覺醒後追思空自責卽今願與交舊約三爵甫過當亟徹解衣摩腹午窗明茶磑無聲看霏雪

行路難

平生結交無十人與君契合懷抱真春遊有時馬忘秣夜話不覺雞報晨極知貧賤別離苦明日有懷就誰語人無根柢似浮萍未死相逢在何許道邊日斜泣相持旗亭取醉不須辭君貴堂廚萬錢食我勸一盃應不得

千峯榭宴坐

蒼寒千疊擁官居吏退憑高樂有餘盡日煙雲窮變化入秋草木漸凋疏朱弦靜按新傳譜黃卷閑披累譯書聊與邦人共無事吾僚不用笑迂疏

喜雨

勢掠郊原飛急雪聲搖窗戶過奔雷坐知多稼連雲熟不獨新涼傍枕來

又

淅瀝簷聲枕上聞攬衣起坐對爐熏萬家歌舞豐年樂未費烏龍一綫雲

五鼓

樓堞鼕鼕鼓簾櫳熤熤燈淚名隨牒吏實似打包僧衰病元難强疏慵每自憎誰知戍邊日秋野正呼鷹

官居戲詠

萬里飄然似斷蓬桐廬江上又秋風判餘牘尾棲鴉溼衙退庭中立雁空燈火市樓知酒賤歌呼村路覺年豐誰言病守無歡意也與他人一笑同

說著功名卽自羞莫年世味轉悠悠一庭落葉楸梧老萬里悲風鼓角秋懷綬不爲明日計登樓且散異鄉愁漁舟大似非凡子能揀溪山勝處留　是日書所見

又

城頭閑倚一枝藤病起清羸不自勝衙鼓有期催晚坐條鈴無賴喚晨興愛書習氣嗟猶在寡過工夫愧未能寂寞已無臺省夢諸公衮衮自飛騰

倦眼

看書澀似上羊腸得睡甘如飲蜜房起坐藤床搔短髮數聲畫角報斜陽

拜日表

一封馳奏效嵩呼清蹕何時返故都只道建炎巡狩禮誰知故事自祥符

早自烏龍廟歸

殘漏聲中聽曳鈴翩翩吹帽出郊坰雨餘澗落雙虹

白雲合山餘一髮青鐵馬蹴冰悲昨夢朱顏辭鏡感頹齡歸來獨對空齋冷鳥迹蒼苔自滿庭

上丁

燎火明中庭老槐泣殘雨白頭奉祀事恐懼劇仰俯三終樂在懸再拜肉升俎誰言千載後恍若到鄒魯吾國雖褊小大社胙茆土如何儼章綬日夜臨筆楚藏書如丘山及物無一羽吾其可憐哉去去老農圃

新秋

打窗落葉報秋期病叟頹然兩鬢絲縱酒已無年少夢讀書仍負夜涼時悶因損氣嗟誰念學道刳心恐已遲買鶴清溪歸計足寄聲先遣故人知

殘年

殘年迫鍾漏病骨怯風霜投幘早當去强顏徒自傷文符紛似雨訟訴進如牆笑殺滄浪客微官有許忙

休日行郡圃

南山如黛照朱扉地接官居到亦稀寒蝶徘徊掠衰

草孤花閃淡弄斜暉荒城歌舞難娛客休日文書且解圍猶勝去年窮巷底臥聞砧杵念秋衣

登北榭

遶城山作翠濤傾底事文書日有程無溷我爲揮吏散獨登樓去看雲生香浮鼻觀煎茶熟喜動眉間煉句成莫笑衰翁淡生活它年猶得配玄英方干有千峯榭詩

小酌

簾外桐疏見露蟬一壺聊醉嫩寒天團臍磊落吳江蟹縮項輪囷漢水鯿此兩物近頗登盤投老宦遊真漫爾平生懷抱固超然文書縛急何由耐會向長安市上眠

焚香作墨瀋決訟吏皆退立一丈外戲作此詩

客鬢新添幾縷絲山城且付一官癡空濛碧靄籠香岫近得一石穴達於背出香如雲霮䨴玄雲起墨池判牒不妨閑作草坐衙聊得細哦詩吏民莫怪秋來健漸

近南山射虎時

齋中閑詠

風號萬物作濤聲雲截千峯似几平多病支離仍老境莫秋蕭瑟更山城燕觴久罷塵痕積庭訟全稀蘚暈生莫道齋中日無事焚香掃地又詩成

秋夜聞雨

香斷燈昏小幌深不堪病裏値秋霖驚回萬里關河夢滴碎孤臣犬馬心清似釣舩聞急瀨悲於靜院聽繁砧玉峯老去情懷惡穩受千莖雪鬢侵　韓致光詩云不知短髮能多少一滴秋霖白一莖

自詠

鈍似窗間十月蠅淡如世外一孤僧心勞撫字雖士補筆判虛空却罷能厭見文書銜客袖但思蔬水曲吾肱何時却宿雲門寺靜聽霜鐘對佛燈

秋懷

少時本願守墳墓讀書射獵畢此生斷蓬遇風不自

覺偶入戎幙從西征朝看十萬閱武罷莫馳三百巡邊行馬蹏度隴雹聲急士甲照日波光明與懷徒寄廣武歎薄福不挂雲臺名頷鬚白盡愈落莫始讀法律親笞榜訟氓滿庭鬧如市吏牘圍坐高于城未嫌樵唱作野哭最怕甜酒傾稀錫平生養氣頗自許雖老尚可吞司并何時擁馬橫戈去聊爲君王護北平

不寐

閏年九月已重裘說著功名卽自羞病骨不禁霜氣峭高風正送雁聲遒半盃濁酒如欺老一點青燈欲訴愁不寐裁詩眞習氣輸它睡足向黃州

醉中戲作

當年買酒醉新豐豪士相期意氣中插羽軍書立談辦如山鐵騎一麾空玉關久付清宵夢笠澤今成白髮翁堪笑燈前如意舞尚將老健壓諸公

頻夜夢至南鄭小益之間慨然感懷

身似菴居老病僧罷參不復繫行滕夢中忽在三泉

驛庭樹鳴梟鬼弄燈

又

客枕夢遊何處所梁州西北上危臺雪雲不隔平安火一點遙從駱谷來

夜雨枕上

秋雨不肯晴秋夜不肯明寸心集百憂厭此點滴聲歲月不貸人老病忽至此丈夫本憂世兒女乃畏死

雨夜

蒼雲晝埋山白雨夜溢渠虛堂閃風燈獨處誰與娛吾生過六十鬢髮日夜疏出當飲美酒歸當讀奇書可憐雨不遂兀兀如枯株明復對胥吏孤憤何由攄

安流亭俟客不至獨坐成詠

憶昔西征鬢未霜拾遺陳迹弔微茫蜀江春水千帆落禹廟空山百草香馬影斜陽經劍閣艣聲清曉下瞿唐酒徒雲散無消息水榭憑欄淚數行

秋興

楸槐雨霋霋凫雁水拍拍曉行城南路落葉滿阡陌
新霜上衰鬢吾死亦已迫那將有限身常作未歸客
長吟側紗帽萬里一秋色世俗不足論天豈無皁白

又

朝先鳴雞與夕殿棲鴉還符檄積几案寢飯於其間
榜笞督租賦涉筆辟我顏忽忽過白日胡能慰惸鰥
葉脫橫林疎鬖鬖青溪南山豈無一盃酒吾事何時閑

燕堂獨坐意象殊憒憒起登子城作此詩

睡魔困衰翁白日坐兀兀忽然振衣起目睇尚如鶻
憑高望中原佳氣未消歇逆賊稽大刑痛憤深至骨
新霜下昌陵草有胡馬齕羽林百萬士何日聞北伐
賤臣官有守不敢叫行闕夢中涉黃河太行高硉矹
天河未洗兵封豕食上國坐令河洛間百郡暗荊棘
夷吾非王佐尚足救左衽中原消息斷吾輩何安寢
世俗苦齷齪誰與共此功安知無奇士悲歌燕市中

秋雨北榭作

秋風吹雨到江濆小閣疎簾曉色分津吏報增三尺水山僧歸入萬重雲飄零露井無桐葉斷續煙汀有雁羣了却文書早尋睡檐聲偏愛枕間聞

次韻王給事見寄

大手方司一世文癯儒何敢望餘塵誰知天上黃扉貴肯記江邊白髮新末路愈窮詩有祟舊書渾忘筆無神床頭周易尊中酒猶賴渠儂不負人

病中夜半

蕭蕭欲脫猶吟葉耿耿微明未滅燈夜半不眠閑倚壁使君清似北山僧

即事

組繡紛紛衒女工詩家於此欲途窮語君白日飛昇法正在焚香聽雨中

歲晚懷故人

衰髯白盡無添處病骨癯然欲折時客抱琴來聊瀹茗吏封印去又哦詩山横城上勢如壓角動樓頭聲

正悲零落斷鴻書不到歲殘何以慰相思

焉耆行

焉耆山頭莫煙紫牛羊聲斷行人止平沙風急捲寒蓬天似穹廬月如水大胡太息小胡悲投鞍欲眠且復起漢家詔用李輕車萬丈戰雲來壓壘

又

焉耆山下春雪晴莽莽惟有蒺藜生射麋食肉飲其血五穀自古惟聞名樵蘇切莫近亭障將軍臥護真長城十年牛馬向南睡知是中原今太平

丙午初冬得心腹痛疾大下而愈羸耗不支方在告臥燕堂東偏聞民間前一夕被盜者慨然有感

愔愔四壁空宛宛一室奧雨聲靜更聞雨氣深不到下簾設紙屏篝火支藥竈勿言此幽陋足以養衰耗頗聞閭里間比夕多狗盜游徼無乃闕鰥寡將孰告家貧未決去祿食當念報臥痾疇敢安起立擲吾帽

因王給事回使奉寄

雨昏郡郭連三日吏報江流忽數回江每漲津吏輒報曰或三四至正歎舩如天上坐那知人自日邊來臂弓腰箭身今老航海梯山運已開漢虜不應常自守期公決策畫雲臺

病告中遇風雪作長歌排悶

風雪橫街不能出閉戶垂帷養衰疾黄昏臥聽打窗聲聊挽清寒入詩律公孫布被久有味子敬青氊煖無匹石鼎閑烹似爪茶霜皺旋破如拳栗蹲鴟足火微點鹽豉粟熬湯旋添蜜龍蛇膱膱寒筍束子母累累丹柿實玉貍試説涎已墮石芥纔嘗酒如失天公付汝亦已厚飽食長謠抱雙膝丈夫豈爲口腹計壯志常恐無時畢伐胡疏奏端許前腰領敢辭膏斧鑕

冬夜戲作

賤貧百年愁老大萬事倦起家來牧民竊語笑丞掾拘攣拙徵科儉陋省遊宴不思返江湖乃爾辱幾甸

斯言中吾病有靦在其面行當自劾去暫寓等郵傳
十月夜正長歲事到冰霰膏油幸可具更盡書一卷

夜坐

曲几蒲團夜過分頹然半脫鹿皮巾驚鴻避弋鳴煙
渚斷角凌風上雪雲仕宦愈知林下貴窮愁方策酒
中勛扁舟東去何時辦昔向金丹幸有聞

又

山城意象自蕭然況是高齋作雪天漸暗玉蟲寒有
燼欲殘金鴨煖無煙衰容病後如添歲遙夜冬來抵
過年安得龍綃三丈幅爲君試寫白雲篇

遣興

圖書雞犬共扁舟又續人間汗漫遊醉眼本輕千古
事釣竿新賜一灘秋慣看浮世成陵谷莫露神光上
斗牛老病豈堪常作客夢尋歸路傍西疇

登紫翠樓

水落溪聲壯天寒山色奇殘雲宿虛閣馴鷺下清池

簿領消豪氣功名負聖時憑高不勝嘆神武迫歸期

丙午十月十三夜夢過一大冢傍人爲余言此荆軻墓也按地志荆軻墓葢在關中感歎賦詩

采藥遊名山物外富真賞秋關策蹇驢雪峽蕩孤槳還鄉忽十載高興寄遐想夢行河潼間初日照仙掌坡陀荆棘冢狐兎伏蓁莽悲歌易水寒千古見精爽國讎久不復驚覺泚吾顙何時真過茲薄酹神所饗

病起小飲

病起新霜滿鬢蓬憑高一笑與誰同酒如淥靜春江水人有鴻荒太古風野寺鐘來夕陽外寒山空插亂雲中一官正爾妨人樂只合滄浪狎釣翁

冬夜讀書

莫笑燈檠二尺餘老來舊學要耘鉏寒生點滴三更雨喜動縱横萬卷書本著儒冠那免此可因吏牘頓抛渠耆和舊賜今猶在剩采芸香辟蠹魚

夜坐觀小兒作擬毛詩欣然有賦

北風城頭鼓紞紞徂歲崢嶸正多感老夫假寐角巾低揮子高吟兩髦髧衰遲笑我藏袖手狂率憐渠滿軀膽旋炊粉饘裹青箬新煠錫枝綴紅糝未言問事漸瀾翻且賞揮毫能果敢嗟予疇昔如汝年萬卷縱横恣窺覽即今見汝尚懽欣此癖真同嗜昌歜夜闌我困兒亦歸獨與貍奴分坐氊

郡齋偶書

白首奉魚書蕭然一事無吏閑晨已散人醉莫相扶卷野收禾黍連江下舳艫山城君勿誚東北是皇都

又

翠嶺當城起清江擘峽流軻峨商客艑嘈囋酒家樓豐歲人元樂殘年我獨愁秦吳環萬里感慨故貂裘

又

江墮清笳月霜嚴畫戟門灘聲寒更壯山氣日常昏搖落悲徂歲羈遊憶故園無勞空竊食何以報君恩

燈下閱吏牘有感

老眼今年太負渠義經魯史頓成疎一爲柱後惠文吏厭讀司空城旦書正苦雁行須束縛不言鼠輩合誅鉏致君堯舜元無術黃卷何辭飽蠹魚

過放生池追懷江公民表諫議池蓋公所創也

釣臺先生諫大夫建中初元起江湖是是非非玉座側身可死徙志不渝煙汀月島二十載白髮短艄藏菰蒲曉蒙湔洗得一障上奏猶自稱麁疎公廣濟到任表云不能軟熟終是麁疎其不撓如此此公造處直奇特竺乾先生分半席九州看如掌中果天不遺爲吁可惜徑歸斂手築陂池也活龜魚論萬億骨冷桐山喚不聞停車悵望春波碧

園中絕句

梅花重壓帽簷偏曳杖行歌意欲仙後五百年君記取斷無人似放翁顛

又

溪北溪南飛白鷗夕陽明處見漁舟憑誰爲剪機中

素畫取天涯一片秋

戲作 浙西諸郡惟嚴無職租

歸臥元知作餓夫宦遊依舊是癯儒免教妻子爭秔
秫秋稼連雲一稜無

縱筆

閑經月下白蘋洲半脫風前紫綺裘曾值東風謁鑾
駕却因南渡看龍舟年光已付瞢騰醉天宇誰從汗
漫遊莫怪又成橫笛去故人期我玉華樓 玉華樓在青
城山丈人觀

又

東都宮闕鬱嵯峨忍聽胡兒敕勒歌雲隔江淮翔翠
鳳露霑荊棘沒銅駝丹心自笑依然在白髮將如老
去何安得鐵衣三萬騎爲君王取舊山河

又

行省當年駐隴頭腐儒隨牒亦西遊千艘銜雪魚關
曉萬竈連雲駱谷秋天道難知胡更熾神州未復士

堪羞會須瀝血書封事請報天家九世讎

病中偶得名酒小醉作此篇是夕極寒

一壺花露拆黃縢醉夢酣酣喚不譍屏煖半銷香鴨火窗寒初結研蟾冰詩囊羞澀悲才盡藥裹縱橫覺病增早掛朝衣歸去是貴人誰記接茵憑

晨讀道書

家貧悔嗜酒年邁思學道雖云晷補過見事恨不早儒生守章句忽忽遂將老巖間得奇書足以慰華皓丹液下注臍黃雲上通腦海山行當歸白髮何足掃

後園獨步有懷張季長正字

斯世元知少賞音道存何恨死山林半生去國風埃面一片憂時鐵石心閑看斷雲成小立偶穿修竹得幽尋故人已到梁州未尺紙東來抵萬金

老將效唐人體

寶劍夜長鳴金痍老未平指弓誇野戰抵掌說番情已矣黑山戍悵然青史名和親不用武教子作儒生

書憤

清汴逶迤貫舊京宮牆春草幾番生剖心莫寫孤臣憤扶眼終看此虜平天地固將容小醜犬羊自慣瀆齊盟蓬窗老抱橫行略未敢隨人說弭兵

晨起

衣潤熏籠煖燈殘漏箭長鳴雞帶窗月立馬怯庭霜病骨陰晴覺官身早夜忙火城那復夢愁絕軟塵香

雪

但苦奇寒惱病翁豈知上瑞報年豐一庭不掃待新月萬壑盡平號斷鴻繭紙欲書先研凍羽觴纔舉已尊空若耶溪上梅千樹欠我今年繫短篷

歲晚書懷

早見龍翔上太清 紹興末游官玉牒所 即今孤宦老山城靈丹不解換凡骨薄命枉教生太平積雪樓臺增壯觀近春鳥雀有和聲如山吏牘何時了惆悵西窗晚照明

晨過天慶

蘿月挂團壁松風號急灘孤燈經院曉殘雪醮壇寒

賸欲閑扶杖何妨醉墮冠詩成興不盡萬里跨青鸞

冬夜

翩翩殘曆不滿紙坎坎疊鼓無停撾香殘未消古鼎

火燈暗尚結寒釭花長安故人日已遠錦江小築天

之涯拘攣動覺吏有責幽獨更似僧無家臥聞沙雁

叫空闊想見雪谷森谽谺起提一筆掃疋紙入卷颯

颯犇龍蛇

比得朋舊書多索近詩戲作長句

庭下訟訴如堵牆案上文書海茫茫酒酸肉冷不得

嘗椎牀大叫欲發狂故人書來索文章豈知吏責終

歲忙寒龜但欲事縮藏病驥敢望重騰驤日曛稍退

鳧鶩行小山叢竹堂東廂呼兒深炷銅鑪香楚騷爲

我祓不祥

休日感興

宦海風波實飽經久將人世寄郵亭家無鈙澤窮馮
衍身著襦裙老管寧藥圃按行新蔓綠書樓徙倚莫
山青偶然得句悲誰屬零落交朋比曉星

病中偶書

燈火青熒古屋深挂冠境界已駸駸竹枝影瘦橫殘
月藥杵聲寒續莫砧病覺死生真大事老知道德愧
初心經龕禪版殊當勉嬾學莎蛩事苦吟

寒夜

脫葉爭辭木寒雲巧護霜羈遊少驩樂短景極怱忙
吟苦蟲催織鳴哀雁斷行幽懷誰晤語惆悵此燈光

雪中獨酌

金尊玉瀲有何好不堪生世匆匆老朱顏忽已謝晨
鏡白骨行看閒秋草駭浪嵯峨風作之蛟龍血人以
爲嬉畏塗寄命三十載賴有痛飮紓吾悲愁莫驚醉眼
烱如電假鉞猶堪行督戰指麾突騎取遼陽雪灑轅
門夜傳箭

送客

長亭柳漸柔送客當閑遊江近聞津鼓雲開見戍樓簿書來衮衮歲月去悠悠閑眼尋歸路春蕪滿故疇

新晴

宿雨解殘雪新春侵故年和風拆冰罅淡日弄窗妍心事綠尊裏歲華烏帽邊今朝我病減隨處一欣然

出城

翩翾烏帽出林坰掠面風微酒半醒戍火難尋玉闕夢衣塵空愧草堂靈天晴山雪明城郭水漲江流近驛亭客鬢不如堤上柳數枝春動又青青

立春日送客郊外

短鬢那禁歲月催勝邊花底又春回雪消漸煖青鴛日冰解初橫玉鑑梅江驛軒窗臨古道市樓絃管賣新醅自憐病守無歡意一笑常因送客來

大雪自夜至日旦欲午始晴

薄莫雪雲低清宵氣慘淒方聽打窗急已報與階齊

疎箔穿飛蝶空庭聚戲猊新晴思訪客愁絶滿城泥

雪夜有感

狂膽輪囷欲滿軀一麾誰憫滯江湖青衫曾奏三千
牘白首猶思丈二殳龍虎翔空瞻王氣犬羊度漠避
天誅何時冒雪趨行殿香案前頭進陣圖

雪中忽起從戎之興戲作

狐裘臥載錦駝車酒醒冰髭結亂珠三尺馬鞭裝白
玉雪中畫字草軍書

又

鐵馬渡河風破肉雲梯攻壘雪平壕獸奔鳥散何勞
逐直斬單于釁寶刀

又

十萬貔貅出羽林橫空殺氣結層陰桑乾沙上初飛
雪未到幽州一丈深

又

羣胡束手仗天亡棄甲縱橫滿戰場雪上急追犇馬

迹官軍夜半入遼陽

十二月二十七日祭風師歸道中作

虎豹生憎上九關諸公袞袞遂難攀面顏已老塵埃裏精力虛捐簿領間東帶敢言趨玉陛橫戈猶憶戍天山新春自笑摧頹甚鼓吹東風拜胙還

春晴

南陌爭牛事已非綵山又近放燈期風和已染柳千縷山冷未開荼一旗酒病況當人别後春光偏在雪晴時道傍笑我清狂在馬上看山細詠詩

丁未正月春色已粲然露坐高風堂北觀種花

苦寒不解歲崢嶸病守兀坐憂疲氓天風誰遣撼斗柄便覺春色來江城北山賽廟見殘雪東津送客聞新鶯衣裘漸減體殊健簾幙乍捲眼爲明今朝天氣更佳絕淡日微漏雲徐行我移胡床坐庭下幅巾半脫筇枝橫散關旌旗掃昨夢少城絲竹真前生數株桃杏亦漫種未去與汝聊逢迎

燕堂春夜

南樓紞紞下疎更一點紗籠滿院明映月疎梅入簾影讀書穉子隔窗聲呻吟藥裏身寧久汛掃胡塵意未平草檄北征今二紀山城仍是老書生　游嘗爲丞相陳魯公史魏公樞相張魏公草中原及西夏書檄於都堂

早春池上作

疎嬾元當與世辭殘年況近乞身期一官空作讀書祟五斗不供沽酒資氷拆野塘初灔灔雪殘芳草已離離物華似有平生舊不待招呼盡入詩

感興

文章天所祕賦予均功名吾嘗考在昔頗見造物情離堆太史公青蓮老先生悲鳴伏櫪驥蹭蹬失水鯨飽以五車讀勞以萬里行險艱外備嘗憤鬱中不平山川與風俗雜錯而交幷邦家志忠孝人鬼參幽明感槪發奇節涵養出正聲故其所述作浩浩河流傾豈惟配詩書自足齊韺韹我衰敢議此長歌涕縱橫

東齋偶書

華髮蕭蕭不滿簪强扶衰病著朝衫寒廳靜似阿蘭若佳客少于優鉢曇詩酒放懷窮亦樂文移肆駡老難堪棄官若遂飄然計不死揚州死劍南 顧況詩云人生只合揚州死而余嘗有歸蜀之意

丁未上元月色達曉如晝予齋居屬貳車領客

此夕幾年無此晴碧天萬里月徐行官壚賣酒傾千斛市里行歌徹五更湩酪獨烹僧鉢美瑠璃閑照佛龕明頹然坐睡君無笑寶馬香車事事隔生

自郊外歸北望譙樓

天上何年墮翠虬屈蟠爪尾護吾州重門雨細旌旗溼危堞風高鼓角遒漠漠川雲昏佛塔涓涓野水入農疇曠懷不耐微官縛擬脫朝衫換釣舟

馬上作

平橋小陌雨初收淡日穿雲翠靄浮楊柳不遮春色斷一枝紅杏出牆頭

臘欲銜盃樂太平新愁還續舊愁生出門始覺春來

還舍

早處處簾櫳笑語聲

杏花

江城閑歲風雨頻閉閤不出俄經旬忽逢國豔帶卯
酒坐覺天地無餘春芳數正當晨露重盛麗欲擅年
華新數株欹斜傍山驛一簇深淺臨煙津徘徊駐馬
不忍去只恐飄墮隨車塵念當載酒醉花下破曉啼

鶯先喚人

兩京

兩京煙柳厭胡塵又見淳熙十四春薄命遭回猶許
國孤忠懇款欲忘身蘇君落魄黃金盡褚令悲傷白
髮新曾向延和隨仗入至今殿檻夢嶙峋

贈表弟江參議

襄州參議真豪傑熟視華途懶著鞭奪得鸞篦花裏
活皎如玉樹酒中仙才高狗監無人薦句好雞林有

客傳 江弟今居四明 老去眼邊親舊少津亭少爲繫歸船

讀書

束髮論交一世豪莫年顛頷困蓬蒿文辭博士書驢劵職事參軍判馬曹病裏猶須看周易醉中亦復讀離騷若爲可奈功名念試覓并州快剪刀

夜登千峯榭

夷甫諸人骨作塵至今黃屋尚東巡度兵大峴非無策收泣新亭要有人薄釀不澆胷壘塊壯圖空負膽輪囷危樓插斗山銜月徙倚長歌一愴神

旬日公事頗簡喜而有賦

社近樓臺晝已長豐年頗減簿書忙雨催樹綠吹簫陌日射塵紅擊鞠場農事漸興初浸種吏衙早退獨焚香晚來別有歡然處檢教兒書又一箱 杜牧之寄小姪阿宜詩云一日讀十紙一月讀一箱

聞鼓角感懷

鼓坎坎角鳴鳴四鼓欲盡五鼓初老眼不寐如鰥魚
撫枕起坐涕泗濡平生空讀萬卷書白首不識承明
廬時多通材臣腐儒妄懷孤忠策則踈欲剖丹心奏
公車論罪萬死尚有餘雷霆願復寬須臾許臣指陳
輿地圖億萬遺民望來蘇藝祖有命行天誅皇明如
日詎敢誣拜手乞賜丈二殳中原煙塵一掃除龍舟
泝汴還東都

社日小飲

催花初過社公雨對酒喜烹溪友魚儘道亂山窮絕
處年華未覺異吾廬

又

社雨霏霏溼杏花農家分喜到州家蒼鵝戲處塘初
滿黃犢歸時日欲斜

昔日

昔日從戎日身由許國輕陣如新月偃箭作餓鴟鳴
堅壁臨關守連營竝渭畊至今悲義士書帛報番情

予在興元日長安將吏以申狀至宣撫司皆蠟彈方四五寸絹虜中動息必具報

新晴

雨斷歸雲急沙乾步屧輕風花嬌作態野水細無聲社酒家家醉春蕪處處耕今朝公事少一笑賦新晴

倚欄

閑岸紗巾小倚欄吳中三月尚春寒蜂脾蜜滿花初過燕觜泥新雨未乾老厭簿書思屏迹病逢節物强追歡一樽又動流年感城上斜陽畫角殘

寄徑山印禪師

市朝聲利戰方酣眼看紛紛每不堪但有客誇車九九了無人問衆三三會當身返東西蜀要與公分上下菴 趙州有上菴菴主下菴菴主語 春枕悠然夢何許兩枝笻杖喚魚潭 喚魚潭在眉山中巖客至撫掌魚輒羣出

園中歸戲作

醉裏來尋澗上花已飄殘雪散餘霞麯生也解欺人

老風伯無端妬物華不恨童心伴蜂蝶但愁病眼厭風沙歸來隱几東窗下一卷黄庭送日斜

春曉東郊送客

雨餘氣清潤迨我送客時翻翻車蓋風五里城東陂初旭歛花房晨露流桐枝南山卷溼翠更覺光景奇澄潭集魚艇村路亞酒旗欲歸且復留造物成吾詩

莫春歎

春深桃李爭時節千團紅雲萬堆雪東風一夜吹欲空曲徑平池爛如纈城門獵獵雙青旗羲和促轡西南馳中原未有澄清日志士虛捐少壯時

曉雨

平明小雨壓香塵遶舍扶疏綠漸勻睡過花時慵著句老來春事不關身

又

東風吹雨送殘春冉冉年光次第新君看枝頭如許綠爭教桃李不成塵

登千峯榭

飛觀危欄縹緲中聊將醉眼送歸鴻一生未售屠龍技萬里猶思汗馬功王衍諸人寧足責姜維豎子自應窮他年吊古憑高處想見清伊照碧嵩

晚春園中作

少逢春歸未解悲千篇曾賦傷春詩可堪霜點鬢鬚後更值綠暗園林時楊花輕墮簷外影杏子重壓闌邊枝毬場立馬漏聲靜綺窗語燕簷陰移向來春事渺何許長空鳥跡何由追鞦韆未拆已寥寞日莫東風吹綵旗

北窗

小雨霏霏旋作晴北窗清潤綠陰成却緣政拙文書少臥聽簾櫳燕子聲

浮生

浮生過六十百念已頹然獨有躭書癖猶同總角年横陳糲飯側朗誦短檠前不用嘲癡絕兒曹尚可傳

小壘

小壘荒寒外高齋寂寞中貧妨挂冠快病減讀書功橋斷春江白雲穿夕照紅悠然扶杖處歲月歎悤悤

大閱後一日作假

小院鉤簾掃落花公餘蕭散似山家下巖紫壁臨章草正焙蒼龍試貢茶塞上遠遊心尚壯車中深閉髮先華老來日月真堪惜愁聽高城咽莫笳

自嘲

貪祿忘歸秖自羞一窗且復送悠悠鏡明不爲人藏老酒薄難供客散愁正得虛名真畫餅元非大器愧函牛年來事業知君否高東詩書學問囚

曉出東城

聽徹清笳聽曉鐘據鞍漏鼓尚鼕鼕西樓落月徑三尺北嶺亂雲生半峯蒼磴幽尋過古寺綠疇小駐勞春農煙村已遠猶回首恐有鵷雛與伏龍

初夏遇休日園中閑賦

青山圍女牆細草滿毬場虛簷搖水影曲檻吹蘋香房櫳寂無人雙燕說曉涼賜休無公事蕭散寄一床久苦吏役拘更知閑味長桑空繭綴簇陂滿稻吐秧良時動人懷東望一慨慷寧當戀微祿如鼠死太倉

小雨出西門五里至東嶽廟

埋沒文書每自憐偷閑出郭一欣然稻陂雨細豐年候槐陌風清嫩暑天心似春鴻寧久住身如秋扇合長捐平生士雅今士恙老病何由共著鞭

初夏燕堂睡起

歌鳳平生類楚狂山城遲莫得深藏洗春雨過清陰合掠水風生綠藻涼晨几硯凹涵墨色午窗盃面聚茶香功名到手渾閑事此與他年未易忘

晡後領客僅見燭而罷戲作短歌

忍睡出坐衙扶病起觴客本來世味薄況復酒戶迮譫譆時強語嵬昂已頹憒燒燭不盈寸歸臥弄書冊我來未穫稻客裏今食麥悵望稽山雲飛去無六翮

讀宛陵先生詩

歐尹追還六籍醇先生詩律擅雄渾導河積石源流正維嶽嵩高氣象尊玉磬漻漻非俗好霜松鬱鬱有春温向來不道無譏評敢保諸人未及門

書歎

人生如春蠶作繭自纏裹一朝眉羽成鑽破亦在我少年不自珍妄念然烈火眼亂舞腰輕心醉笑齒瑳餘齡幸早悟世味無一可但憶喚山僧煎茶陳餅果

劍南詩稿卷第十八終

劍南詩稿目錄

卷第十九

劍南詩稿卷第十九

宋 陸游 務觀

曉出南山

久向人間觸駭機斂收孤迹早宜歸亡羊未恨補牢晚搏虎深知攘臂非明月長庚天欲曉新桐清露暑猶微扁舟蓑笠平生事莫羨黃金帶十圍

聞韓无咎下世

書劍飄然去國時南蘭陵郡日題詩吳波漲綠迎桃葉穰燭堆紅按柘枝故友去爲山下土衰翁何恨鬢邊絲憑高老淚無揮處神武衣冠挂已遲

官居書事

早涉人間足畏塗一麾投老向江湖年光已上星星鬢日力猶供急急符本自陽狂無藉在更堪羸病不枝梧滅胡意氣嗟誰許淚盡神州赤縣圖

又

走遍人間老更窮强尋一笑與誰同簿書衰衰呻吟裏歌舞紛紛困睡中手版倒持悲末路寒江獨釣媿高風知心賴有譚夫子時遣書來問放翁 比數得譚德稱書

夏日北榭賦詩奕棋欣然有作

異事嚴州省見稀幅巾闌角立多時青林白鳥自成畫急雨好風當有詩酷信醫方逢酒怯强驅吏牘坐衙遲悠然笑向山僧說又得浮生一局棋

謁告歸臥晚登子城

此身真是抱官囚厭見長空赤日流齋壁曉山千嶂雪扇紈新雁一汀秋繫船空作清湘夢御氣難尋太華遊菱角藕絲還恨少强攜玉瀣醉高樓

迓使客出郊夜歸過市樓

山川慘澹作秋霖雲物徘徊結夕陰手版向人慚老大肩輿出郭當登臨二年雪瀬饒羈思萬里冰河歇

壯心却羡喧呼樓上客隔簾紅燭醉更深

秋夜登千峯榭待曉

萬里秋風夜艾時剡川孤客不勝悲讀書眼暗定誰許憂國涕零空自知欲墜高梧先策策漸低北斗正離離倚闌不覺雞號曉剪燭題詩寄所思

九月初郊行

九月吳中尚裌衣江郊策馬踏斜暉蕎花漫漫連山路豆莢離離映版扉蒼兔避鷹投磵去黃鶴脫網傍人飛農家光景關心事不爲無才也合歸

衰病

衰病龍鍾已要扶誰憐猶作折腰趨世無魯國真男子心憶高陽舊酒徒萬里秋風吹鬢髮百年世事歎頭顱桐江久客無奇句孤負君王乞左符

書意

一鳴輒斥不鳴烹禍福元知未易評湖海淒涼身跌宕盃觴豪舉筆縱横敢希二頃成高卧但願諸公致

太平波暝龍舟泝清汴道邊扶杖眼猶明

秋懷

策策桐葉風濛濛菊花雨空堂一燈青幽壁百蟲語
嗟余豈願仕老病歸無所屈指計歲年强半墮羈旅
荷戈北戍秦挂席西適楚名慚垂竹帛文不諧律呂
所餘惟一死忍復類兒女金丹或可成青霄渺輕舉

過村店有感

細篋絡丹柿枯籬懸碧花炊煙生旅竈野水漱寒沙
棲鳥爭投樹歸牛自識家恍然遊蜀路搔首憶天涯

嚴州大閱

鐵騎森森帕首紅角聲旗影夕陽中雖慚江左繁雄
郡（白樂天詩云霅川何寂莫茂苑太繁雄）且看人間矍鑠翁
清渭十年真昨夢玉關萬里又秋風憑鞍撩動功名
意未恨猿驚蕙帳空

後園閑步

木葉勾萌喜小春鬢毛蕭颯媿陳人今朝忽破簿書

夢此地暫還風月身閑岸綸巾照淸淺却扶藤杖上嶙峋人生要是便疎豁金馬銀臺莫問津

照潺湲閣下池水

平生不鑷白霜雪滿鬢眉照水默自笑已迫溝壑期慨然念歸休不計妻子飢渠飢亦有命我節詎可移自我來桐江實無負惇嫠譏波如崩山孤迹則已危陸子定何人正恐君未知午枕夢剡曲秋風吹釣絲

秋郊有懷

漫漫蕎麥花如雪覆平野離離豆子莢數枝忽堪把頗憶故鄕時屛迹謝車馬水宿依蟹舍泥行沒牛髂作勞歸薄莫濁酒傾老瓦縷飛綠鯽膾花簇赬鯉鮓棄官雖未決世念亦已且浩歌續楚狂幽懷欣獨寫

又

檐頭買雙兔市店取斗酒還家掃北窗歡言酌親友家貧氣未餒禮薄情更厚高吟金石裂健筆龍蛇走酒闌起出門孤月挂衰柳大笑各散歸吾輩可不朽

官身縛簡書此樂寧復有悵望秦稽雲憑高一搔首

又

楚人固多辱妄謂秋可悲寧知河嶽間氣俗樂此時
壯士鳴雕弓健馬嚼枯萁日馳三百里榆關赴戰期
陣雲壓龍庭殺氣搖參旗爝火燎狐兔倒瀉黃金巵
勒銘燕然石千載鎮胡兒安能空山裏凍研哦清詩

又

秋山瘦益奇秋水淺可涉出城西風勁拂帽吹脫葉
新霜拆栗罅宿雨飽豆莢枯柳無鳴蜩寒花有穿蝶
郊行得幽曠頗覺耳目愜斷雲北山來欣然與之接
挂冠易事爾看鏡歎勛業永懷桑乾河夜渡擁馬鬣

夙興

喔喔老雞催落月丁丁殘漏伴斜河一盃淡粥寒燈
下還與山僧不挍多

聽事望馬目山

官身早莫不容閑塵土堆胸媿滿顏也有向人誇說

處坐衙常對水南山

秋興

滿簪白髮不勝繁竊祿偷安媿主恩東館煙波秋漸
瘦北山霧雨晝多昏功名蹭蹬身長棄籌策瀾翻舌
幸存堪笑此生虛過盡一秋閉閤聽啼猿

又

孤城寂莫近江干處處疎碪送早寒水落纔餘半篙
綠霜高初染一林丹民租屢減追胥少吏責全輕法
令寬偶有一樽聊獨醉强挼黃菊助清歡

久無暇近書卷慨然有作

少年喜讀書事業期不朽致君頗自許書卷常在手
白頭乞鍾釜坐使此心負朝衙有達午夕坐或過酉
文符苦酬對迎餞厭犇走直憂先狗馬豈但凋蒲柳
永懷簡編香更覺冠冕醜飢餐一簞飯悶酌一卮酒
吟哦從所好貧賤亦何有余悔已莫追寄謝故山友

嚴州多菊然率過重陽方開或舉東坡先生菊

花開時節重陽之語余謂此猶是未忘重陽者
恐此花不肯也戲作一絕

無人喚醒賦歸翁滿把清香誰與同但辦對花頻舉
酒莫横重九在胸中

地僻

地僻天教養散材流年沉著鬢毛催青山自繞孤城
去晝角常隨晚照來几淨雙鉤摹古帖甕香小啜試
新醅乘槎不是英纏遠無奈先生興盡回

吏責

吏責何時得暫停年來減盡鬢邊青高談正樂催迎
客美睡方酣報掣鈴安得雲山長在眼便從樵牧與
忘形詩成不用頻惆悵自古籠禽例剪翎

張時可直閣書報已得請奉祠雲臺作長句賀
之

燈前一笑折書開喜見冰銜洗俗埃丞相苦留猶不
住諸公欲挽固難回玩鷗有約閒何闕斂版無聊歸

去來千載伏波應太息輸君談笑上雲臺

累日文符沓至悵然有感

豪氣人言苦不除固應屏迹向江湖封侯萬里獨心在鍘口四方何事無薄俗更堪開眼看老翁寧辦折腰趨鼠肝蟲臂今無擇付與乾坤造化爐

又

白首逢人只累欷今雖未是昨真非文章才盡欲焚稿仕宦興闌當拂衣淚出自應爲後戒放言那計墮危機遼天華表蒼茫裏千載何人識令威

又

三十年爲一世人孤城夢斷洛陽塵游奈朝迹今二十有八年矣　强顔嬾復看人面何地真堪著此身白骨久埋金谷友黃花尚醉葛天民嚴光釣瀨雖亡恙除却江山萬事新

大風

初聞澒洞怒濤翻徐聽驂驔戰馬奔紙帳蒲團坐清

夜恍如身在若耶村

冬夜讀書

退食淡無事一窗寬有餘重尋總角夢却對短檠書
功業雖蹉跌光陰且破除更須求半偈回向此心初

再用前韻不以次

壯心雖迫老吏責未妨書言議思公瑾英雄陋本初
移燈近牀榻聽雨落堦除回首山南戍流年一紀餘
思歸

短髮今年雪滿巾一盃且醉瓮中春定無術致長生
藥那得愁供有限身碎枕不求名利夢挽河盡洗簿
書塵江湖意決君知否致主唐虞自有人

喜小兒病愈

喜見吾家玉雪兒今朝竹馬遶廊嬉也知笠澤家風
在十歲能吟病起詩 聿忽作病起詩一首

又

一牀共置朝回笏百屋常堆用剩錢何似吾家好兒

子吟哦相伴短檠前

初冬風雨驟寒作短歌

東園日淡雲容薄綸巾朝莫闌干角北風動地萬木號不料一寒如此惡豈惟半夜雨打窗便恐明朝雪平壑綠酒雖漓亦復醉皁貂已弊猶堪著所嗟此身老益窮蹭蹬無功上麟閣久從漁艇寄江湖坐看胡塵暗幽朔萬鞭枯髯憤未平纛下老酋何足縛要及今年墮指寒夜擁雕戈度窮漠

余年二十時嘗作菊枕詩頗傳於人今秋偶復采菊縫枕囊悽然有感

采得黃花作枕囊曲屏深幌閟幽香喚回四十三年夢燈暗無人說斷腸

又

少日曾題菊枕詩蠹編殘稿鎖蛛絲人間萬事消磨盡只有清香似舊時

陶淵明云三徑就荒松菊猶存蓋以菊配松也

余讀而感之因賦此詩

菊花如端人獨立凌冰霜名紀先秦書功標列仙方紛紛零落中見此數枝黃高情守幽貞大節凜介剛乃知淵明意不為汎酒觴折嗅三歎息歲晚彌芬芳

蕎麥初熟刈者滿野喜而有作

城南城北如鋪雪原野家家種蕎麥霜晴收斂少在家餅餌今冬不憂窄胡麻壓油油更香油新餅美爭先嘗獵歸熾火燎雉兔相呼置酒喜欲狂陌上行歌忘惡歲小婦紅妝穗簪髻詔書寬大與天通逐熟淮南幾誤計

有自蜀來者因感舊遊作短歌

錦城如海行不極馬迹重重車轂擊家住城西二十年聞說城東未曾識看花走馬宿中路經月酒徒無覓處露香風暖海棠開碧雞坊中倘相遇放翁鬚頷鬢成絲空有西遊千首詩今朝雨霽上危樹意氣頗如年少時持盃欲作消愁計酒未著人愁已醉不成

題句寫幽情一幅蛟綃空寄淚

東吳女兒曲

東吳女兒語如鸎十三不肯學吹笙鏡奩初喜穉蠶出窗眼已看雙繭成庭空日暝花自舞簾卷巢乾燕新乳阿翁貪書下學遲獨揀詩章教鸚鵡

雨夕

歲旱連夏秋客袂厭塵土欣然成一笑愛此清夜雨瓦檠墮燈燼銅椀起香縷心清病良已境寂句欲吐

晚遊東園

東溪久枯涸想像素蛟舞分喜到溝池遊魚命儔侶

藥瓢藜杖合施行獨往山林已歃盟傍水斷雲含莫色拂簷高竹借秋聲癡人自作浮生夢腐骨那須後世名莫笑吟哦無闕日老來未盡獨詩情

小雨

小雨暗林塘寒聲遶畫廊事須求暫假宜睡稱燒香

事須二字蓋唐人公移中語也

初寒在告有感

掃地燒香興未闌一年佳處是初寒銀毫地綠茶膏嫩玉斗絲紅墨瀋寬俗事不教來眼境閑愁那許上眉端數櫺留得西窗日更取丹經展卷看

又

豪舉當年氣吐虹即今顦顇一衰翁寄懷本自俗塵外移病何妨寒雨中香暝候知銀葉透酒清看似玉船空故人吳蜀音塵斷安得相攜一笑同

又

橫林吹葉水生洲身落窮山古睦州到枕雨聲酣旅夢背窗燈影動清愁氣衝星斗有孤劍力挽棟梁無萬牛未滅匈奴身已老此生虛負幄中籌

馬上作

白髮憑鞍一老翁出門漏鼓尚鼕鼕淒涼旅思傳呼裏零落新詩假寐中正苦文移來陸續何由笠釣入空濛浮生正自少如意付與秋風吹斷蓬

冬夜聞角聲

嫋嫋清笳入雪雲白頭老守臥中軍自憐到死懷遺恨不向居延塞外聞

又

憶在梁州夜雪深落梅聲裏玉關心山城老去功名忤臥對寒燈淚滿襟

塞上曲

茫茫大磧吁可嗟莫春積雪草未芽明月如霜照白骨惡風卷地吹黃沙馳鳴喜見泉脈出雁起低傍寒雲斜窮荒萬里無斥堠天地自古分夷華青氈紅錦雙奚車上有胡姬抱琵琶犯邊殺汝不遺種千年萬年朝漢家

荊州歌

楚江鱗鱗綠如釀銜尾江邊繫朱舫東征打鼓掛高帆西上湯豬聯百丈伏波古廟占好風武昌白帝在眼中倚樓女兒笑迎客清歌未盡千觴空沙頭巷陌

三千家煙雨冥冥開橘花峽人住多楚人少土鐺爭
餉茱萸茶

冬夜讀書

挑燈夜讀書油涸意未已亦知夜既分未忍捨之起
人生各有好吾癖正如此所求衣食足安穩住鄉里
茆屋三四間充棟貯經史四傍設几案坐倦時徙倚
無聲九韶奏有味八珍美寢飫籤帙間自適以須死
豈惟畢吾身尚可傳兒子此心何時遂感嘆歲月駛

寓歎

江上霜風透弊袍區區無奈簿書勞衰遲始憶壯遊
樂仕宦更知歸臥高人怪羊裘忘富貴我從牛僧得
賢豪俗間問訊真成懶有手惟堪把蟹螯

又

劍外歸耕夢不通公車上疏路何從有心求縮地萬
里無羽可朝天九重狂誦新詩驅瘧鬼醉吹橫笛舞
神龍明當采藥玉霄去他日君看冰雪容

燕堂東偏一室頗深暖晝日率困於吏牘比夜乃得讀書其間戲作

衮衮流年往匆匆短景過簾深上燈早地窄貯香多書盡還重讀詩成更自哦向令無此處將奈旅愁何

又

賦性無他好閑編喜欲迷鼕鼕傳夜漏喔喔待晨雞油減玉蟲暗灰深紅獸低悠然撫書歎無術濟黔黎

又

永夜東齋裏人聲靜不譁衣篝起香穗書几落燈花爐暖聽寒雨窗明送曉鴉文章空自苦白首不名家

懷鏡中故廬

臨水依山偶占家數間茆屋半敧斜雲邊腰斧入秦望雨外舞簑歸若耶從宦只思乘下澤忤人常悔讀南華病來更怯還鄉夢頻鬻廉泉試露芽

書感

丈夫本願脫世羈丹成晝日凌空飛纓冠佩玉朝紫

徼白銀宮闕瞻巍巍不然萬里將天威提兵直解邊
城圍苜蓿滿川胡馬肥掩取不遺一騎歸苦心文章
亦未非與此二事同一機寥寥千載見亦稀莊屈已
死吾疇依哀哉窮子百家衣豈識萬斛傾珠璣欲洗
薄蝕還光輝熟睨無力空歔欷

對酒

新酥鵝兒黃珍橘金彈香天公憐寂寞勞我以一觴
胸中萬卷書老不施毫芒持酒一澆之與汝俱深藏
生當老窮巷死埋南山岡古來共如此已矣庸何傷

夢歸

老去無餘念時時夢弊廬細傾新釀酒盡讀舊藏書
雲崦鉏畬粟煙畦挽野蔬從渠造物巧賦芋戲羣狙

蜀使歸寄青城上官道人

輕別青城十二年至今客枕夢林泉一盃松屑齋前
進兩卷丹經肘後傳欲與公爲塵外侶幾時身上峽
中舩世間牛蟻何勞問輸與雲窗一粲然 上官常稱病

憤對客一笑而已

寄成都﨓道人

賣藥錦城中燒丹雪山麓石竇取鵝管玉床收箭鏃紫雲晨覆鼎白虹夜穿屋鬼神嚴厲守沆瀣勤沐浴此士眞可人高簡遺世俗江頭十年別顏色炯在目使來每寄聲喜我淡無欲靈劑何必多分餉一黍足

寄邛州宋道人 宋與余在臨邛鴨翎鋪同遇異人宋遂棄官學道

鴨翎鋪前遇秋雨獨與宋生棲逆旅坐門憹悅見老仙劇談氣欲淩天宇袖中出劍秋水流血點斑斑新報仇我醉高歌宋生舞洗盡人間千古愁老仙約我遊太華是夕當醉蓮峯下語終冉冉已雲霄萬里秋風吹鶴駕我今伶俜踐衰境不如宋生棄家猛西望臨邛一慨然青松偃蓋丹爐冷

小齋壁間張王子喬梅子眞李八百許旌陽及近時得道諸仙像每焚香對之因賦長句

山城作吏老堪羞衫色塵昏鬢色秋歛版那供新貴
使閉門聊與數公遊至人不死閱千劫大海無窮環
九州安得相攜從此逝醉騎丹鳳下玄洲

芳艸曲

蜀山深處逢孤驛缺甃頹垣芳艸碧家在江南妻子
病離鄉半歲無消息長安城門西去路細靄斜陽芳
艸莫尊前一曲渭城歌馬蹄萬里交河戍人生誤計
覓封侯芳艸愁人春復秋只願東行至滄海路窮艸
斷始無愁

烏龍廟

江邊蒼龍背負天蟠踞千載常蜿蜒其前橫闢爲大
川高城鼓角聲隱然龍廟於山家於淵世爲吾州作
豐年老守雖愧筆如椽潔齋試賦迎神篇

寒夜移疾

南山北山高嶙峋朝雨莫雨斷江津時人正作市朝
夢老子已成雲水身希世强顏心自媿閉門謝病客

生嗔天公何日與一飽短艇湘湖自采蓴 湘湖在蕭山縣產蓴絕美

又

走遍天涯白髮生晚叨微祿臥山城知章自識狂供奉士季那容醉步兵斸藥有時攜短鑱奏書無路請長纓此心擬說還休去付與空堦夜雨聲

寒夜讀書

北窗暖熠滿爐紅夜半濤翻古檜風老死愛書心不厭來生恐墮蠹魚中

又

韋編屢絕鐵硯穿口誦手鈔那計年不是愛書卽欲死任從人笑作書顚

又

憶昨從戎出渭濱秋風金鼓震咸秦蔦肩竟欠封侯相三尺檠邊老此身

有爲予言烏龍高嶮不可到處有僧巖居不知

其年予每登千峯樹望之慨然爲作二詩

樵子向予說有僧巢翠微巖扉雲共宿錫杖鶴同飛日莫松明火天寒槲葉衣棄官從此逝非子尚誰歸

又

嶮絕無微徑淙潺有細流寒巖依作屋墮毳拾爲裘木客求相識毛人約共遊百年如一瞬塵世幾公侯

楊庭秀寄南海集

俗子與人隔塵劫何曾相逢風馬牛夜讀楊卿南海句始知天下有高流

又

飛卿數闋嶠南曲不許劉郎誇竹枝四百年來無復繼如今始有此翁詩 温飛卿南鄉子九首其工不減夢得竹枝

夜坐示桑甥十韻

好詩如靈丹不雜羶葷腸子誠欲得之潔齋祓不祥食飲屑白玉沐浴春蘭芳蛟龍起久蟄鴻鵠參高翔縱横開武庫浩蕩發太倉大巧謝雕琢至剛反摧藏

一技均道妙佻心詎能當結纓與易簀至死猶自强東山七月篇萬古真文章天下有精識吾言豈荒唐

夢回

病骨便衾暖羈懷怯夢同鐘殘燈燼落香冷雨聲來老抱憂時志狂非濟世材明朝入冬假燒兎薦新醅

醉中草書因戲作此詩

賜休暫解簿書圍醉草今年頗入微手挹凍醪秋露重卷飜狂墨瘦蛟飛臨池勤苦今安有漏壁工夫古亦稀穉子問翁新悟處欲言直恐泄天機

閑步至鞠場值小雪

倒盡床頭酒半罌笑呼筇杖共閑行梅花照水爲誰瘦雪片倚風如許輕孟德遇冬思射獵廣文垂老謝才名歸來跨火西窗下獨數城樓長短更

張季長學士自興元遣人來因詢梁益間事悵然有感

長記殘春入蜀時嘉陵江上雨霏微垂頭驢瘦悲鈴

馱截道狐奔脫獵圍曉度市橋花欲語晚投山驛石能飛杜鵑言語元無據悔作東吳萬里歸

東齋夜興

山城殘角伴疎鐘擁褐頹然一病翁紙帳燈明蹙龜甲銅瓶火熟起松風雨來尤覺睡味美酒後不知愁思空忽憶江湖泊船夜號鳴避弋鬧羣鴻

烏龍雪

烏龍如真龍妥尾臥江磧時時登樓望爪尾略可識今朝事大異千嶂忽如失遙知重雲外已有雪數尺頗念采薇人清坐焉得食裹飯欲問之矯首空峭壁念昔故山時偃臥風雪夕靜聞長松折聲若裂巨石天晴視巖澗鳥獸死如積清夢不可尋撫楯三太息

曉出東城馬上作

曉出東城數幟紅蒙茸狐貉擁衰翁郊墟歎歲蕭條後風雪窮冬慘淡中耐辱已慚非士節端憂未辦濟民窮誕欺成俗真當懼誰挽天河一洗空

與建子振孫登千峯榭觀烏龍雪

二稺慧堪憐猶賒志學年能抛竹騣褭來看玉蜿蜒百念寬身後餘生慰眼前善和書幸在它日要人傳

述懷

尺寸雖無補縣官此心炯炯實如丹羯胡未滅敢愛死尊酒在前終鮮歡亞父抱忠撞玉斗虞人守節待皮冠縱言老病摧頹甚壯氣猶憑後代看

又

謗譽紛紛笑殺儂此身本自等虛空大鵬境界纖塵裏曠刼年光掣電中翻動煙霞長鑱在招呼風月一尊同是凡是聖誰能測試問西隣織屨翁 禪家所謂睦州陳蒲鞵者故居在郡治之西二百步

到嚴十五晦朔郡釀不佳求於都下既不時至欲借書讀之而寓公多秘不肯出無以度日殊惘惘也

桐君故隱兩經秋小院孤燈夜夜愁名酒過於求趙

壁異書渾似借荆州溪山勝處身難到風月佳時事不休安得連車載郫釀金鞭重作浣花遊

雨中獨酌

僻郡荒山下高齋寒雨中微波生酒綠短焰擁爐紅學廢悲身老民窮祝歲豐廚人羞雉兎更憶喚隣翁雉兎登盤頗懷隣里

被酒徑臥比覺已五鼓矣

俗事驅人挽不回經年無地濯氛埃酒酣稍覺客愁破睡覺忽聞山雨來窗外樹寒無鳥宿壺中水暖有梅開五更欲起先惆悵燭下文書已作堆

燈下讀玄真子漁歌因懷山陰故隱追擬

石帆山下雨空濛三扇香新翠箬蓬蘋葉綠蓼花紅回首功名一夢中

又

晴山滴翠水挼藍聚散漁舟兩復三橫埭北斷橋南側起船篷便作帆

又

鏡湖俯仰兩青天萬頃玻瓈一葉船拈棹舞擁蓑眠不作天仙作水仙

又

湘湖煙雨長蓴絲菰米新炊滑上匙雲散後月斜時潮落舟横醉不知

又

長安拜免幾公卿漁父横眠醉未醒煙艇小釣車腥遥指梅山一點青

送客至望雲門外

冬冬温頻作雨晨冷頓催晴嫩日滿江驛淡煙籠郡城憂民懷凜凜謀已恥營營投檄真須決隣翁約耦耕

題城南堂　故人陳亦顔少游四方晚乃卜居臨安城南因以城南名其堂屬余賦詩

山林恨與親友别朝市不堪車馬喧陳子調高無俗客一廛却要近修門

又

借問城南老居士新年樂事復何如春寒催喚客嘗酒夜靜臥聽兒讀書

題

故山葛仙翁丹井有偃松覆其上夭矯可愛寄葛翁煉丹一千年翁去丹飛餘此泉炯如古鏡不拂拭俯聽缺甃時鏘然老龍受命護泉臥蜿蜒直恐從天墮人言神物老愈靈夜半聲酣風雨過放翁還山亦何有閉門吟歗龍爲友客來相對聊曲肱但酌此泉勝酌酒

估客樂

長江浩浩蛟龍淵浪花正白蹴半天軻峨大艑望如豆駭視未定已至前帆席雲垂大隄外纜索雷響高城邊牛車轔轔載寶貨磊落照市人爭傳倡樓呼盧擲百萬旗亭買酒價十千公卿姓氏不曾問安知孰秉中書權儒生辛苦望一飽趑趄光範祈哀憐齒搖

髮脫竟莫顧詩書滿腹身蕭然自看賦命如紙薄始知估客人間樂

楚宮行

漢水方城一何壯大路並馳車百兩軍書插羽擁修門楚王正醉章華上璇題藻井窮丹青玉笙寶瑟聲冥冥忽聞命駕遊七澤萬騎動地如雷霆清晨射獵至中夜蒼兕玄熊紛可藉國中壯士力已殫秦寇東來遣誰射

妾命薄 太白作此篇言長門宮事予反之

妾命薄早入天家侍帷幄君王勤儉省宴游寶柱朱弦塵漠漠日長別殿承恩稀旰昃猶聞親萬機宮中雖無珠玉賜塞上不見煙塵飛不須悲傷妾命薄命薄却令天下樂

晚登千峯榭

只道文書無了日也能擺撥上層臺窗明山雪莫方作露白野梅寒未開老病真慚天下士窮愁强覆掌

中盃兒曹莫怪憑闌久得句何妨秉燭回

晝睡

書獄徵租自笑忙暫歸聊得憩匡床屏圖夜雨孤舟句枕帶秋風九日香方睡菊花枕一卷蠹書棲倦手數聲殘角報斜陽清泉浴罷西窗靜更覺茶甌氣味長

胸次鬱鬱偶取枯筆作狂草遂成長句

酒隱人間六十年晚途斂版自傷憐莊周聊寄漆園吏梅福終爲吳市仙方外酒徒盟尚在囊中劍術老當傳此心鬱屈何由豁聊遣龍蛇落蜀牋

休日與客燕語既去聽小兒誦書因復作艸數紙

賜沐家居謝椽曹暫將蕭散慰勤勞琅琅應節兒書熟疊疊生風客論高玉屑名牋來濯錦風漪奇石出臨洮託盟翰墨吾安敢揮灑淋漓自足豪張季長寄洮研何元立寄蜀紙皆近到新定

青城大面山中有二隱士一曰譙先生定字天

授建炎初以經行召至揚州欲留之講筵不可拜通直郎直祕閣致仕今百三十餘歲巢居嶮絕人不能到而先生數年輒一出至山前人有見之者其一曰姚太尉平仲字希晏靖康初在圍城中夜將死士攻賊營不利騎駿騾逸去建炎初所在揭牓以觀察使召之竟不出淳熙甲午乙未間乃或見之於丈人觀道院亦年近九十紫髯長委地喜作草書蓋皆得道於山中云

偶成五字二首託上官道人寄之

寄謝譙夫子今年一出無萬緣隨夢斷百念與形枯
雲護巢松谷神呵煆藥爐憑高應念我白首學徵租

右寄譙先生

太尉關河傑飛騰亦遇時中原方蕩覆大計易差池
素壁蘢蛇字空山熊豹姿煙雲千萬疊求訪固難知

右寄姚太尉

累日多事不復能觀書感歎作此詩

我生無他長所得靜而簡出仕三十年不殖一金產
四方到爲家所向不容揀南遊極巨海西戍掠危棧
爲州亦何好且復占仕版俸不給淖糜況敢事酒琖
晨興坐堂上符檄高巉嶻藏書三萬軸一字不到眼
胸中積磊塊歎息誰爲鏟浮生固如此正可付一莞

北窗

雲開見山雪院靜聞松風吏去曲肱臥疑非塵世中

讀范文正瀟灑桐廬郡詩戲書

桐廬朝莫苦匆匆瀟灑寧能與昔同堆案文書生眼
黑入京車馬漲塵紅逢迎風月麴生事彈壓江山毛
穎功二子年來俱埽迹頹然堪笑一衰翁

笥中偶得去年二月都下數詩

昨佩魚符入鳳城春風處處聽鶯聲欲尋舊友半爲
鬼重到西湖疑隔生浮世正如投六簙野人何意慕
三旌嚴州戍滿真當老猶幸爲民死太平

感寓

人生堂堂七尺身本與聖哲均稱人唐虞乃可讓天下光被萬世常如新哀哉末俗去古遠斵喪太朴澆全淳豆羹簞食輒動色攘竊乃至忘君親錙銖必先計利害詎肯冒死求成仁不欺當從一念始自古孝子爲忠臣

征婦怨效唐人作

萬里安西久宿師東風吹草又離離玉壺貯滿傷春淚錦字挑成寄遠詩擊虜將軍方戰急押衣敕使尚歸遲粧臺寶鏡塵昏盡髮似飛蓬自不知

雪

瘴癘家家一洗無更欣餘潤沃焦枯花壺夜凍先除水衣焙朝寒久覆爐松頂積高時自墮竹枝壓重欲相扶雲開正值春風早卻看晴光滿九衢

寒夜思飲酒不果與緯同啜藥渣魚戲作

我老畏作病盃酒久不持讀書寒雨中比夕頗思之呼童欲洗酌顧以病自疑清坐歎寂莫痛飲愁淋漓

三爵醒醉間此理當徐思一撫琴高魚且復伴吾兒
縱筆
凍硏笑矅儒雕弓隱獵徒不成平趙魏正可老江湖
顯頟頭雖秃輪囷膽尚麄咸陽呼五白何遽不能盧
又
故國吾宗廟羣胡我寇讎但應堅此念寧假用它謀
望駕遺民老忘兵志士憂何時聞遣將往護北平秋
歲晚盤尊索然戲書
經年薄宦客桐廬市邑蕭然一物無名酒不來惟飲
溼長魚難覓且焚枯支離鶴骨寒添瘦宛轉龜腸夜
自呼更與兒曹同一笑燈前短褐拆天吳
立春前四日謝雪方拜天慶庭中雪復作
珮玉珊珊謁衆真竟煩一雪慰疲民未看舞鶴隨飛
蓋先喜飄花集拜茵耕壠土膏千耦出市樓酒賤萬
家春使君老去悲才盡詩句難追節物新
桐江行

我來桐江今幾時面骨崢嶸鬢如雪怒嗔不復有端緒譏謗何曾容辨説十年山棲却水食釀桂餐芝自芳潔作官一飽仰紅腐坐對盤飧常嘔噎雪晴宿戒南山遊剩要賦詠臨清流將行復輟却退坐臺符吏牘令人愁胸中崔嵬向誰吐獨立憑高時自語文章當以氣爲主無怪今人不如古

屢雪二麥可望喜而作歌

苦寒勿怨天雨雪雪來遺我明年麥三月翠浪舞東風四月黄雲暗南陌坐看比屋騰歡聲已覺有司寬吏責腰鎌丁壯傾閭里拾穗兒童動千百玉塵出磨飛屋梁銀絲入釜須寬湯寒醅發剤炊餅裂新麻壓油寒具香大婦下機廢晨織小姑佐庖忘晚粧老翁飽食笑捫腹林下擊壤歌時康

丁未除夕前二日休假感懷

掛冠神武莫躊躇家具何妨載鹿車怨謗相乘真市虎技能已盡似黔驢黄金散後猶耽酒白髮生來更

愛書新歲定尋林下約一觴一詠未成疎

又

夢寄梅村竹塢間不堪客裏見春還潮生水欲通南
澗雪霽雲猶冒北山病思過年應小減官身得假未
全閑變名吳市男兒事末路低回自笑孱

假中閉戶終日偶得絕句

雨聲滴滴莫未已苔暈重重寒更添知是使君初睡
起清香一綫透疎簾

又

老夫昔是青城客酒肉淋漓豈本心還我山家本來
面數拳春筍薦孤斟 仗錫山寄筍枯一名筍兒拳

又

官身常欠讀書債祿米不供沽酒資剩喜今朝寂無
事焚香閑看玉谿詩

除夜雪

只怪重衾不禦寒起看急雪玉花乾遲明欲謁虛皇

殿廄馬蒙氊立夜闌

又

北風吹雪四更初嘉瑞天教及歲除戊申元日卯初立春

半盞屠蘇猶未舉燈前小草寫桃符

戊申元日

白頭身世歎羈孤一念兒時淚已濡尚記爭先書鬱

壘豈知落後舉屠蘇盃盤草草思隣舍車馬紛紛厭

九衢六十年非心自了掛冠猶足補東隅

初春感懷

關河謝遠遊歲月迫歸休敢恨驥伏櫪但思狐首丘

雪明窗誤曉霜點鬢驚秋羈旅饒愁思誰憐季子裘

閉閤

閉閤孤城賸放慵桐江清絕勝吳松雲收忽見北山

雪月落正聞西寺鍾世味老來無奈薄土思病後不

勝濃蓴羹豈止方羊酪輕許平生笑士龍

瀼溪閣小立

飽食何曾補縣官潺湲閣上倚闌干水紋靴皺風初緊花色鞓紅露未乾薄酒愁邊供醉醒故人夢裏話悲歡孤城正在山窮處過社今朝尚爾寒

睡起至園中

欲挂衣冠萬事輕不妨小住向山城綠尊耐久常相伴雪鬢纔生便放行拂枕時時覓幽夢倚闌日日聽新鸎夕陽更有欣然處來看青郊雨後耕

劍南詩稿卷第十九終

劍南詩稿目錄

卷第二十

野夫監簿大招圖　簡譚德稱監丞　致齋監
中夜與同官縱談鬼神效宛陵先生體　夜歸
次韻鄭唐老　五鼓赴太社臘祭　己酉元
日　送潘德久使薊門　我夢　晨起有感
南省宿直二首

劍南詩稿卷第二十

宋 陸游 務觀

上書乞祠

上書又乞奉祠歸夢到湖邊自叩扉此去敢辭依馬磨向來真慣擁牛衣致身途遠年齡莫報國心存氣力微誓墓那因一懷祖人間處處是危機

春殘

老墮空山裏春殘白日長庸醫司性命俗子議文章燭映一池墨風飄半篆香箇中有佳處袖手看人忙

三月二十日晚酌

暫因賜沐作閑身太息纔餘一日春委地落花新著雨穿簾歸燕不生人衛青此日怪長揖王翰當年謀卜鄰商略晚窗須小醉朱櫻青店正嘗新

次前韻

烏帽紅塵過去身荒山野水又經春殘年欲盡初聞
道薄宦宜休不問人一局枯棋忘日月數斟濁酒約
比鄰石帆山下菱歌斷未歎臨風白髮新

北窗閑詠

陰陰綠樹雨餘香半捲疎簾置一牀得祿僅償賒酒
券思歸新草乞祠章古琴百衲彈清散名帖雙鉤搨
硬黃夜出灞亭雖跌宕也勝歸作老馮唐

休日留園中至莫乃歸

儘道官身屬太倉未妨寄傲向林塘綠波春漲羣魚
樂清露晨流蔓草香閑試名弓來射圃醉盤驕馬出
毬場長城萬里知誰許看鏡空悲兩鬢霜

北窗病起

一飢可忍萬緣輕況復幽窗疾漸平更事天公終賞
識欺人鬼子漫縱橫道邊塵起頻障扇門外波清剩
濯纓不爲褊心憎薄俗客星祠下是歸程

自東津泛舟至桐溪

潮生東西津雨暗上下塔蕭蕭亂菰蒲拍拍起鳧鴨吾船雖褊小尚可著一榻溪風吹醉頰高枕墮紗帽南山浮溼翠偃蹇呼不答安得青蓮公傑句爲彈壓

迓客至大浪灘上

小壟瓜蔓綠短籬梅子黃曉風掠水來吹我醉面涼平生蕭散意未覺將迎忙溪山供一笑客主可相忘寧當倒手版聊復據胡床太平豈無象麥飯家家香我歸亦何有養氣猶軒昂那因五斗陳坐變百鍊剛

郊行

小雨東郊氣象新蕭蕭清吹爽衣巾竝谿密竹巧藏寺夾道新麻高沒人老厭簿書愁欲睡病疎盃酌渴生塵桐君山路無多遠元自知津莫問津

夏雨

東風吹雨溪上來北山出雲以應之嚴州城中三日雨朝莫點滴無休時向來秧底乾欲裂白水漫漫俄盈陂豚肩覆豆巫醉飽龍骨挂壁農遨嬉今年蠶麥

收數倍繭大如瓮麥兩岐西成在眼又如此還鄉鼓腹歌淳熙 時去受代纔四十日

雨中作

礎潤雲生五月中山城細雨晚空濛讀書雖恨此身老把酒尚思吾輩同積潤畫圖昏素壁漬香衣幘覆熏籠新晴不用占鍾鼓臥聽林梢淅淅風

醉題

不學空門不學仙清樽隨處且陶然人情正可付一笑生世元知無百年白首難陪東閤客清風自足北窗眠歸耕只要無人問安用文章海內傳

有懷青城霧中道友

雪谷孤松自鬱然紛紛朝菌但堪憐坐更拂石芥城刼時說開皇龍漢年淡煮藜羹天送供閑拖藤杖地行仙共看王室中興後更約長安一醉眠

梅雨初晴迓客東郊

霽色澄鮮已斷梅江郊隱隱尚輕雷層巒正對孤城

落健席遙看大艑來幼婦髻鬟簪早稻近村坊店賣新醅吾行在處皆詩本錦段雖殘試剪裁

晚歸

暑雨初晴日江皐欲莫天鴉棲沙際樹人喚渡頭船病骨羸將折昏眸困欲眠市橋燈火鬧且復喜豐年

休日登千峯榭遇大風雨氣象甚偉

今日逢休沐憑高且暫閒風聲初捲野雨氣已吞山疾病臨觴嬾塵埃得句慳西征忽在眼河勢抱函關

雨中獨坐

馬目山頭雨脚昏龍津橋下浪花翻年豐郡僻無公事一炷清香晝掩門

舊識姜邦傑於士友韓无咎許近屢寄詩來且以无咎平日倡和見示讀之悵然作此詩附卷末 須溪本作嚴州贈姜梅山

故人玉骨已生苔 謂南澗公 邂逅逢君亦樂哉湖寺繫舟無夢去京塵馳騎有詩來醉中不敢教兒誦看

處常須浴手開久矣世間無健筆相期努力斡萬鈞回

釣臺見送客罷還舟熟睡至覺度寺

抽身簿書中茲日睡頗足縹緲桐君山可喜忽在目紛紛衆客散杳杳一笻獨昔如脫淵魚今如走山鹿詩情森欲動茶鼎煎正熟安眠簟八尺仰看帆十幅逍遙富春飯放浪漁浦宿送老水雲鄉羹藜勿思肉

泛富春江

雙艣搖江疊鼓催伯符故國喜重來秋山斷處望漁浦曉日昇時離釣臺官路已悲捐歲月客衣仍悔犯風埃還家正及雞豚社剩伴鄰翁笑口開

宿漁浦

東歸剡曲只三程旅泊還如萬里行燈影動搖風不定船聲鞺鞳浪初生曳裾非復白頭事瞑目那求青史名歸去若爲消莫境一蓑煙雨學春耕

泝小江飯舟中

老作孤舟客秋濤漲小江林昏見飛燐村近有驚尨

天闊三更月篷低一尺窗魚殘雖草草聊喜到吾邦

乞祠久未報

聖朝未許領叢祠擁褐清羸不自支鄧禹有靈應笑拙周公無夢固知衰得閑要及身安日到死應無睡足時七百日來塵滿抱今朝湔袚有新詩

七月十日到故山削瓜瀹茗翛然自適

鏡湖清絕勝吳松家占湖山第一峯瓜冷霜刀開碧玉茶香銅碾破蒼龍壯心自笑老猶在狂態極知人不容擊壤窮閻歌帝力未妨堯舜亦親逢

曉興

亂蟬嘒新秋老木立清曉我亦岸綸巾寄傲萬物表大千藏粒粟浩劫過飛鳥癡子居其間利欲自纏繞可憐榮進意未向蓋棺了浮名更嚇鬼白堊寫丹旐我於斯世事看破自少小老矣更何求歸哉憩林沼

感秋

會稽八月秋始涼梧桐葉落覆井床月明縞樹遶驚

鵠露下溼草啼寒螿丈夫行年過六十日月雖短志意長匣中實劍作雷吼神物那得終摧藏君不見昔時東都宗大尹義感百萬虎與狼疾危尚念起擊賊大呼過河身已僵 宗汝霖垂死尙部勒諸將北伐忽大呼過河者三隨即殞絶

秋夜有感

候蟲何喞喞歲晚聲出壁不惟嬾婦驚感此白頭客壯年事征戍萬里不得息揚鞭淩秋濤策馬赴山驛日照蛟鼉涎雪印豺虎迹誰知七尺軀幸脫九死厄前年補畿郡入對瞻玉色報恩無死所再拜衰淚滴即今故山歸愈歎老境逼不眠中夜起仰視星歷歷中原何時定銅駝臥荊棘滅胡恨無人有復不易識

五鼓入城

道旁竹樹露如傾帶睡悠悠十里行曉色未分煙尚重壓城樓閣已崢嶸

飯罷忽隣父來過戲作

旋炊香稻鬻新菰飯飽逍遙樂有餘茶味森森留齒類香煙郁郁箸圖書毛皮尚在寧知我鱗甲深藏莫問渠賴有鄰翁差耐久雨畦頻喚共攜鉏

秋夜讀書

一雨濯殘熱秋氣忽已深青燈照空廊重露滴高林危坐讀周易會我平生心夜分徐掩卷閑弄床上琴簾外初斜河屋頭已橫參人生每如此利欲安能侵

夜坐忽聞村路報曉鐵牌

何人叩鐵警農耕炊飯家家起五更也似早朝風雪裏遙聽宮漏下宮城

又

秋氣淒涼霧雨昏老書生病臥孤村五更不用元戎報片鐵錚錚自過門

白雲自西來過書巢南窗

岷山千里青未了恨隔長江不到吳羈雲冉冉吾舊識安得挽之來坐隅

贈竹十韻

放翁小築湖西偏虛窗曲檻無炎天人間乃有真富貴遶舍十萬碧玉椽連林娟娟泫清露高枝裊裊搖蒼煙常憂俗客觸新粉屢戒園丁傷逸鞭涼生尊罍消午醉聲撼窗扉驚晝眠春殘斸土得美茁氣壓卿相食萬錢爾來作吏若墮穽每一夢到心悽然還家再見却惝怳塵土何地從臞仙囊中幸藏餐玉法欲屏萬事相周旋更當待月出東嶺坐石泠泠揮響泉

雜感

自古文章與命仇功名身外更悠悠一從識得元無事窮死逢人不說愁

又

小軒幽檻雨絲絲種竹移花及此時客去解衣投臥榻半醒半醉又成詩

又

少年意氣與春爭朱彈金鞭處處行誰信即今空谷

裹旋租黃犢學躬耕

又

自洗銅壺試玉醅小軒風月爲徘徊此心未與年俱
老猶解逢花眼暫開

又

側帽垂鞭小陌東名花迎笑一枝紅啼鶯驚斷尋春
夢惆悵新霜點鬢蓬

入城寓榻開元

羸僮倦馬困長堤借榻禪房日未西熟睡覺來閒隱
几庭楸陰轉乳鵶啼

夜出偏門還三山

月行南斗邊人歸西郊路水風吹葛衣草露溼芒屨
漁歌起遠汀鬼火出破墓淒清醒醉魂荒怪入詩句
到家夜已半佇立叩蓬戶稚子猶讀書一笑慰遲莫

四鼓酒醒起步庭下

酒解夜過半出門步中庭天高河漢白月淡煙霧青

重滴竹杪露疎見樹罅星壞甃啼寒蛩深竹明孤螢
秋晚雖未霜蠹葉時自零四序逝不留慨然感頽齡
平生茅一把不博帶萬釘鵾溝謝拍拍鴻路追冥冥

感憤秋夜作

月昏當戸樹突兀風惡滿天雲往來太阿匣藏不見
用孤憤書成空自哀吾輩赤心本貫日昔人白骨今
生苔榮河温洛不可見青海玉關安在哉

反感憤 明夜讀前作而悲乃復作此自解

膊膊庭樹雞初鳴喔喔天衢雁南征百年朝露豈長
久萬事浮雲常變更出處有心終有愧聖賢無命亦
無成西疇雖薄可自力雙犢且當乘雨耕

東齋

著脚紅塵已恨深便應畢世住山林貴人自作宣明
面老子曾聞正始音議論坐狂當永棄簿書緣病復
難任東齋幽寂憑誰畫開幔床横一素琴

雨夜四鼓起坐至明

門巷冷如氷生涯淡似僧小窗愁夜雨孤影怯秋燈林鵲棲仍起山童喚不膺悠然坐待旦息倦倚書縢

夜讀兵書

八月風雨夕千載孫吳書老病雖憊甚壯氣頗有餘長纓果可請上馬不躊躇豈惟鏖皐蘭直欲封狼居萬乘久廵狩兩京盡丘墟此責在臣子憂愧何時攄南鄭築壇場隆中顧艸廬邂逅未可知旄頭方掃除

老嘆

百年逝不留萬事本難料夜行鐘漏迫但取賢達笑頗疑功名事造物付年少歸休莫問人曉鏡勤自照

秋霽

灝氣明山川霽色滿天地西風吹我衣忽有萬里意中原運當平所要在得士餘年猶幾何棄置復棄置

齋中聞急雨

一味疎慵養不才飯蔬亦已罷銜盃衡茆終日人聲絕臥聽芭蕉報雨來

老病追感壯歲讀書之樂作短歌

少年志力强文史富三冬但喜寒夜永那知睡味濃庭樹風淅淅城樓鼓鼕鼕自鞭不少貸凍坐聞晨鐘探義劇攻玉摛文笑雕龍落紙筆縱橫圍坐書壘重得意自吟諷清悲答莎蛩飢腸得一麫美如紫駝峯俯仰五十年千世終不逢夜半起飯牛頹然成老農束書不更讀蠹簡流塵封世無袁伯業太息吾何從

閑中戲書

糲飯從來不願餘還山喜遂此心初挽河盡洗彈冠念閉戶閑雖插架書一榼不妨從客飲數椽也復是吾廬少游細看猶多事安用人間下澤車

又

少年拜舞綴庭紳曾見中天日月新金印終歸妄校尉白頭仍是斥仙人修營香火三生願收拾風波九死身豈但漁樵與爭席海邊漚鳥亦相親

又

釣竿風月寄滄洲醉髮鬖鬖荻葉秋仕進世誰知我懶功名命不與人謀衰遲更覺歲時速疎賤空先天下憂病骨未銷讒未已聊須周易著牀頭

采藥

簣子編成細箬新獨穿空翠上嶙峋丹砂巖際朝暾日狗杞雲間夜吠人絡石菖蒲蒙綠髮纏松薜荔長蒼鱗金貂謁帝我未暇且作人間千歲身

過猷講主桑瀆精舍

寂莫衡門傍水開放翁曳杖此徘徊林疎時見釣篷過風急忽聞菱唱來講罷繩床懸麈柄齋餘童子供茶盃解衣許我閑摩腹又作幽窗夢一回

自桑瀆泛舟歸三山

端爲身閑覺日長不嫌兒輩笑清狂湖光瀲瀲歸舟疾雨點霏霏醉頰涼斷彴苔生人喚渡孤村霜近稻登場宦情不獨今年薄游子從來念故鄉

訪野人家

山入柴門窄橋通野路長羣童挑燕筍幼婦采雞桑
淳古非今俗留連到夕陽盤飧敢辭飽滿箸藥苗香

塞上曲

秋風獵獵漢旗黃曉陌霜清見太行車載氈廬驅載
酒漁陽城裏作重陽

又

將軍許國不懷歸又見桑乾木葉飛要識君王念征
戍新秋已報賜冬衣

又

金鼓轟轟百里聲繡旗寶馬照川明王師仗義從天
下莫道南兵夜斫營

又

老矣猶思萬里行翩然上馬始身輕玉關去路心如
鐵把酒何妨聽渭城

硯湖 并引

余得英石數峯環立其中凹處可容一龠因

以豬水代硯滴名之曰硯湖且爲賦詩

羣山環一湖湖水綠溶瀁微風掠窗過亦解生細浪
餘流浸翠麓倒影寫青嶂自然出天工豈復煩巧匠
病夫屏盃酌不遣運酒舫時時挹清泚筆墨助豪宕
帖成龍蛇走詩出雷雨壯從今几硯旁一掃蟾蜍樣

泛湖

筆牀茶竈釣魚竿瀲瀲平湖淡淡山浪說枕戈心萬
里此身常在水雲間

寓蓬萊館

桐葉吹殘蕉葉黃驛窗微雨送淒涼長安詩史無平
素莫恨棲棲立路旁

又

古驛蕭蕭獨倚闌角聲催晚雨催寒殘年遇合應無
日猶說新豐強自寬

夜還驛舍

樓上鼕鼕初發更斷雲收雨旋成晴市橋新漲搖燈

影驛路殘泥壯屐聲闤闠變遷非曩日情懷牢落感餘生高秋病起猶能醉剩買官醅樂太平

舟中大醉偶賦長句

過江何敢號高流偶與俗人風馬牛畫檝新搖嚴瀨月清尊又醉戴溪秋壯心無復在千里老氣尚能橫九州古寺試求三丈壁爲君驅筆戰蛟虬

行飯至新塘夜歸

門前徙倚尚餘霞湖上歸來月滿沙雲逕一聲新到雁林昏數點後棲鴉凄迷籬落開寒菊鄭重比隣設夜茶早議挂冠君會否莫年心念不容差

雲門感舊

總角來遊老未忘背人歲月去堂堂穉松看到偃霜蓋廢寺憶曾開寶坊佛几古燈寒熖短齋厨新粟午炊香興闌未忍登車去更倚溪橋立夕陽

若耶溪上

微官元不直鱸魚何況人間足畏途今日溪頭慰心

處自尋白石養菖蒲

又

九月霜風吹客衣溪頭紅葉傍人飛村場酒薄何妨醉菰正堪烹蟹正肥

秋雨頓寒偶書

羈懷不醉自昏昏卧對青燈獨掩門沙雁帶寒來古澤林鳩催雨暗孤村數椽蟹舍償初志九陌塵衣洗舊痕自歎一生書裏活莫年無力濟黎元

新晴泛舟至近村偶得雙鱖而歸

秋風一夜老汀蘋剡曲稽山發興新青嶂會爲身後塚扁舟聊作畫中人園林搖落知寒早父老逢迎覺意真歸舍不妨成小醉眼明細柳貫霜鱗

上書乞祠輒述鄙懷

干祿本代耕窮達敢自必早遇高皇帝九品對宣室妄懷犬馬心嫠緯不暇恤上恩等天地腰領免斧鑕旋屬紹興末暘谷瞻出日賤臣復何幸便殿首造膝

煌煌帝堯典推擇首秉筆愚忠雖懇款野性實坦率
飄然去周行湖海抱沉疾遠遊客窮塞亭障秋蕭瑟
聖君終記省萬里忽乘馹同朝久凋謝存者不十一
造廷故抱暗下殿衰涕溢蹉跎又十載憂患豈易述
流年不貸人白髮日夜密冠雖未即挂馭已不容叱
尚覬公朝恩養老霑散秩閉門教子孫志願真永畢

泛湖上雲門

三百里湖秋渺然是間可以著釣船浩歌莫過石帆
下爛醉夜泊樵風邊 樵風涇在若耶溪鏡湖之間 茫茫沙
月忽側墮梟梟山氣時孤騫冥鴻遠舉謝斯世白鷗
自放全其天幽棲幸脫市朝械捷徑郍著功名鞭人
生各自適意耳稷禹巢許知誰賢

書歎

世態秦歎楚交情越視秦寧教待甕乳不耐望車塵
書積高圍坐花繁亂插巾那須散人號已是葛天民

枕上作

寒夜臥林廬蕭然適有餘蟲悲號壞壁燈暗守殘書養拙天知我安貧老似初雖非漆園吏也作蝶蘧蘧

老病無復宦情或者疑焉作此示之

病思蕭條豈獨今十年前已鬢霜侵舊交略盡形弔影薄宦宜休口語心老驥已甘當伏櫪窮猿況是急投林別君徑入亂雲去後日相思何處尋

拄杖

放翁拄杖具神通蜀棧吳山興未窮昨夜夢中行萬里蓮華峯上聽松風

北望

北望中原淚滿巾黃旗空想渡河津丈夫窮死由來事要是江南有此人

歲晚感懷

利名爭奪兩皆非生世寧殊露易晞老冉冉來誰獨免冢纍纍處會同歸聽歌莫惜終三疊縱獵何妨更一圍醉臥日高呼不醒笑人霜曉束朝衣

大雨中作

北風撼山勢岌岌老夫倚杖檐前立貪看白雨掠地風飄灑不知衣盡溼當年入朝甫三十丈胡塵叩江急屬聞蠟彈遣檄書亟壞布裳縫袴褶即今白髮不可數破屋頹垣窘風雨汝生汝死問者誰人雖不問心自悲

繫舟平水步

舟尾參差野岸横屐聲穿市得閑行雨昏茆店炊煙溼人語蓬窗績火明枝上橙香初受摘擔頭菰脆正堪烹漁樵自是平生意不爲衰遲薄宦情

初到行在

六十之年又四年也騎瘦馬趁朝天首陽柱下孰工拙從事督郵俱聖賢筆墨有時閑作戲功名到底是無緣都城處處園林好不許山翁醉放顛

還都

平生薄宦所願得早休奔走三十年鏡中霜鬢秋

歸踏長安道恍然皆舊遊處處見題名始驚歲月遒西湖隔城門放浪輸白鷗當時見種柳已足繫巨舟挂冠當自決安用從人謀勿以有限身常供無盡愁

宿監中偶作

流落歸來兩鬢絲此生真媿北山移數殘宮漏寒無寐開盡梅花病不知同舍破甘醒宿酒故人折簡索新詩生涯可笑清如許枉是京塵撲馬時 譚德稱有簡催和詩

四鼓出嘉會門赴南郊齋宮

客遊梁益半吾生不死還能見太平初喜夢魂朝帝所更驚老眼看都城九重宮闕晨霜冷十里樓臺落月明白髮蒼顏君勿笑少年慣聽舜韶聲

題張野夫監簿大招圖

此生只合老漁樵扶病誰令趁早朝開卷未終三太息羈魂零落恐難招

簡譚德稱監丞

廣都江上送舟行淚灑春風別少城冉冉幾經新歲律依依猶有舊交情塵冠當挂彈何用革帶頻移瘦自驚剩欲約公風雨夜一燈相對話平生

致齋監中夜與同官縱談鬼神效宛陵先生體

五客圍一爐夜語窮幻怪或誇雷可斫或笑鬼可賣或陳混沌初或及世界壞或言修羅戰百萬起睚眦餘談恣搜抉所出雜細大風雲墮皮幘幽坎窺鐵械羣號起古聚孤泣出空廨妖狐冠髑髏掩袂弄姿態空轄伏逸囚夜半出竊嘬雖云多聞益頗犯綺語戒不如姑置之投枕休困憊明當掛祠衣僕僕愁亟拜

夜歸

飲酒不盡觴觀棋不竟局索馬踏街鼓仰視月挂木疾馳沿河隄不記幾坊曲到家四鄰寂往往睡已熟天香餘裊裊佛燈猶煜煜中庭雖一席緩步意亦足寒犬吠荊籬棲鵲起叢竹市聲從北來始覺非林谷却尋西窗書開卷剪殘燭官閑居更遠一笑謝羈束

次韻鄭唐老

宦遊早日闕相聞一面那知乃爾勤秋釣清灘方入夢曉穿細仗又逢君驟看落筆驚風雨便擬同舟臥水雲作意歸休還會否莫年無力起斯文

五鼓赴太社臘祭

霜寒裂屋瓦月白射坊門病骨愁看影孤吟怯斷魂飢鷹掣羈紲老馬伏車轅不奈清宵夢殘蕪滿故園

己酉元日

夜雨解殘雪朝陽開積陰桃符呵筆寫椒酒過花斟巷柳搖風早街泥濺馬深行宮放朝賀共識慕堯心

以亮陰免賀禮

送潘德久使薊門

崑崙東分一枝渾犇蹴砥柱經龍門羲皇受圖撫上古神禹治水開中原三靈實扶藝祖業萬國共仰東都尊羣兒撞壞吁可歎顧使殘虜今遊魂因君試求出師路孟津白馬應如故不須更議繫河橋北風正

可乘冰渡頗聞盧龍已數盡復道飛狐合屯戍轅門
倘駐拂雲祠烽火應過明妃墓君歸解鞍藉芳草細
談塞北忘予老讀書飲酒待賊平萬丈旄頭方下掃

我夢

我夢入煙海初日如金鎔赤手騎怒鯨橫身當渴龍
百日京塵中詩料頗闕供此夕復何夕老狂洗衰慵
夢覺坐歎息杳杳三茆鐘車馬動曉陌不竟睡味濃
平生擊虜意裂眥髮上衝尚可乘一障憑堞觀傳烽

晨起有感

痛飲可以豪謝病可以高計之顧不審老與世俗鏖
丈夫本自許四十擁旌旄上馬不回顧賊穴窮腥臊
渭橋恥未雪孰謂弓可櫜此志竟悠悠徂歲行滔滔
一官客長安燭下束弊袍豈惟歎龍鍾行恐悲焄蒿
吾曹議古人後亦觀吾曹浮雲易變滅公議終堅牢

南省宿直

檐角參差散莫霞重門鎖斷市聲譁風經綠樹鴉棲

穩月入空廊桂影斜藤紙靜臨新獲帖銅瓶寒浸欲開花誰知今夕幽窗夢又摻扁舟上若耶

又

頹然靜對北窗燈識字農夫有髮僧但遣奚奴持古錦何須侍史護青綾塵埃犇走無由息疾病侵陵不自勝猶喜眼中多壯觀時看雲海化鯤鵬

劍南詩稿卷第二十終

劍南詩稿目錄

卷第二十一

下小酌　鄰曲有未飯被追入郭者憫然有作
吾廬　飲酒望西山戲詠　小院　發篋得
故人書有感　秋光　晚秋風雨　幽居二首
故山四首　秋晚弊廬小葺一室過冬欣然
有作　小室晚酌　冬晚山房書事二首　村
居日飲酒對梅花醉則擁紙衾熟睡甚自適也
山居疊韻　寓歎三首

劍南詩稿卷第二十一

宋　陸游　務觀

夜歸塼街巷書事

近坊燈火如晝明十里東風吹市聲遠坊寂寂門盡閉只有煙月無人行誰家小樓歌惱儂餘響縹緲縈簾櫳苦心自古乏真賞此恨略與吾曹同歸來空齋臥凄冷燈前病骨巉巉影獨吟古調遣誰聽聊與梅花分夜永

馬上作

三十年前客帝城城南結騎盡豪英湖山冷落悲陳迹文字流傳付後生衰老更禁新臥病塵埃時拂舊題名馬頭風捲飛花過又得殘春一日晴

行在春晚有懷故隱

老辱明時乞一官逢春惆悵獨無歡舊人零落北音

少市肆蕭疎民力殫歸計已裁千箇竹殘年合掛兩
梁冠石帆山路頻回首箭茁蓴絲正滿船

儀曹直廬

春晚氣始和微雲淡朝陽開軒面小庭露漬薔薇香
遊絲卷欲盡忽復百尺長而我正遺事枕藉書一牀
讒波雖稽天未遽妨人狂惟當傾綠酒莫待熟黃粱

讀書

兩兩星疃九九車天津笑我醉騎驢床頭正可著周
易架上何妨抽漢書幸有古人同臭味不嫌兒子似
迂疎頹然白髮雖堪鄙耐事禁愁却有餘

小昭慶院講僧舊在都下與之相從今沒已久
見畫像於院中作詩吊之

曩歲曾陪夜講燈伏犀插腦齒如冰假令重見應難
識遺像癯然一老僧

晨入省中偶書

清風拂畫簾初日照素壁花枝蝶小憩草葉露時滴

房櫳闃無人溝水聲潡潡摩挲語枯笻伴我住幽寂

春晚

今年病過春得健春欲盡更堪風雨橫紅溼樓綠潤一笑本自難造物復爾吝榆莢堆平堦柳絮飛作陣塵埃生破榼霜雪滿衰鬢平生慕陶謝著語終不近

觀潮 送劉監至江上作

江平無風面如鏡日午樓船帆影正忽看千尺涌濤頭頗動老子乘桴興濤頭洶洶雷山傾江流却作鏡面平向來壯觀雖一快不如帆映青山行嗟余往來不知數慣見買符官發渡雲根小築幸可歸勿爲浮名老行路

新晴馬上

一劍飄然萬里身白頭也復走京塵畫樓酒旆滴殘雨綠樹鸎聲催莫春絕塞勒回勳業夢流年換盡市朝人此生安得常强健小艇湘湖自采蓴 湘湖在蕭山縣

過六和塔前江亭小憩
斷岸孤亭日莫時欄邊聊試葛巾欹偶觀拄席乘潮快便覺懸車納祿遲痛飲相如無奈渴清言叔寶不勝羸年來親友凋零盡惟有江山是舊知

春夕睡覺
破衫羸馬老黃塵人自衰遲歲自新積雨恐侵春甲子昏燈嬾守夜庚申花枝影轉欹殘月鼻鼾聲豪撼四鄰自笑功名猶有夢散關金鼓震函秦

送霍監丞出守盱眙
淮浦鱗鱗浸碧天即今誰料作窮邊空聞甌脫嘶胡馬不見浮屠插霽煙亭障久安無檄到盃觴頻舉有詩傳長城萬里英雄事應笑窮儒飽晝眠

寄題徐載叔秀才東莊　東莊乃藏書之所
次公醒狂何必酒直諒多聞俱可友萬籤插架號東莊多稼連雲亦何有今年偶入長安城不識貴人呼作鄉南臺中丞掃榻見北門學士倒屣迎郎官酸寒

誰肯顧君來下馬談至莫東莊雖富未可矜更要縱橫開武庫

入省

點點輕花墮綠盃翩翩羸馬犯黄埃眼邊好句等閑過夢裏故人時一來玉塞請行狂故在霜髭自照老相催今朝涼冷文書少隱几南窗聽轉雷

出省

五更束帶聽朝雞出省還家日已西酒市雨餘青旆重河橋風爽紫騮嘶久慚旅飯糜倉粟常憶新橙擣膾齏萬事似棋聊爾耳年來著數不勝低

和周元吉右司過弊居追懷南鄭相從之作

梁益東西六十州大行臺出北防秋閱兵金鼓震河渭縱獵狐兔平山丘露布捷書天上去軍諮祭酒幄中謀豈知今日詩來處日落風生蘆荻洲

尤延之侍郎屢求作遂初堂詩詩未成延之去國因以奉送

印何纍纍綬若若只堪人看公何樂忽然捩柂開布
颿慰滿平生一丘壑遂初築堂今幾時年年說歸真
得歸異書名刻堆滿屋欠伸欲起遭書圍捨之出遊
公豈誤綠髮朱顏已非故請將勳業付諸郎身踐當
年遂初賦

送張野夫寺丞牧滁州

皇天方憂九州裂建隆真人仗黃鉞陣雲冷壓清流
關賊壘咿嚶氣如髮逋誅猾虜入檻車北風吹乾草
頭血一龍上天三百年舊事空聞遺老說金印斗大
誰作州公子玉面蒼髯虬賦詩健筆挾風雨論兵辯
舌森戈矛別君帳飲灞橋頭長歌爲君寬旅愁戰場
遺迹儻可畫尺素寄我關河秋

史院書事 是日丞相過局

信史新修稿滿床牙籤黃帊帶芸香中人馳賜初宣
旨丞相傳呼早出堂皇祖聖謨高萬古諸賢直筆擅
三長孤臣曾趣龍墀對白首爲郎只自傷 紹興辛巳嘗

蒙恩賜對今三十九年矣

病中數辱曾無逸架閣見問今日忽聞徙居走筆奉簡因致卜鄰之約

病羸不辦攬衣迎剝啄空慚扣戶聲凡藥豈能驅二豎清心幸足制三彭巷南僦屋儻可問歲晚囊衣吾亦行不爲朝天愁路澀夜窗燈火要尋盟

喜楊廷秀祕監再入館

公去蓬山輕公歸蓬山重錦囊三千篇字字律呂中文章實公器當與天下共吾嘗評其妙如龍馬受鞚燕許亦有名此事恐未夢嗚呼大廈傾孰可任梁棟願公力起之千載傳正統時時醉黃封高詠追屈宋我如老蒼鶻寂莫愁獨弄杖屨勤來遊雪霽梅欲動

次韻和楊伯子主簿見贈

齋戒叩頭牋天公幸矣使我爲枯蓬枯蓬於世百無用始得曠快乘秋風此生安往失貧賤白髮蕭蕭對黃卷今人雖鄰有不覿古人卻向書中見猨啼月落

青山空舊隱夢寂思東蒙不願峨冠赤墀下且可短劍紅塵中終年無人問良苦眼望青天惟自許可憐對酒不敢豪它日空澆墳上土文章最忌百家衣火龍黼黻世不知誰能養氣塞天地吐出自足成虹蜺渡江諸賢骨已朽老夫亦將正丘首杜郎苦瘦帽擪耳程子久貧衣露肘君復作意尋齊盟豈知衰懦畏後生大篇一讀我起立喜君得法從家庭鯤鵬自有天池著誰謂太狂須束縛大機大用君已傳那遣老夫安注脚　杜與伯高程有徵文若皆近以詩文得名於諸公而尤與予善

簡何同叔

白髮都門客青燈夜雪時盡捐塵世事細看月湖詩格律氷霜敵襟懷猿鶴知吾儕端後死此事要深期

去國待潮江亭太常徐簿宋卿載酒來別

昨解魚符已徑歸偶隨尺一起柴扉暫延留已媿黔吾突久住空令緇客衣外物紛紛何足問故人眷眷莫

相違從今再見應無日長與沙鷗共釣磯

醉中作行草數紙

還家痛飮洗塵土醉帖淋漓寄豪舉石池墨瀋如海寬玄雲下垂黑蛟舞太陰鬼神挾風雨夜半馬陵飛萬弩堂堂筆陣從天下氣壓唐人折釵股丈夫本意陋千古殘虜何足膏碪斧驛書馳報兒單于直用毛錐驚殺汝

雪夜小酌

黃昏雲齊雪意熟二更雪急聲簌簌地爐對火得奇温兎醢魚鱐窮旨蓄引盃且作稿面紅脫帽不管衰鬢禿浩歌三終徐自和藏書萬卷方盡讀從來本不擇死生況復區區論禍福雪晴著屐可登山與子一放千里目

即事

墍壁編茅養病翁五更擁褐聽霜風老雞棲冷啼偏早宿火灰深撥更紅知我向來惟斷簡會心終竟在

孤篷東歸已賣腰間劍魯叟從今不諱窮

到家旬餘意味甚適戲書

天恐紅塵著脚深不教經歲去山林欲酬清淨三生願先洗功名萬里心石鼎颼飀閑煮茗玉徽零落自修琴晚來剩有華胥興卧看西窗一炷沉

雨後復小雪

雨雪來無已冬春忽欲交賤貧安淡薄老鈍耐譏嘲村酒兒能取農書手自鈔莫年真箇嬾屋漏旋添茆

鯉魚行

鯉魚財三尺淺水不覆脊雖懷江湖樂已歎刀几赤長鯨之長幾千丈雪鬣山傾萬重浪縱遊不厭滄海寬一躍已在青天上身世局促古所哀噞喁貪餌胡爲哉人間溝瀆莫更顧夜半變化乘風雷

雪夜作

雪重從壓竹竹折有奇聲雪深亦莫掃小窗終夜明我老尚耐冷開卷對短檠龍茶與羔酒得失不足評

但思被重鎧夜入蔡州城君勿輕癯儒有志事竟成

晨起

倦枕廉纖雨幽窗料峭寒溪柴旋篝火野蔌鬭登槃年老衣冠古身閑宇宙寬兒孫生我笑趨揖已儒酸

鄉市小把柴謂之溪柴蓋自若耶來也

野饋

經年倉粟厭陳陳天遣香秔饋野人黃耳蕈生齋鉢富白頭韭出客盤新此生不復營三釜一飽何曾羨八珍尚媿古來高士在盃羹無糝甑生塵

醉中浩歌罷戲書

造物小兒如我何還家依舊一漁蓑穿雲逸響蘇門嘯卷地悲風易水歌老眼閱人真爛熟壯心得酒旋消磨傍觀虛作窮愁想點檢霜鬚却未多

朝雨

午夜星照泥平日雲行西小屋古澤中天昏雨淒淒避溼升我堂垂翅閔老雞所欣園中蔬冒土青滿畦

門無今雨客路滑愁長堤一盃且復睡物理何足齊

春雨

苦雨何時止微雲又作陰傍簷時小立隱几復微吟
枝重殘紅溼隄平漲綠深物華元自好老病負登臨

又

春愁無處避春雨幾時晴黯黯陰連月蕭蕭滴到明
窗昏減書課弦緩咽琴聲何以娛幽獨新醅手自傾

記夢

夢裏都忘兩鬢殘恍然白紵入長安砑教紙熟修溫
卷僦得驢騎候熱官紅葉滿街秋著句青樓燒燭夜
追歡如今萬事消除盡老眼摩挲靜處看

野興

紅飯青蔬美莫加鄰翁能共一甌茶舍西日緊花房
斂港北風生柳腳斜筇杖不妨閑有伴茆簷終勝老
無家自驚七十猶强健采藥歸來見莫鴉

又

鬢邊莫笑久星星造物常鍾我輩情每帶餘酲蹋花影又和殘夢聽鸎聲軒窗風過書籤亂洲渚潮生釣艇橫韓子未除豪氣在文章都待不平鳴

杭湖夜歸

昔如架上九秋鷹今似窗間十月蠅無復囊韝思出塞不妨粥飯略同僧白蘋洲晚初回櫂綠樹村深已上燈莫謂陶詩恨枯槁細看字字可銘膺

又

野艇迢迢信所之歸來常及欲昏時陂塘煙重怨姑惡林薄月明悲子規出谷寺鐘初縹緲穿籬績火已參差欣然笑向譍門說又了浮生一首詩

或問余近況示以長句

天亦知予嬾是真莫年乞與自由身幽尋東浦鷺迎櫂獨臥北窗鸎喚人野舟滿頭狂取醉草廬容膝樂忘貧死時是處堪藏骨不用要離更作鄰

估客有自蔡州來者感悵彌日

洮河馬死劍鋒摧綠髮成絲每自哀幾歲中原消息
斷喜聞人自蔡州來

又

百戰元和取蔡州如今胡馬飲淮流和親自古非長
策誰與朝家共此憂

初夏郊行

小硯孤吟恐作愁長堤曳杖且閑遊破雲山踴千螺
翠經雨波涵一鏡秋粔籹青紅村步市闌干高下寺
家樓去年此日君知否十丈京塵没馬頭

重午

葉底榴花蹙絳繒街頭初賣苑池冰會稽不藏冰賣者皆
自行在來世間各自有時節蕭艾著冠稱道陵

夏日

赤日黃塵襬襶忙放翁湖上獨相羊竹梢露滴驚殘
夢荷蓋風翻送早涼暑用酒逃猶有待熱憑心靜勝更
無方空齋一榻翛然卧閑看衣篝起篆香

睡起見楊花滿庭偶書

斷香裊裊傍窗紗睡起瞢騰日未斜堪歎一春風雨惡今年四月見楊花

梅雨

沐罷斜簪二十冠斷雲殘靄暗江干絲絲梅子熟時雨漠漠楝花開後寒剩采芸香辟書蠹旋舂麥麪續家餐日長倦睫惟思閉茗椀真須抵死寬

醉歌

讀書三萬卷仕宦皆束閣學劍四十年虜血未染鍔不得爲長虹萬丈掃寥廓又不爲疾風六月送飛雹戰馬死槽櫪公卿守和約窮邊指淮淝異域視京雒於乎此何心有酒吾忍酌平生爲衣食斂版靴兩腳心雖了是非口不給唯諾如今老且病鬢禿牙齒落仰天少吐氣餓死實差樂壯心埋不朽千載猶可作

醉書秦望山石壁

秋雨初霽開長空夜天無雲吐白虹擘波浴海出日

月破山卷地驅雷風崑崙黃流瀉浩浩太華巨掌摩穹穹平生所懷正如此拜賜虛皇稱放翁放翁七十飲千鍾耳目未廢頭未童向來楚漢何足道真覺萬古無英雄行窮禹迹亦安往聊借曠快洗我胷濤瀾屢犯蛟鰐怒澗谷或與精靈逢黃金鑄就決河塞俘馘頡利長安宮不如醉筆掃青嶂入石一寸豪健驚天公

秋夜

藥餌扶衰疾琴書返故園陶公方止酒樂令且清言煙鳥宿沙際露螢明草根塵囂不到處此意與誰論

夜意

孤夢初回夜氣清世塵掃盡覺心平月沉洲渚漁歌遠人語比隣績火明獨汲寒泉鳴細綆靜聽漏鼓下高城悠然坐待東方白却看軒窗淡日生

蝸廬

小葺蝸廬便著家槿籬莎徑任欹斜爲生草草僧行

脚到處悠悠客泛槎孤蝶惜衣晴曝粉稺蜂貪蜜晚爭花有書嬾讀吾堪愧睡起何妨自碹茶

予十年間兩坐斥皐雖擢髮莫數而詩爲首謂之嘲詠風月既還山遂以風月名小軒且作絕句

扁舟又向鏡中行小草清詩取次成放逐尚非餘子比清風明月入臺評

又

綠蔬丹果薦瓢尊身寄城南禹會村連坐頻年到風月固應無客叩吾門

題梅漢卿醉經堂

它人爛醉錦瑟傍君獨醉心編簡香沉酣骨髓春盎盎如枕麴糵羅盃觴三萬牙籤插高架五千黃卷撐枯腸信哉名教有樂地白首不入無功鄉

得親舊書問近況以詩代書報之

溪頭日日弄潺湲敢料餘生竟得全白簡免勞中執

法青銅罷能算小行年花前一笑頻開口林下深藏永息肩欲養金丹還懶去身今已是地行仙

放逐

放逐雖慚處士高笑譚未減少年豪青山隨處有三窟白首今年無二毛正得筇枝爲老伴盡將書帙付兒曹飲酣自足稱名士安用辛勤讀楚騷

月下野步

空中磊落斗跨天道旁荒寒月滿川行歌驚起鷗鷺眠三萬里在拄杖邊敲門索酒太華前飛渡黃河不須船袖中短鐵青蜿蜒昔曾巴丘從老僊削平巖崖抉雲煙此妙可得不可傳雷聲殷殷電煜然已覺遼碣無腥羶雪花如席登祁連歸來却看東封年

自詠

孤艇渺煙波衡門暗薜蘿衣冠醉學究 世有醉學究圖 毛骨病維摩撫几時長嘯臨觴亦浩歌無勞問蝸角蠻觸正横戈

午睡起遇急雨

揩眼捫鬚破晝眠闌邊小立獨幽然叢花雨打無飛蝶高柳風驚有墮蟬才略本居元子下功名那計祖生先今朝會意君知否目送飛雲揮五絃

夜雨暴至

堂中虛窗雨氣入堂前叢竹雨聲急山童束緼走求火屋漏惟愁打書溼秋風穲稏九千頃自鏡湖北際海塈地凡九千頃皆吾鄉上腴也此夕真成傾玉粒蹋歌作社約比隣一飽今年可平揖

睡起作帖數行

睡餘得清風起坐傍書几日長誰語言賴此管城子欣然共游戲一笑我忘爾羣鴻偶下集但怪驚不起古來翰墨事著意更可鄙跌宕三十年一日造此理不知筆在手而況字落紙三叫投紗巾作歌識吾喜

新秋

短鬢蕭蕭失舊青此身已看作郵亭新秋無限淒涼

意盡付風蟬與露螢

秋興

去秋尚十日軒窗夕已涼露草黏溼螢壞壁啼寒蛩
丈夫志四海臨書慨以慷白髮忽如此惟有歸耕桑
藥餌且枝梧鄰曲相扶將豈無甕中酒老病不能觴
南山有歸處歲晚柏已行下從吾親游此事歲月長

又

無食苦日長無衣念秋近雖云老農圃未害樂堯舜
士生要弘毅病在墮驕吝得喪纔幾何哀哉以身徇
平生最耐事霜雪亦滿鬢憂患一洗空吾道其少進

幽居

幽居人迹稀柴扉晝常掩小池清見底疎雨時數點
蟬嘒秋未衰花房莫先斂老大固多傷年華還冉冉

山居食每不肉戲作

谿友留魚不忍烹直將蔬糲送餘生二升畬粟香炊
飯一把畦菘淡煑羹莫笑開單成淨供也能捫腹作

徐行秋來更有堪誇處日傍東籬拾落英

自笑

諸公袞袞幾金貂自笑無材負聖朝老氣醉中猶跌宕閑身夢裏亦逍遥舊書日伴吾兒讀薄飯時從野叟招病後秋衣須早製竹窗殘夜雨蕭蕭

世上

世上悠悠東逝波金丹將奈鬢絲何牆頭楊柳知秋早窗外芭蕉受雨多伏櫪自應如老驥還鄉元欲借明駞吾棋一局千年事從使旁觀爛斧柯

夜歸偶懷故人獨孤景略

買醉村場半夜歸西山落月照柴扉劉琨死後無奇士獨聽荒雞淚滿衣

秋夜自近村歸

江頭浩歌天宇寬刺船歸來清夜闌女貞林黑月未上姑惡聲悲村已寒不恨故交日零落本知浮生難控搏頭童面槁更安往莫問傍人君自看

夜聞蟋蟀

布穀布穀解勸耕蟋蟀蟋蟀能促織州符縣帖無已時勸耕促織知何益安得生世當成周一家百畝長無愁綠桑鬱鬱暗微徑黃犢叱叱行平疇荊扉績火明煜煜黍壠饁飯香浮浮耕亦不須勸織亦不須促機上有餘布盎中有餘粟老翁白首如小兒鼓腹擊壤相從嬉

秋夜風雨暴至

風聲掠野來澒洞如翻濤雨聲集庭木桐葉聲最豪殘暑一洗空凜然念綈袍秋穀已登場欲志終歲勞東舍捉鵝鴨西舍烹豚羔籬落開寒花房櫳壓小槽貧賤何所歎樂歲成吾高却拾牆角槃拂拭賀汝遭

月下小酌

草樹已秋聲郊原喜晚晴風生雲盡散天闊月徐行下箸槎頭美傳盃甕面清追歡猶可勉徂歲不須驚

鄰曲有未飯被追入郭者憫然有作

春得香稉摘緑葵縣符急急不容炊君王日御金華
殿誰誦周家七月詩

吾廬

吾廬鏡湖上傍水開雲扃秋淺葉未丹日落山更青
孤鶴從西來長鳴掠沙汀亦知常苦飢未忍吞羶腥
我食雖不肉七箸窮芳馨幽窗燈火冷濁酒倒殘瓶

飲酒望西山戲詠

太白十詩九言酒醉翁無詩不說山若耶老農識幾
字也與二事日相關

小院

小院回廊夕照明放翁宴坐一筇横銅匜暖徹香初
過鐵杵聲清藥欲成世事熟看無一可古人不作與
誰評新涼社酒家家熟便用陽狂了此生

發篋得故人書有感

衰鬢星星換舊青世間萬事但堪驚晨炊欲熟客未
覺夜漏漸殘人尚行花發且爲無事飲詩成非復不

平鳴京華朋舊凋零盡忽見緘題似隔生

秋光

年年最愛秋光好病起逢秋合賦詩叢菊漸黃人醉後孤燈初暗雨來時舊書細讀猶多味老態相尋似有期早信爲農勝覓祿一生虛作虎頭癡

晚秋風雨

儘道漁村陋秋來物色奇寒生沽酒興雨及種花時狂舞欲誰屬清吟空自知茫茫宇宙內吾道竟何之

幽居

白髮蕭蕭僅到肩一枝藤杖日翩躚草苫牆北棲雞屋泥補橋西放鴨船心似枯葵空向日身如病櫟孰知年放懷却有翛然處不養金丹不學禪

又

面面秋山擁翠屏天留三畝著雲扃迎霜南阜楓林赤飽雨西村菜甲青散策人驚衰後健浩歌自覺醉中醒凌煙冠劍應無爾布帽霑襦老管寧

故山

功名莫苦怨天慳一櫂歸來到死閑傍水無家無好竹卷簾是處是青山滿籃箭茁瑤簪白壓擔稜梅鶴頂殷野興盡時尤可樂小江煙雨趁潮還 鏡湖

又

禹祠行樂盛年年繡轂爭先罨畫船十里煙波明月夜萬人歌吹早鸎天花如上苑常成市酒似新豐不直錢老子未須悲白髮黃公壚下且閑眠 禹祠

又

老尉鴻飛隱市門千年猶有舊巢痕陸生於此寓棋局（予二十年前嘗寓居）曾文時來開酒樽（曾文謂文清公）渺渺帆檣遙見海冥冥蒲葦不知村數僧也復投詩社零落今無一二存 梅山

又

落磵泉奔舞玉虹護丹松老臥蒼龍霜柑籬角寒初熟野碓雲邊夜自舂挈榼人沽村市酒打包僧趁寺

樓鐘幽尋自是年來嬾枉道山靈不見容 雲門

秋晚弊廬小葺一室過冬欣然有作

放翁畢竟合躬耕剩喜東歸樂太平碧瓦新霜寒尚薄明窗嫩日雨初晴素琴尋得無弦曲野餉烹成不糝羹更說市朝癡太絕一湖秋水濯塵纓

小室晚酌

病不禁寒怯早霜東齋隨事具盃觴清時寬大何妨醉白首龍鍾未減狂枝葉扶檠山果熟鹽醯調適野蔬香與閑徑覓華胥路枕藉圖書滿一床

冬晚山房書事

山澤何妨老太平巉巉骨相本來清月明滿地看梅影露下隔溪聞鶴聲未辨藥苗逢客問欲訓琴價約僧評胡奴仁祖今俱絕且學湘纍拾菊英

又

屏迹山村病日增烏皮几穩得閑凭凍雲傍水封梅蕚嫩日烘窗釋硯冰歲盡光陰饒衮衮身閑醉夢且

騰騰蠻童采藥歸來晚客至從嗔喚不譍

村居日飲酒對梅花醉則擁紙衾熟睡甚自適也

江村歲晚掩柴荆地僻久無車馬聲孤寂惟尋麴道士一寒仍賴楮先生醉頭珠滴愁先破帳底春回夢易成莫笑衰翁殺風景小瓶梅蘂解卿卿

山居疊韻

禽吟陰森林鹿伏樸樕木鳴呼吾徒愚僕僕逐肉粟聯翩憐鳶肩覆餗速戮辱艱難還山間獨欲足畜牧躋梯棲西谿築屋宿北谷光茫常當藏櫝玉觸俗目

寓歎

心已忘斯世天猶活此翁嫩湯茶乳白軟火地爐紅課婢耘蔬甲呼兒下釣筒生涯君勿笑聊足慰塗窮

又

久矣門無客高齋獨掩扉敢言消壯志要是息危機清露夜自滴孤雲寒不歸晨炊勿關念更典篋中衣

又

裘薄便冬暝篳空畏午飢臨成乞米帖看入借車詩

學古心猶壯憂時語自悲公卿闕自重社稷欲誰期

劍南詩稿卷第二十一終

劍南詩稿目錄

卷第二十二

劍南詩稿卷第二十二

宋 陸游 務觀

贈惟了侍者

水邊剝啄打門譁滿袖清風一紙詩驚起放翁蝴蝶

夢半窗寒日欲斜時

又

雪中偃臥不須悲徹骨清寒始解詩一等人間閑草

木月窗君看早梅枝

題湖邊旗亭

春色初回杜若洲佳人又典鸕鷀裘八千里外狂漁

父五百年前舊酒樓渡口遠山顰翠黛天邊新月挂

瓊鉤回頭笑向紅塵說也有閑愁到此不

醉臥道邊覺而有賦

太華五千仞天台四萬丈一枝古藤如黑龍天遣飄

然寄閑放莫怪公卿不我知我自不知渠是誰史書弄筆後來事繡鞍寶帶聊兒嬉旗亭爛醉官道卧醒後無人數吾過世間恩怨一時空且免它年送臨賀

寓懷

脫粟未爲飢短褐未爲寒衆毀心自可身困氣愈完茆屋雖三間趺坐則已寬濁酒不滿瓢浩歌有餘歡祿食妻子樂功名後人看成敗兩蝸角貴賤一鼠肝芒芒百年夢底物堪控摶不如學餐霞駐此雙頰丹行披終南雲飛渡黃河湍歸然過空城人言古長安霜露蒙荆榛喟然增永歎

又

蒼璧與黃琮初非俗所貴粲然薦繅藉可對越天地我豈賣餅兒自衒三家市持槃叫道邊雖售無乃媿文章等卜祝王公以儒戲書成藏名山此是千載事

又

我昔浮滄溟浩渺難具論華夷滞不辨日月互吐吞

神龍忽上騰尾鬣風霆犇積浪自生火烈熖焚乾坤
笑謂同舟子世豈無鵬鯤聊持豪逸氣壓汝破碎魂

又

鮑魚載沙丘鹿馬獻阿房泗上老亭長彷徉起東方
干戈暗寓縣黥徒化侯王富貴誠可慕菹醢亦足當
青門獨無恙種瓜亦何傷後有阮嗣宗絕識未易量
楚漢真豎子孰謂斯人狂

喜事

武夷老子雪垂肩喜事何曾減少年鸚鵡螺深翻細
浪辟邪爐暖起微煙幽花滴露霑紗帽亂絮憑風撲
畫船虎豹九關君勿歎未妨一笑住壺天

甜羹 菘蘆服山藥芋作羹

山廚薪桂軟炊秔旋洗香蔬手自烹從此八珍俱避
舍天蘇陁味屬甜羹

縱筆

文叔一人知此翁洛陽城裏又春風讓他綠髮好年

少二十四歲作三公

又

一紙除書到海邊紫皇賜號武夷仙功名敢道渾無
意暫作閑人五百年

又

背上嵯峨兩肉山明駞有債自須還玉霄峯頭雪色
鹿清曉一聲煙雨間

又

素月徘徊牛斗間天風吹鶴度函關一年似此佳時
少喚起陳摶醉華山

自嘲解嘲

世變眞難料吾癡只自嘲移山謀畚土黏日欲煎膠
得句題修竹烹茶拾墮巢行年不須算斷是死衡茆

又

種稻稽山下誅茆剡曲傍鳴雞耐昏日飛燕異炎涼
古劍寒三尺殘書亂一床穹穹與厚厚能識我非狂

春雨絕句

恰喜西窗晚照明虛簷又報雨來聲端憂不用占龜兆壞盡花時自解晴

又

千點猩紅蜀海棠誰憐雨裏作啼妝殺風景處君知否正伴鄰翁救麥忙

又

天公似欲敗蠶麰雨冒南山莫不收騃女癡兒那念此貪看科斗滿清溝

又

今年春半不知春飛雹奔雷嚇殺人縫得春衫元未著免教惆悵洛陽塵

又

梅中最晚是緗梅一日來看欲百回俗紫凡紅終避舍不妨自向雨中開

又

蕭條冬令侵春晚淅瀝寒聲滴夜長更事老翁頑到
底每言宜睡好燒香

雨中臥病有感

病臥窮山白髮新不堪風雨過中春歌呼空倚一尊
酒零落漸無吾輩人千載詩書成長物兩京宮闕委
胡塵非熊老子不復見誰弔遺魂清渭濱

舟中作

不遷比景戍交河三徑歸來得已多應俗愈疏身老
大讀書漸廢意蹉跎閑從孫叟蘇門嘯醉和荆卿易
水歌歌罷却揮孤櫂去石闌干下買漁蓑 石闌干在剡谿道中

山園

買得新園近釣磯旋營茆棟設柴扉山經宿雨修容
出花倚和風作態飛世事只成驚老眼酒徒頻約典
春衣狂吟爛醉君無笑十丈愁城要解圍

聞虜亂

運數羣胡盡煙塵北道昏百年身易老萬里志空存楊柳搖馳道櫻桃奉寢園南公忠義薄此恨與誰論

題千秋觀懷賀亭

河湟使典珥左貂曲江相君謝不朝宮中玉環狐作妖黠虜旁窺心已驕天維欲絕地軸搖有識凜凜憂宗祧賀公託言師松喬黃冠徑歸侶漁樵老馬立仗不自聊去如鸞鳳沖煙霄傾都祖餞擁渭橋賢哉大夫脫塵囂揚州渡江木蘭橈入東夜聽錢塘潮我來故祠竹蕭蕭黃冠野服傳生綃詞卑媿匪英瓊瑤空采蘋藻奠桂椒虛堂斷香閉寂寥遺魂零落何由招

禹祠

我昔下三峽南賓繫歸艫渡江謁神禹拜手薦俎壺壽藤枝如虬巨柏腹若刳門庭雖日荒殿寢猶枝梧巴俗喜禱祠解牛舞羣巫巍巍㠊冕古食與夷鬼俱聖度固兼容臣憤獨不攄還鄉瞻廟貌嬴政久已除嶽牧儼如生想像聞都俞廓清雖可喜欲退復躊躇

念昔平水土棋布畫九區豈知千歲後戎羯居中都
老虜失大刑今復傳其雛直令挽天河未濯腥羶汙
夷鬼細事耳披攘直須臾天下雖不復大恥何時祛
蚩蚩謂固然此責在吾徒揮涕灑庭草誰憐小臣愚

樊江

手中一卷養魚經又向樊江上草亭朝雨染成新漲
綠春煙澹盡遠山青榜舟不厭頻來往岸幘常須半
醉醒賦罷新詩自高詠滿汀鷗鷺欲忘形

東關

路入東關物象奇角巾老子曳笻枝蠶如黑蟻桑生
後秧似青鍼水滿時穿市不嫌微雨溼過谿翻喜壞
橋危當年野店題詩處又典春衣具午炊

又

雲蹙魚鱗襯夕陽放翁繫纜水雲鄉一笻疾步人驚
健斗酒高歌自笑狂風暝市樓吹絮雪蠶生村舍采
桑黃東阡南陌無窮樂底事隨人作許忙

練塘

微風吹頰酒初醒落日舟橫杜若汀水秀山明何所似玉人臨鏡暈螺青

娥江市

小聚依江近支流入浦分荒寒孤店雨零亂野祠雲薄餉炊畬粟珍烹采澗芹年來去健羨摩腹自欣欣

宿野人家

避雨來投白版扉野人憐客不相違林喧鳥雀棲初定村近牛羊莫自歸土釜煖湯先濯足豆秸吹火旋烘衣老來世路渾諳盡露宿風餐未覺非

舟中遣懷

三黜歸來結草廬平生狂態掃無餘但思下帷授老子那復騎牛讀漢書歷歷舊遊渾似夢蕭蕭殘髮不勝梳閑中事業君知否不把漁竿即荷鉏

歸次樊江

芳草東西路綠楊長短亭人生豈匏繫吾志本鴻冥

征袖朝霑雨歸帆夜戴星長魚幸能買且復倒殘瓶

夜過魯墟

中夜過魯墟船底鳴細浪月出菱歌長林闇績火壯故居不可識四顧但青嶂百年幾廢興撫事一悽愴士生本耕稼時來偶卿相功名亦餘事所勉在素尚況吾多難者久已冥得喪微祿行當辭沒身事幽曠

有感

溫洛滎河拱舊京從來人物富豪英報仇雖有楚三戶守節得無齊二城胡寇寧能斷地脈王師行復暢天聲鳳麟久伏應爭奮勉爲明時頌太平

遊石帆玉笥石旗諸山

莫景苦多病幽尋寄一欣溪喧常似雨石潤易生雲天迥回鵶陣林疎過鹿羣莫談朝市事吾老厭紛紛

信步近村

端閑何以永今朝拈得筇枝度野橋三畝空園喧啄木十尋高樹絡凌霄長飢未必緣詩瘦多悶惟須賴

酒澆與盡歸來又陳迹一林風葉暮蕭蕭

寒食省九里大墓

陌上簫聲正賣餳籃輿兀兀雨冥冥人來平野一點白山壓亂雲千疊青石馬朱門松下路凍齏冷飯柳陰亭華顛尚記兒童日撫事興懷涕自零

平水道中

處處陂水滿家家巢燕忙葉舒桑漸闇穗重麥初昂高下山花發青紅粉餌香亦知時節好老大自悲傷

五雲橋 往時鏡湖陂防不廢則若耶溪水常滿可行大舟至雲門此橋本跨溪上今乃在平陸矣

若耶北與鏡湖通縹緲飛橋跨半空陵谷變遷誰復識我來徙倚莫煙中

小雨雲門溪上

好雨踈踈壓莫埃斷雲漠漠帶春雷離黃穿樹語斷續翠碧銜魚飛去來生菜入盤隨冷麪朱櫻上市伴青梅狂吟不是誇强健老氣如山未許摧

雲門獨坐

山北山南處處行回頭六十七清明如今老去摧頹甚獨坐焚香聽水聲

泛湖至東涇

春水六七里夕陽三四家兒童牧鵝鴨婦女治桑麻地僻衣巾古年豐笑語譁老夫維小艇半醉摘藤花

又

湖光分別浦嶺路過前村泉石相縈帶雲煙互吐吞耕犂無易業鄰曲有通婚試覓誅茆地吾將遺子孫

又

細細桃枝竹疎疎麂眼籬雪霜燒葑夜月露采菱時腰斧登山早移罾出浦遲關心盡幽事恨汝不能詩

舟過梅塢胡氏居愛其幽邃爲賦一詩

稽山翠入家家窗此家清絕無與雙丹葩綠樹錦繡谷清波白石玻璃江一堤茂草有眠犢數掩短籬無吠尨北軒商略可散髮借與放翁傾酒缸

北窗

北窗本意傲羲皇老返園廬味更長犢健戴星耕白水蠶飢衝雨采青桑俚儒朱墨開冬學廟史牲牢祝歲穰從此鬢毛雖似雪未妨擊壤頌虞唐

聞蛙

科斗忽安在蛙聲豪有餘雖成兩部樂恨失一編書忿怒緣何事號呼可奈渠廚人不遐棄猶得伴溪魚

晚春感事

風惡房櫳燕子歸雨多山路蕨芽肥青餈旋擣作寒食白葛預裁充暑衣穉子日長供課早故人官達寄書稀幽居自喜渾無事又向湖陰坐釣磯

又

和風薄靄過清明減盡重裘覺體輕正午軒窗無樹影乍晴阡陌有鸎聲釀成西蜀鵝雛酒（鵝黃廣漢酒名）煮就東坡玉糝羹捫腹翛然出門去春郊何處不堪行

又

徙倚闌干送落暉年華冉冉恨依依護雛燕子常更出著雨楊花又懶飛已爲讀書悲眼力還因攬帶歎腰圍親朋半作荒郊冢欲話初心淚滿衣

又

少年騎馬入咸陽鶻似身輕蝶似狂蹴鞠場邊萬人看鞦韆旗下一春忙風光流轉渾如昨志氣低摧只自傷日永東齋淡無事閉門掃地獨焚香

山居

平生杜宇最相知遺我巢山一段奇茶碓細香供隱几松風幽韻入哦詩溪邊拂石同兒釣竹下開軒喚客棋幾許放翁新事業不教虛過太平時

四月三日同子坦子聿遊湖中諸山

我行無所詣悠颺信舴艋愛此綠樹村捨棹度小嶺路窮忽披豁怳然得異境蒼玉立萬峯清鏡渺千頃更爲西南行聊破春晝永遙看秀邃處疑足事幽屏

一崦果可人奇石插碧井鏘鳴若環珮其味復甘冷徘徊不忍去照我鬚鬢影須臾日穿林井面光炯炯古今勝絶意正用一笑領安得絶世喧於玆幕箕潁

梅僊塢小隱

綠樹陰陰小嶺西一翁二子自扶攜雨前芳嫩初浮盌臘脚清醇旋拆泥本欲省緣行買餅未能去殺尚烹雞二者皆紀是日實事弄橈莫便尋歸路湖靜無風日未低

盟雲

謂雲本無心企望乃爾奇謂雲果有心百變端爲誰豈憐此翁愁一出怡悅之橫截千嶂平高擎一峯危銀城突嵯峨玉海浩渺瀰或爲羣龍矯或作孤鶴飛卷舒閑有態去來倏無時滃滃覆松頂靄靄映水湄帶雨過僧窗和月傍釣磯豈惟困畫工吾詩固難追惟當與之盟畢世相娛嬉忍飢固易耳此友不可欺

示兒

舍東已種百本桑舍西仍築百步塘早茶采盡晚茶出小麥方秀大麥黃老夫一飽手捫腹不復舉首號蒼蒼讀書習氣掃未盡燈前簡牘紛朱黃吾兒從旁論治亂每使老子喜欲狂不須飲酒徑自醉取書相和聲琅琅人生百病有已時獨有書癖不可醫願兒力耕足衣食讀書萬卷真何益

村居初夏

莫境難禁日月催臘醅初見拆泥開壓車麥穗黃雲卷食葉蠶聲白雨來薄飯蕨薇端可飽短衫紵葛亦新裁宦塗自古多憂畏白首爲農信樂哉

又

北陌東阡節物新往來饋餉走比鄰出籠鵝白輕紅掌藉藻魚鮮淡墨鱗笑語相聞豐歲樂耕桑自足古風淳頹然一醉茆簷下且免西曹議吐茵

又

煮酒開時日正長山家隨分答年光梅青巧配吳鹽

白笥美偏宜蜀豉香風𡁱緊催蠶上簇雨餘閑看稻
移秧老夫見事真成晚淚走人間雨鬢霜

又

天遣為農老故鄉山園三畝鏡湖傍嫩莎經雨如秧
綠小蝶穿花似繭黃斗酒隻雞人笑樂十風五雨歲
豐穰相逢但喜桑麻長欲話窮通已兩忘

又

故鄉風物勝荊吳流水青山無處無列植園林多美
菓飽鉏畦壠富嘉蔬橋邊來往剝桑斧池畔行芟縛
㰖菰我有素紈如月扇會憑名手作新圖

城東逆旅

店家乞火燎征衣溼竹生薪不受吹更甚從戎戍邊
日正如隨計入關時百年擾擾夢相似萬事悠悠心
自知賴有牀頭周易在不妨清坐忍朝飢

江村初夏

紫葚狼籍桑林下石榴一枝紅可把江村夏淺暑猶

薄農事方與人滿野連雲麥熟新食麨小裹荷香初
賣鮓蘋洲蓬艇疾如鳥沙路芒鞵健如馬君看早朝
塵撲面豈勝春耕泥沒踝爲農世世樂有餘寄語兒
曹勿輕捨

舟中作

湖海飄然避世紛汀鷗沙鷺舊知聞漁舟臥看山方
好野店沽嘗酒易醺病骨未成松下土老身常伴渡
頭雲美芹欲獻雖堪笑此意區區亦愛君

東關

天華寺西艇子横白蘋風細浪紋平移家只欲東關
住夜夜湖中看月生

又

煙水蒼茫西復東扁舟又繫柳陰中三更酒醒殘燈
在臥聽蕭蕭雨打篷

少微山

平生一艓艋幾到少微山傑觀掃無迹高人呼不還

崖崩危欲壓磴斷滑難攀日莫增幽興漁歌漭蒼間

舟行至織女潭

艕枝搖碎碧琉璃織女潭東白塔西帶犢吴牛依茂樾添巢海燕啄新泥山谿曲折遙通谷沙水淙潺各赴溪猶恨兒曹不同載一尊他日要重攜

書歎

濩落非時用棲遲送此生只知求醉死何憚得狂名伏櫪天涯老吞舟海澨横眼前交舊盡有淚對誰傾

小園獨立

草香無處覓花嫩不禁飛澤國春歸晚柴門客過稀新泥添燕戶細雨溼鷺衣倚杖臨階久衰翁氣力微

觀蘇滄浪草書絹圖歌

天孫獨處河之湄龍梭夜織冰蠶絲機頭翦落光陸離騎鯨仙人醉題詩字大如斗健欲飛利刃猛斫生蛟螭墨渴字燥尤怪奇百魅潛影神靈悲嗚呼束雲作筆兮海爲硯激水上騰龍野戰乾坤震蕩人始驚

筆未落時誰得見

睡起書觸目

壓架藤花重團枝杏子稠渴蜂窺硯水弱燕集簾鉤入夏暑猶薄投閑身自由午窗初睡起幽興付茶甌

曉雨初霽

曉來一雨洗塵痕濃綠陰陰可一園燕子聲中寂無事獨穿苔徑出籬門

夏雨

連朝暑溽不可過動地忽有東北風嵯峨雲壓世界碎夭矯龍卷江湖空塵沙洗濯草木醒溝澮瀲灩舟舸通更煩造物出壯觀跨海千丈垂天虹

自東逕度小嶺聞有地可卜菴喜而有賦

小嶺西南煙水間頗聞有地百弓寬誰其云者雨黃鵠何以報之雙玉盤竹塢未昏先晻曖蓮汀當暑亦清寒一菴何日從吾好會約高人共倚闌

露坐

五月暑猶薄中庭試葛衣蛙聲經雨壯螢點避風稀塵念三生誤歸心半世違殘年端有幾可復負漁磯

自笑

自笑胸中抵海寬韮齏麥飯日加餐任山緣熟塵機息養氣功深槁面丹惡路慣曾經灔澦浮生何啻夢邯鄲鏡湖五月秋蕭爽剩傍灘頭把釣竿

夜賦

夜窗搔首髮鬅鬙病不勝衣倚瘦藤堪笑顏囘忍飢面常依韓愈看書燈殘生已與灰俱冷舊友誰如几可憑月落風生忽增氣掠簷勁翮有歸鷹

書懷

老死已無日功名猶自期清笳太行路何日出王師

醉後作小草因成長句

天教老去未全衰猶欠縱橫萬首詩家近將軍觴詠地身如太史滯留時酒翻銀浪紅螺醆墨涌玄雲紫玉池流落不妨風味在花前醉草寫烏絲

雨中作

空濛初喜灑櫩楹忽聽空階點滴聲高枕便知宜夕睡豐年不歎負春耕多情幽草沿牆綠無賴羣蛙繞舍鳴屈指清秋雨旬近却愁徂歲又崢嶸

詠史

入郢功成賜屬鏤削吳計用載廚車閉門種菜英雄事莫笑衰翁日荷鉏

登鵝鼻山至絕頂訪秦刻石且北望大海山路危甚人迹所罕至也

街頭旋買雙芒屩作意登山殊不惡蒼崖無罅竹鞭逸崩石欲墜松根絡憑高開豁快送目歷險崎嶇危著脚川雲忽起雨蛟舞瀑水高吹萬珠落大巖空腔誰所刳絕壁峭立端疑削坡平或可坐百人峽束僅容飛一鶴蛇蹊岌岌頭自眩鬼谷慘慘神先愕秦皇馬迹散莓苔如鐫非鐫鑿非鑿殘碑不禁野火燎造物似報焚書虐人民城郭俱已非煙海浮天獨如昨

六七月之交山中涼甚

城市方炎熱村墟乃爾涼拂窗桐葉下繞舍稻花香
獨鶴警秋露雙螢明屋梁臥聞機婦織感歎夜初長

幽居

大患元因有此身百年强半走蹉跎折殘廣武城邊
柳染盡洛陽衣上塵繞樹鵲孤棲漸穩支床龜老息
初勻出門不欲摩雙眼世態年來又一新

又

百頃菰蒲古澤中老夫病起恰秋風流年不貸人皆
老造物無私我自窮市隱昔曾從𤅷父山栖今欲効
園公芳樽雖匪金丹術槁面尊前也暫紅

又

煙水重重際海涯夜深風雨耿茆茨交朋散落歡娛
少憂患侵陵志氣衰癡腹何由有鱗甲俗情自未去
毛皮詩書六十餘年夢更擬傳衣付小兒

園中雜詠

藝花本無多過眼那復遺陰陰一園綠佳處乃在茲悠然東窗下顧與枕簟宜風輕竹解籜雨足果壓枝

又

珍禽下上鳴迨及清潤時豈惟侑我觴亦以起我詩白練一團雪來與紅練俱魚虎飛照水意若愛翠裾

又 後闕一葉

予所居南並鏡湖北則陂澤重複抵海小舟縱所之或數日乃歸

□□□□□□□□□□□□□□□□□□□□人間五十年自笑晚乃悟歸來寫苔紙老憊無傑句

王給事餉玉友

散髮蕭然蒲葦林馬軍送酒慰孤斟江河不洗古今恨天地能知忠義心無侶有時邀落月放狂連夕到橫參玉船湛湛真秋露卻恨鵝兒色尚深

晚興

白布裙襦退士裝短籬幽徑獨相羊莎根蟋蟀催秋

候稗穗蜻蜓立晚涼屈子所悲人盡醉酈生常謂我非狂知心賴有青天在又炷中庭一夕香

村圃

村圃穿荒翳秋容變慘悽柳疎蟬噪急雨重鵲飛低小草臨池學新詩滿竹題若令車馬到何處有幽棲

劍南詩稿卷第二十二終

劍南詩稿目錄

卷第二十三

又不能獨飲逢人輒强與共醉辛亥九月十二日偶過其門訪之敗屋一間妻子飢寒而此翁已大醉矣殆隱者也爲賦一詩　甜羹之法以菘菜山藥芋萊菔雜爲之不施醯醬山庖珍烹也戲作一絕　莫秋書事　早自偏門入城晚出南堰門以歸　初寒　小舟自紅橋之南過吉澤歸三山二首　得猫於近村以雪兒名之戲爲作詩　晝睡　戲詠閑適　寓歎二首　獨夜　記九月二十六日夜夢　夢海山壁間詩不能盡記以其意追補四首　當食歎　睡鄉　晨興　初冬從父老飲村酒有作　懷南鄭舊遊　冬夜讀書　余爲成都帥司參議成將軍漢卿爲成都路兵鈐相從無虚日余被召出蜀漢卿坐法謫居于涪既得自便因卜築爲涪人今年廣漢僧祖成來山陰乃言嘗至永嘉樂清縣柳市之廣福寺有黃先生寓寺中煉丹

珍做宋版邦

劍南詩稿卷第二十三

宋陸游務觀

七月一日夜坐舍北水涯戲作

兀傲胡床酒半醒釣筒收盡數舟橫風生細葛無三伏月上疎林正四更北斗離離低欲盡明河脈脈去無聲斥僊豈復塵中戀便擬騎鯨返玉京

病後登山亭

野客雙蓬鬢空山一草亭睡魔欺茗薄疾豎怯丹靈治世窮馮衍殘年老管寧安居得後死死不敢恨飄零覽鏡

白頭漸覺黑絲多造物將如此老何三萬里天供醉眼二千年事入悲歌劍關曾蹴連雲棧海道新窺浴日波末頌中興吾未死插江崖石竟須磨 比自三江杭海至丈亭

遣懷

許國區區不自勝秋風空羨下韝鷹青雲夜歎初心誤白髮朝朝看一倍增積憤有時歌易水孤忠無路哭昭陵 唐制有寃者許哭昭陵下 頭顱自揣今如此尚欲閑尋紫閣僧 陳希夷奇錢宣靖復招紫閣僧相之

開元寺小閣十四韻

淵源兩名衲築閣捫星辰近山臥蜿蜒遠山高嶙峋朝看雨空濛莫揖雲輪囷賦詩有宿諾下語終未親萬法不孤起請君作其因高掛四面窗淨掃一榻塵室中絕人聲門前謝車輪容我睡半日兩忘主與賓緩燒海南沉細碾建谿春是間儻有句可與屈宋鄰詩如奮蟄龍夭矯不受馴使可造次得何異池中鱗世有攫龍手媿我非其人詩不已就乎著眼勿逡巡

寄題趙寬之主簿慈順堂

人間得意盡危機獨有榮親事未非魏闕恩光新綠綬高堂娛侍舊斑衣牙籤插架書無恙蘭膳循垓養

莫違況有兩公天下士爲君百斛瀉珠璣 謝昌國中丞楊廷秀祕監皆嘗有此作

郊居

平生萬事不容求惟有郊居志已酬更漏遠城雞唱曉歲時無曆葉知秋潮生小舫行收荻月落長歌起飯牛已作幸民仍醉死人間毀譽判悠悠

又

索米官倉例坐愚東方未可戲侏儒行藏要付他年看富貴眞堪一笑無等死不過賒歲月長閑勿更問妻孥狂豪儘道非平昔老膽輪囷尚滿軀

新秋感事

江上清秋昨夜回漁扉正對荻洲開志存天下食不足節慕古人讒愈來風際紙鳶那解久祭餘芻狗會堪哀蕭然散髮聽秋雨剩領新涼入酒盃

又

北渚秋風凋白蘋流年冉冉默傷神强顏未忍乞墦

祭積毀僅逃輸鬼薪半榼浮蛆初試醲兩螯斫雪又嘗新受恩自度終無報聊爲清時備隱淪

八月一日微雨驟涼

流汗沾衣喘不供孰知有此快哉風新涼忽覺從天下殘暑真成掃地空恰轉輕雷過林塢已吹好雨到簾櫳幽人病愈閑無事剩賦歌詩樂歲豐

秋雨

剡曲高秋一草亭雨來迨我醉初醒豪吞平野宜閑望急打虛窗入靜聽沙上溼雲號斷雁籬根衰草綴孤螢老人嬾復親燈火臥看爐香掩素屏

又

赤日黃塵勢已窮 七月中旬後秋暑尤劇 淒風苦雨却忽忽盛衰默定見天造寒暑密移成歲功柯葉凋零無茂木羽翰顛頹有羈鴻誰知病客悲秋意盡在空堦點滴中

又

冷雨蕭蕭澀不晴叢篁遮盡小窗明故衾獨展成酣
寢新釀初嘗得細傾壁簡積陰添蠹字床琴生潤咽
弦聲此時懷抱真難遣一首清詩信筆成

月下獨坐

髮根蕭爽受微風徙倚闌干月正中天宇了無雲一
點城樓俄報鼓三通庭皐簌簌吹凋葉江渚翩翩落
斷鴻回首人間塵土惡騎鯨聊駐水精宮

秋日步至湖桑埭西

伏枕衰方劇揩笻氣忽增細泉鳴暗竇疎樹映孤燈
斷雁寒依渚强魚健脫罾行纏已無用却作在家僧

秋社

明朝逢社日鄰曲樂年豐稻蟹雨中盡海氛秋後空
不須謏土偶正可倚天公酒滿銀盃綠相呼一笑中

又

浦溆漁歌遠茆茨績火明新涼迎病起樂事及秋成
社肉分初至官壺買旋傾殘年得家食何以報時清

秋思

南鄭歸來二十霜背人歲月去堂堂破裘不補知寒早倦枕無憀厭夜長年少若爲評宿士狂生曾是說高皇慨然此夕江湖夢猶繞天山古戰場

又

一生書劍徧天涯兩歲秋風喜在家爛醉日傾無算酒高眠時聽屬私蛙園林夕照明丹柿籬落初寒蔓碧花便擬掛冠君會否耳根不復耐喧譁

又

殘暑偏能著此翁吹襟剩喜得西風露滋小徑蘭苔冷月射高梁燕戶空衰病呻吟真一洗醉歌跌宕與誰同從今日日增幽興水際先丹數葉楓

又

半年閉戶廢登臨直自春殘病至今帳外昏燈伴孤夢簷前寒雨滴愁心中原形勝關河在列聖憂勤德澤深遙想遺民垂泣處大梁城闕又秋砧

又

雁陣橫空送早寒白頭病叟住江干風林脫葉山容瘦霜稻登場野色寬萬里關河驚契闊一尊鄰曲話悲歡書生餓死尋常事那得重彈掛壁冠

又

藥畦蔬壠夕陽中帶落冠欹一病翁步蹇每妨行樂興眼昏幾廢讀書功露濃乍警雲巢鶴風勁先凋玉井桐欲賦悲秋却休去鬢絲已是滿青銅

以事至城南書觸目

十里西西風吹帽帬江城衣杵遠猶聞路如劍閣逢秋雨山似爐峯鑠莫雲原上老翁眠犢背籬根小婦牧羊羣百錢且就村場醉舌本醇醨莫苦分

舍西夕望

茆舍菱陂北柴門藥圃西奇雲去人近澹月傍簷低野迥羊牛下林昏鳥雀棲郊墟少還往父子自扶攜

題城侍者峴山圖

漢水沉碑安在哉千年峴首獨崔嵬平生不作羊公
計但欲無名死草萊

題城侍者剡溪圖

莫境侵尋兩鬢絲湖邊自葺小茆茨從今步步俱回
棹不獨山陰興盡時

晚秋農家

老來萬事嬾不獨廢應醻門前卽湖山亦復罕出遊
吾廬有真樂一榻眠高秋回看世上事得喪良悠悠

又

秋雨無時休令我雙鬢縞庭荒何由鉏木落不得掃
遣奴入城市寸步困泥潦菰首幸可烹芻豢置勿道

又

豢犬使警夜畜雞用司日徹警盜所窺失日固吾患
豈無糠粞費施報不可緩家居亦爲政發我中夜歎

又

東鄰稻上場勞之以一壺西鄰女受聘賀之以一襦

誠知物寡薄且用交里閭努力畢農功租賦勿後輸

又

我年近七十與世長相忘筋力幸可勉扶衰業耕桑
身雜老農間何能避風霜夜半起飯牛北斗垂大荒

又

疏溝架略彴拾瓦壘浮屠既畫菘韭畦遂營瓜芋區
豉香吳鹽白飽討已有餘捫腹笑自賀無羊敗吾蔬

又

苦寒牛亦耕甚雨雞亦鳴物物各有職怠心其敢萌
我老返農圃學業付後生語兒續膏油勿輟讀書聲

又

吾里賢長者蓋有萬石風少年以利遷但可哀其窮
仁義亦何常聖賢與人同我言不足取汝豈忘乃翁

湖上小閣

蒲萄初紫柿初紅小閣憑闌萬里風莫怪年來增酒
量此中能著太虛空

苦雨歎

九淵龍公出忘還瓦溝垂溜聲淙潺茫茫大澤北際海瀲瀲平湖南浸山吾廬四望路俱斷蛙黽爭雄亂昏旦漏床腐席夜失眠溼竈生薪朝不爨今年十分喜有秋豈知青秧出禾頭老夫一飽復繆悠聽兒讀書寬百憂

遣懷

秋風策策冷吹衣謝病經年晝掩扉絕世本來希獨立刺天不復計羣飛細思萬古名何用太息九原誰與歸葬近要離非素意富春灘畔有苔磯

道石 吾家舊藏奇石甚富今無復存者獨道石一尙置几案間戲作

秋風嫋嫋雨班班身隱幽窗筆硯閑小試壺公縮地術數峯閑對道州山

又

林慮靈壁俱尤物散落人間不復還投老東歸風味

在春陵小岫伴身閑

又

誤因祿米棄蓴鱸一落塵埃底事無布韈青鞵雖與盡此峯聊當臥遊圖

蘭亭

蘭亭絶境擅吾州病起身閑得縱遊曲水流觴千古勝小山叢桂一年秋酒酣起舞風前袖興盡回橈月下舟江左諸賢嗟未遠感今懷昔使人愁

小葺村居

昔我作屋時趣欲庇風雨茆茨寒自刈條枚細相拄庳溼生蚳蝝得煖森翅羽摧撓自棟梁朽敗連柱礎鄰父爲我言努力謀安處土堅瓦可陶步近木易取豈知七十翁沈痼久未愈身世如浮漚家舍真逆旅一床居易足十歲敢自許且當復其初浩歌臥環堵

書陶靖節桃源詩後

寄奴談笑取秦燕愚智皆知晉鼎遷獨爲桃源人作

傳固應不仕義熙年

有叟

有叟鏡湖邊茆茨八九椽憑闌秋萬里閉戶醉經年
身外浮名小胷中浩氣全此生吾自判造物恐無權

不寐

老眼睡眠少林居煙雨昏百年歸老死萬事付乾坤
熠熠螢穿幔錚錚鐵過門欲明聞滮稻浩歎閔黎元

遙夜

遙夜凜高秋蕭條念褐裘煙江新雁下竹塢暗螢流
舊友嗟誰在初心恐不酬一尊桑落酒聊得洗吾愁

秋晚思梁益舊遊

幅巾笻杖立籬門秋意蕭條欲斷魂恰似嘉陵江上
路冷雲微雨溼黃昏

又

憶昔西行萬里餘長亭夜夜夢歸吳如今歷盡風波
惡飛棧連雲是坦途

又

滄波極目江鄉恨衰草連天塞路愁二十年間行萬里不論南北怯登樓

紹熙辛亥九月四日雨後白龍挂西北方復雨三日作長句記之

長空黤闇如欲夜白龍騰拏見雲罅鱗間出火光照江尾卷風霆雨如射老人百歲見未曾兒童閉門伏牀下髮毛慘凜誰復支性命么微不禁嚇登場已歎禾生耳出戸仍愁泥沒脛皇天生民豈不愛龍亦何心敗吾稼父老相看出無策攬涕頓顙號枌社移牀避漏我亦忙秉燭題詩寄悲吒

蔬圃

蔬圃依山脚漁扉並水涯臥枝開野菊殘枿出秋茶病骨知天色羈懷感物華餘年有幾許且灌邵平瓜

農家

南畝勤菑穫西城謹蓋藏種蕎乘霽日斫荻待微霜

谿碓新春白山廚野蔌香何須北窗臥始得傲羲皇
自喜
半生羈宦走人間醉裏心寬夢裏閑自喜如今無一
事讀書纔倦即遊山
重九後風雨不止遂作小寒
病軀剩喜即新秋殘暑無端抵死留風雨掃除雖一
快凋年搖落已堪愁
又
菊枝欹倒不成叢井上梧桐葉半空射虎南山無復
夢雨蓑煙艇伴漁翁
又
夜長稚子添書課霜近衰翁憶醉鄉儘道吳中時節
晚菊花也有一枝黃
城南上原陳翁以賣花爲業得錢悉供酒資又
不能獨飲逢人輒强與共醉辛亥九月十二日
偶過其門訪之敗屋一間妻子飢寒而此翁已

大醉矣殆隱者也爲賦一詩

君不見會稽城南賣花翁以花爲糧如蜜蠭朝賣一株紫莫賣一枝紅屋破見青天盎中米常空賣花得錢送酒家取酒盡時還賣花春春花開豈有極日日我醉終無涯亦不知天子殿前宣白麻亦不知相公門前築堤沙客來與語不能答但見醉髮覆面垂鬖髿

甜羹之法以菘菜山藥芋萊菔雜爲之不施醯醬山庖珍烹也戲作一絕

老住湖邊一把茆時沽村酒具山殽年來傳得甜羹法更爲吳酸作解嘲

莫秋書事

莫秋風雨卷茆茨砧杵聲中過雁悲楓葉欲丹先慘澹菊叢半倒不支持旗亭人熟容賒酒野寺僧閑得對棋莫怪苦尋林下事駭機滿地只心知

早自偏門入城晚出南堰門以歸

早從偏門入莫從南堰歸鮑郎山前路空翠浮煙霏
秋令忽已深病骨頻添衣向來慕功名常恐斯心違
乃今知其難崦嵫迫殘暉伯鸞與幼安尚友或庶幾
到家亦既夕青燈耿窗扉且復取書讀父子窮相依

初寒

蚊蠅掃迹葉飛初剩喜幽窗讀我書牆角短檠真耐
久手中團扇又成疎百年作夢行休去九月無衣亦
晏如獨恨故人消息斷寒江誰與倩雙魚 張季長自離

吳門未得近書

小舟自紅橋之南過吉澤歸三山

霏霏寒雨數家村雞犬蕭然晝閉門它日路迷君勿
恨人間隨處有桃源

又

六月芙蕖正盛時畫船長記醉題詩世間好景元無
盡霜落荷枯又一奇

得貓於近村以雪兒名之戲為作詩

似虎能緣木如駒不伏轅但知空鼠穴無意爲魚殘
薄荷時時醉氍毹夜夜溫前生舊童子伴我老山村

晝睡

眼昏妨讀書不睡復何如擁被新寒裏伸腰午飯餘

戲詠閑適

斷香縈倦枕疎雨滴前除未竟華胥樂茶甌莫喚渠
莫秋風雨暗江津不下書堂已過旬鸜鵒籠寒晨自
訴狸奴氈煖夜相親典衣旋買修琴料叩戶時聞請
藥人說與鄉鄰當賀我死前長作自由身

寓歎

荷戈常記壯遊時齒豁頭童不自知已分功名非力
致更悲文字與年衰端居漸覺從人懶熟睡偏於聽
雨宜自斷歸休君勿怪一盃薺糝敵瓊糜

又

醉撫酒壺憐犤矮臥看香岫愛嶙峋舊時京洛塵埃
面今作江湖風月民幻世界中均起滅太虛空裏孰

寃親可齋入定論千刼說與天魔任惱人

獨夜

獨夜迢迢掩素屏病懷羈思共竛竮房櫳十月寒初重風雨三更酒半醒繁杵有聲時斷續殘缸無焰尚青熒怳然喚起西征夢身臥金牛古驛亭

記九月二十六夜夢

海山萬峯鬱參差宮殿插水蟠蛟螭碧桃千樹自開落飛橋架空來者誰桐枝高聳宿丹鳳蓮葉半展巢金龜和風微度寶筝響永日徐轉簾陰移西廂怳記舊遊處素壁好在尋春詩當年意氣不少讓跌宕醉墨紛淋漓宿酲未解字猶溼人間歲月浩莫推歎驚撫几忽夢斷海闊天遠難重期

夢海山壁間詩不能盡記以其意追補

碧海無風鏡面平潮來忽作雪山傾金橋化出三千丈閑把松枝引鶴行

又

海上乘雲滿袖風醉捫星斗躡虛空要知壯觀非塵世半夜鯨波浴日紅

又

一劍能清萬里塵䜛波深處偶全身那知九轉丹成後却插金貂侍帝宸

又

春殘枕籍落花眠正是周家定鼎年睡起不知秦漢事一尊閑醉華陽川

當食歎

黃鷂舉網收錦雉帶箭墮藉藻赬鯉鮮發奩蒼兎臥吾儕亦何心甘味樂死禍貪夫五鼎烹志士首陽餓請言觀其終孰爲當弔賀八月黍可炊五月麥可磨一飽端有餘努力事春簸

睡鄉

有酒君勿啜入腸作戈矛有書君勿觀到眼生君愁不如睡鄉去萬事風馬牛郊墟無來客風雨送莫秋

苔甃蟲唧唧霜林葉颼颼是時一枕睡不博萬戶侯
斗帳裁青氈重衾擁黃紬華山希夷翁千載可與遊

晨興

未旦雞三號將旦鵝羣鳴湖陂地曠快頗樂聞此聲
囘首宦遊日鈴索攪五更未言簿書勞讒謗隨日生
一飢百憂散灑然懷抱清雨後初得薺晨庖有珍烹
豈不念加糝後汰恐易萌且當讀古書至味敵太羹

初冬從父老飲村酒有作

父老招呼共一觴歲猶中熟有餘糧䴵花漫漫渾如
雪荳莢離離未著霜山路獵歸收兔網水濱農隙架
魚梁醉看四海何曾窄 蘇子美詩云吁嗟四海窄 且復相
扶醉夕陽

懷南鄭舊遊

南山南畔昔從戎賓主相期意氣中渴驥奔時書滿
壁餓鴟鳴處箭凌風千艘粟漕魚關北一點烽傳駱
谷東惆悵壯遊成昨夢戴公亭下伴漁翁

冬夜讀書

霜雪紛紛滿鬢毛凋年懷抱獨蕭騷房櫳夜悄孤燈暗原野風悲萬木號病臥極知趨死近老勤猶欲與書鏖小兒可付巾箱業未用逢人歎不遭

余爲成都帥司參議成將軍漢卿爲成都路兵鈐相從無虛日余被召出蜀漢卿坐法謫居於涪既得自便因卜築爲涪人今年廣漢僧祖成來山陰乃言嘗至永嘉樂清縣柳市之廣福寺有黃先生寓寺中煉丹及見則漢卿也余聞之感歎不已爲賦此詩

將軍胸中備文武鐵馬黃旗玉關路羌胡可滅心自知富貴有命才可與奪官置之三硤中空山猿鳥同朝莫道逢奇士握手談明日家人不知處平生心事一丹竈萬里生涯兩芒屩東嘉古寺臥高秋時有巢仙來叩戶山中豈識故將軍但怪英姿凜不羣電眼蝟鬚長八尺論丹說劍氣凌雲

雜題

松肪釀酒石根醉槲葉作衣雲外行指點人間一長歎秋風又到洛陽城

又

山家貧甚亦支撐時撫桐孫一再行朝甑米空烹芋粥夜缸油盡點松明

又

羊裘老人只念歸安用星辰動紫微洛陽城中市兒眼情知不識釣魚磯

又

黍醅新壓野雞肥茆店酣歌送落暉人道山僧最無事憐渠猶趁莫鐘歸

又

釣魚吹笛本閑身正坐微官白髮新著屐此生猶幾緉可令復踏九衢塵

又

山光染黛朝如溼川氣鎔銀莫不收詩料滿前誰領略時時來倚水邊樓

思蜀

思蜀寸心折歸吳雙鬢衰今年脫虎口昨夜夢墓頭死隔平時友愁吟別後詩江山應好在誰記踏青期

又

一作劍關客閑遊將十年不嫌狂駭俗自許醉知天瑞草溪橋路青衣野廟壖霜天獵歸處萬里入橫鞭

又

來從雲棧北行度雪山西故事談金馬遺蹤訪石犀閑情淡於水豪飲醉如泥壞壁塵封遍何人拂舊題

又

玉食峨嵋栮金齏丙穴魚常思晚秋醉未與故人疏白髮當歸隱青山可結廬梅花消息動悵望雪消初

余昔在犍爲師伯渾王志夫張功夫王季夷瑩上人輩以秋晚來訪樂飲旬日而去

散吏

拜賜明時散吏名頭銜字字敵冰清讀書有味聊忘老賦祿無多亦代耕笠澤蓴鱸秋向晚緱山笙鶴月微明人間樂事今真得莫恨摧頹白髮生

題剡溪瑩上人梅花小軸

孤舟清曉下溪灘爲訪梅花不怕寒忽有一枝橫竹外醉中推起短篷看

夜夢遊驪山

秦楚相望萬里天豈知今夕宿温泉穿雲漱月無窮恨依舊潺湲古縣前 温飛卿詩云至今湯殿水嗚咽縣前流

枕上

簷角查查鵲語輕窗櫺澹澹日痕生清愁不逐爐香散旋毀寒齏解宿酲

五更讀書示子

近村遠村雞續鳴大星已高天未明床頭瓦檠燈煜爚老夫凍坐書縱橫莫年於書更多味眼底明明見

華渭但令病骨尚枝梧半盞殘膏未爲費吾兒雖戇素業存頗能伴翁飽菜根萬鍾一品不足論時來出手蘇元元

夜坐

天公似欲假餘齡鍼石年來幸小停微火瞑爐娛獨夜斷雲吐月縞中庭眼前樂事寒醅綠身後虛名蠹簡青賴有古人同此志傍觀不用歎伶仃

臥龍

危磴盤紆上翠微倚天樓觀碧參差雨來海氣先橫鶩風惡松柯盡倒垂孤鶻歸巢翅翎重斷鴻覓伴語聲悲人間萬事難禁老醉撫闌干欲莫時

劍南詩稿卷第二十三終

劍南詩稿目錄

卷第二十四

劍南詩稿卷第二十四

宋　陸　游　務觀

野步晚歸

江村十日喜霜晴草死泥乾拄杖輕溝港淺來無鷺下郊原曠處有牛耕犇馳久厭兒童戲淪落偏知世俗情欲向書窗了殘課歸來猶占夕陽明

並山東南閑步至野人吳氏居乃歸

信步閑行遍四鄰擁籬老稚看綸巾人隨世換朋儕少志與年衰感慨頻梅送冷香橫雪岸雁翻孤影下煙津豐年何地醻君賜剩向旗亭作醉人

晝睡

我年垂七十齒髮日變遷初無金丹術何以追飛仙惟有一高枕可以餞餘年蕭蕭敗榻上鼻鼾心了然靜如豹隱霧湛若珠藏淵寄語少年輩未宜嘲孝先

連日有雪意戲書

壯歲羈遊半九州即今顑頷老菟裘狂心那復縱鴻鵠世事已如風馬牛雪作未成增慘澹葉飛欲盡更颼飀聊將袖裏平戎事判斷千巖萬壑秋

兩蜀故人寄余閬中左縣題名石刻來皆二十餘年矣悵然有感

憶過西州樂飲時百車載酒萬花圍只言身外皆餘事豈信人間有駭機雪鬢已成新夢境緇塵空化舊征衣早知一笑難如此剩判年光醉不歸

歲晚

歲晚霜風正怒號荒村敗屋擁藜蒿窮猶可勉聖賢事老豈遽忘鉛槧勞從宦雖如棋已決治經竊比繭初繅閉門養氣淵源在未敢摧傷學楚騷

夢斷

夢斷燈殘聞雁聲攬衣起坐待天明街頭濁酒不堪醉窗外疎梅空復情人欲見擠真砭石身寧輕用作

投瓊南湖可引春疇美只合躬耕畢此生

雨聲

雨聲點滴朝復莫中有詩人絕塵句雲門咸池渺千古斷譜遺音此其緒雨聲點滴夜不休中有羈臣去國愁九疑聯翩湘水秋忠誠內激涕自流我今衰病百無念臥對青燈吐殘焰支牀納息劾寒龜傍枕長吟笑孤劍雨聲不斷睡愈美窗白鴉啼攬衣起呼兒燒兔傾濁醪又倚胡牀雨聲裏

農家

低垣矮屋俯江流渾舍相娛到白頭累世不知名宦樂百年那識別離愁飯餘常貯新陳穀農隙閑眠子母牛聞道少年俱孝謹未應家法媿恬侯

夜行湖上

月痕澹欲無斗柄低半沒荒陂雁飛鳴草屋牛臥齕我行湖邊路霜冷刮病骨斷隄沙水溼屨滑常恐蹶殘年垂七十野處猶短褐窮死士所有權門不可謁

冬夜讀書忽聞雞唱

齷齪常談笑老生丈夫失意合躬耕天涯懷友月千里燈下讀書雞一鳴事去大牀空獨卧時來豎子或成名春蕪何限英雄骨白髮蕭蕭未用驚

梅花絕句

凜凜冰霜晨皎皎風月夜南山有飛仙來結尋梅社

又

憶昔西戍日夜宿僊人原風吹野梅香夢繞江南村

又

錦城梅花海十里香不斷醉帽插花歸銀鞍萬人看

又

低空銀一鉤糝野玉三尺愁絕水邊花無人問消息

又

蘭荃古所貴梅乃晚見稱盛衰各有時類非人力能

又

子欲作梅詩當造幽絕境筆端有纖塵正恐梅未肯

又

清霜徹花骨霜重骨欲折我知造物意遣子世味絕

又

士窮見節義木槁自芬芳坐回萬物春賴此一點香

又

南村花已繁北塢殊未動更賒一月期待我醉春甕

又

山月縞中庭幽人酒初醒不是怯清寒愁蹋梅花影

閉戸

簞瓢虛道不堪憂閉戸方從造物遊安樂本因無事得功名常忌有心求洗除仇怨忘蠻觸收斂光芒靜斗牛兒報牀頭春甕熟人間萬事轉悠悠

小園竹間得梅一枝

若耶溪邊鶴髮叟流落一生端坐口如今不怕桃李嗔更因竹君得梅友嶺頭羈旅萬里愁江上淒涼一杯酒枝橫澹月影在地蘂插烏巾香馥手交情歲晚

金石堅孤操凜然真耐久荒山野水終自得銀燭金壺亦何有夢魂不接莊周蝶心事肯付張緒柳晚來畫角動高城起舞聊為放翁壽

梅花絕句

幽谷那堪更北枝年年自分著花遲高標逸韻君知否正在層冰積雪時

又

萬瓦清霜夜漏殘小舟斜月過闌干老來一事偏堪恨好看梅時却怕寒

得林正父察院書問信甚勤以長句寄謝

折柳湖南別尚新書來已見柳搖春故情有此膠投漆薄俗從渠越視秦長劍拄頤那復夢短衣掩脛未全貧有詩亦欲頻持寄腸斷西江六六鱗

蔬食戲書

新津韭黃天下無色如鵝黃三尺餘東門彘肉更奇絕肥美不減胡羊酥貴珍詎敢雜常饌桂炊薏米圓

比珠還吳此味那復有日飯脫粟梵枯魚人生口腹何足道往往坐役七尺軀羶葷從今一掃除夜煑白石箋陰符

歎俗

風俗陵夷日可憐乞墦鉗市亦欣然看渠皮底元無血那識虞卿魯仲連

晚飯罷小立門外有作

此心何敢慕輕肥尚媿無功飽蕨薇浦面鳥銜殘靄去柳陰人荷一鋤歸病嗟短髮紛紛白老覺初心種種非百步空庭著明月黃昏手自掩荆扉

觀梅至花涇高端叔解元見尋

春晴閑過野僧家邂逅詩人共晚茶歸見諸公問老子爲言滿帽插梅花

又

春暝山中雲作堆放翁艇子出尋梅不須問信道傍叟但覓梅花多處來

春雪

江雲垂野雪如簁閏歲春來特地遲倒盡酒壺終日醉臥聽兒誦半山詩

舟過季家山小泊

困睫濛濛渴煮茶繫船來叩野人家風飄翠浪千畦麥水漾紅雲一塢花健犢破荒耕犖确幽禽除蠹啄槎牙尋春非復衰翁事且伴兒童一笑譁

送王成之給事

我昔揚帆掠吳楚夜泊秦淮聽春雨明朝冠蓋擁長亭誤辱諸公問良苦是時衆中初識公天驥蹴踏萬馬空知心投分財數語玉麈謖謖生清風治城醉墨鴉棲壁長干祖道花照席公方閉戶試諸生坐歎江山少顏色爾來俛仰三十春欲話舊遊無故人豈知邂逅逢一笑使我肝膽還輪囷衰遲少復入城市虛左屢招慚主意忽聞上印卻悽然悔不日日從公醉朝廷三載虛一相如公早合鸞臺上滎河溫洛久胡

沙此段功名勿多讓

山家

白石青莎一徑斜斷無人迹到山家梁間歸燕避微雨池面遊魚爭落花雪鬢但增新感慨金鞭那復舊豪華明窗睡起渾無事篝火風爐自試茶

送傑上人歸成都

錦城一別鬢成絲今日山陰送傑師亂絮飛花撲行路正如東郭放船時

又

春夜挑燈話別愁此心已在錦江頭舊時處處塵昏壁想復長吟爲小留

落魄

落魄江湖七十翁欲持一笑與誰同蕭蕭雪鬢難藏老寂寂蓬門可諱窮好句尚來欹枕處壯心時在倚樓中無涯毀譽何勞詰骨朽人間論自公

春晴出遊

芳樹參差葉已成園林隨處聽鶯聲遊人正樂還興
歎造物無心却有情糝徑落紅猶可藉漲溪分綠已
堪耕蘭亭禹廟年年好剩伴鄉鄰醉太平
題瑩上人二畫
天地又秋風谿山憶剡中孤舟幸閑著借我訪支公
右剡谿
曉聽楓橋鐘莫泊松江月斯人亦可人淡墨寫愁絕
右吳江
和張功父見寄
舉世何人念此翁敢期相問寂寥中回思舊社驚年
往細讀來書恨紙窮我用荷鋤爲事業君將高枕示
神通可寧一語宜深聽信筆題詩勿太工
又
佐命貂蟬再世孫手鉏瓜壟傍青門超騰已得丹換
骨戀著肯求香返魂　功父如夫人逝去聞頗損眠食故及之
正復悲秋如騎省可令病渴似文園庭前柏樹西來

意握手何時得共論

山家莫春

遶屋清陰合緣堤綠草纖起蠶初放食新麥已磨鎌
苦筍先調醬青梅小蘸鹽佳時幸無事酒盡更須添

又

行飯獨相羊扶藜過野塘晴光生蝶粉暖律變鸎吭
麩美羣兒競蠶飢小婦忙深知遊宦惡窮死勿離鄉

讀王季夷舊所寄詩

燈前忽見季夷詩淚灑行間不自知醉別西津如昨
日露晞漚滅已多時 余在京口與季夷別遂不復相見

題庠闍黎二畫

秋山瘦嶙峋秋水渺無津如何草亭上却欠倚闌人

右秋景

溪上望前峯巉巉千仞玉渾舍喜翁歸地爐煨芋熟

右雪景

入雲門小憩五雲橋

穀雨初過換夾衣園林零落到薔薇鳴鳩日暖遙相應雛燕風柔漸獨飛臺省多才吾輩拙江湖久客莫年歸雲門躡月方清絕且倚溪橋看夕霏

黃葧小店野飯示子坦子聿

山林久衰病生世幾清明未作松根臥猶尋溪上行食新炊麥飯嘗饁啜蒓羹孺子雖知學家貧且力耕

山園

山園寂寂閑春風箇裏天教著放翁萬事已拋孤枕外一尊常醉亂花中閑隨戲蝶忘形久細聽啼鶯得意同月桂可憐常在眼小叢時放一枝紅

入城至郡圃及諸家園亭遊人甚盛

老子何曾慣市塵今朝也復入城闉太平有象人人醉造物無私處處春九陌鬭花娛病眼一竿風月屬閑身不緣興盡回橈早要就湖波照角巾

次韻范參政書懷

養氣頹然似木雞謗讒寧復問端倪生塵甑煙喜炊

黍韓釜羹香忘糝藜萬里曾遊雲棧北一庵今臥鏡湖西殘年老病侵腰膂那得隨人病夏畦

又

已著山林掃塔衣洗除仕路劍頭炊心光熠熠雖潛發頷雪紛紛已太遲度日只今閑水牯知時從昔羨山雌掩關未必渾無事擬徧寒山百首詩

又

身寄崦嵫欲盡時且貪餘景伴兒嬉故廬手種竹千箇醉帽時簪花一枝蠹篋有書供夙好衡門無客作新知羊裘自欠封侯骨敢道君房徹底癡

又

感昔傷懷一喟然事賢猶及紹興前此身顛仆應無日諸老凋零不計年客少可羅門外雀家貧也辦杖頭錢插花醉舞春風裏不學龐翁更問禪

又

春寒還似莫冬天敗絮重披有蝨緣雖欠高僧分白

氍偶蒙暴客恕青氈濁醪盎盎貧猶醉倦枕昏昏晝
亦眠年少從渠笑衰嬾相呼禹廟看龍船　近有偷兒取
二釜去宅幸無所失亡
又
祠祿恩寬亦俐沾屏居懷抱苦厭厭戍邊事往功名
忤迎客兒扶老病兼遇輿榜舟無遠近破愁沽酒任
酸甜殘年唯有讀書癖盡發家藏三萬籤
又
芋栗多儲煮復煨一塵那許到靈臺虹穿道室爐丹
熟龍吼空山匣劍開躡屩未成遊地肺掩扉聊欲隱
天台桃花榮謝吾何預一任劉郎去後栽
又
探梅方憶雪中歸轉眼青青子滿枝築圃漫爲娛老
計劈牋又賦送春詩乞身何日還初服坐食終年媿
聖時睡起西窗澹無事一枰閑看客爭棋
又

宇內寓形財幾時西山俄已迫斜暉百年過隙古所歎衆口鑠金胡不歸已是平生行逆境更堪末路踐危機夜香一炷無他祝稽首虛空懺昨非

又

趙州行脚我安能閑却床邊六尺藤鈎閣臥聽西淵雨棋軒遙見北村燈平生愛睡如甘酒晚歲憂讒劇履冰剩欲舒懷答清歗半空鸞鳳娩孫登

春晚村居雜賦絶句

作堤蜿蜿六百尺西崦東村成一家春雨乍晴桑吐葉秋風初冷稻吹花

又

鵝兒草綠侵行路蛺子花明照屋除處處乞漿俱得酒杖頭何恨一錢無

又

一篙湖水鴨頭綠千樹桃花人面紅茆舍青帘起余意聊將醉舞答春風

又

朝書牛券拈枯筆莫祭蠶神酌凍醪閑放無憂窮有意傍人錯羨此翁高

又

澆書滿挹浮蛆瓮攤飯橫眠夢蝶牀莫笑山翁見機晚也勝朝市一生忙 東坡先生謂晨飲爲澆書李黃門謂午睡爲攤飯

又

午枕閑門無客攪夜燈開卷有兒同若爲幾與天公道盡乞餘生向此中

沽埭西酒小酌

埭西小店酒新篘一醉今朝覺易謀從曠劫來俱有死出青天外始無愁功名未許妨高臥風月猶能賦遠遊造物向人元不薄卷簾萬頃鏡湖秋

戲詠村居

歌起陂頭正插秧梯斜籬外又剝桑日長處處鸎聲

美歲樂家家麥飯香林杏半丹禁宿雨叢萱自斂避斜陽北窗合是羲皇上已置臨風八尺床

又

馬跡車聲斷已無隣翁笑語自相呼衣裁大布如亭長船設低篷學釣徒愍物欲師僧施食畏人愁報吏催租陳蕃壯志消磨盡一室從今却掃除

戲詠閒適

鈔書字細眼猶明擣藥聲清疾漸平桐葉雨邊尋斷夢菊花香裏散餘酲人間榮辱知難到紙上興亡看亦輕惟恨莫年交舊少滿懷情話向誰傾

又

剡曲稽山是故鄉人言景物似瀟湘三升花露春壺滿八尺風漪午枕涼樹合綠陰山鵲鬧盆鑴紫石水梔香回思烏帽京塵客始覺幽居白日長

又

涉世心知百不能閉門嬾出病相仍簞瓢味美如烹

鼎鄰曲人淳近結繩半顆鴉殘牆外杏一枝鵲梟澗邊藤蕭然掃盡彈冠興敢爲詩情望武陵

夜與兒子出門閑步

家住黃花入麥村閑將穉子出柴門草根螢墮久開闔雲際月行時吐吞未分悲憂攻齒髮已將生死付乾坤舊書半蠹猶堪讀糲飯藜羹莫更論

老景

老景雖無幾爲農尚有餘曾傳種魚術新得相牛書黍酒時留客菱歌或起予平生湖海志高枕看嚴徐

初夏

筍生遮狹徑溪漲入疎籬漸及分秧候還當煮繭時雨昏雞共懶米盡鼠同飢村巷無來客清羸只自知

晨起

老病少睡眠臥見天窗白棲鳥亦已鳴一一翻去翮我起將何之且復守書冊收斂萬里心未厭容膝窄吾家讀書法一字亦當覈勉哉積新功莫問幾時客

王右丞歎白髮詩曰俯仰天地間能爲幾時客

月夜短歌

老夫倚杖當戶立霜氣青冥月輪溼颼颼短髮冷入頂更覺衣屨清風襲月落欲盡夜蒼茫回顧明星已煌煌明星雖高未須喜三足陽烏生海底

小軒

四面山如碧玉城小軒聊得愜幽情乍飛乳燕低無力自落來禽靜有聲鱗筆殘功成水品蛇圖餘思入棋枰閑中事業吾能了未恨林廬送此生

愛閑

愛閑惟與病相宜壯歲懷歸老可知睡熟素書橫竹架吟餘犀管閣銅螭水芭蕉潤心抽葉盆石榴殘子壓枝堪笑放翁頭白盡坐消長日事兒嬉

靜院

靜院房櫳雨送涼熏籠衣幘潤生香小屏風疊圖遙碧古錦囊書榻硬黃已占江湖寬處老絕知日月靜

中長敲門無客妨人睡更覺餘年樂未央

雨晴

閑曳枯笻自在行曲廊小閣賞新晴幽禽葉底吟風久殘雨枝間照日明茶映盞毫新乳上琴横薦石細泉鳴亦知老健終難恃且復蕭然得此生

讀史有感

英雄自古埋秋草世上兒童共笑狂射賊曾飛白羽箭閉門空枕綠沉槍隆中高卧人千載易水悲歌淚數行讀盡青編窗日晚一尊聊復弔興亡

莫歸

意行無所之偶傍陂頭立空村犬吠豪高樹蟬嘒急風塵一身老海宇萬感集還家日已莫草露青鞋溼

仰首座求鈍菴詩

鈍菴來問鈍何如真箇能參鈍也無掘井及泉那用巧磨磚作鏡未爲愚先師鉢袋當傳後上座蒲團莫負渠我亦年來念休歇約君同作鈍工夫

壁老求笑菴詩

臺省諸公六出奇江湖狂客一生癡無人爲問淨光老撫掌掀髯端爲誰

又

車馬往來塵暗天淨光欣喜接諸賢半甌春茗無多費且結來生一笑緣

浴罷

浴罷西軒物色幽臥看香霧上衣篝半廊月白初侵夜一葉桐飛忽報秋老覺年光殊衮衮病知心事斷悠悠碧筩且作池邊醉玉色新醅手自篘

夜坐水次

房星縱心星横北斗高掛南斗傾蓡根熠熠螢火明葦叢哀哀姑惡聲我倚胡床破三更溪風吹衣月未生玉門關拂雲城何時連營插漢旌白頭書生未可輕不死令君看太平

六月十四日微雨極涼

湖上清秋近齋中白日長雲來樹收影雨過土生香
蓮小紅衣溼瓜甘碧玉涼晚來幽興極移榻近方塘

十五日雲陰涼尤甚再賦長句

褦襶京塵觸熱行豈知世有野堂清磑茶落雪睡魔
退激水跳珠涼意生疊疊清風隨麈柄悠悠長日付
棋枰小舟先向蘋汀泊浴罷還須泛月明

水亭晚眺

暑雨初晴浦面寬水亭景物卷簾看聯舟作陣圍魚
隊屈竹成籬護芡盤四海諸公半丘壟百年幾夕倚
闌干日沈未用忽忽去待挽銀河濯肺肝

自詠

萬事不挂眼終年常避人荒畦荷鋤晚環堵結茆新
病馬何勞斥輕鷗未肯馴雖慚市門卒聊作葛天民

立秋前四日夜泛舟至跨湖橋

短楫追涼十里來夜深却御便風回離離蒲葉先秋
老娟娟蘋花帶露開陌上歌呼簪稻穗橋邊燈火賣

官醉時平樂事知何限未歎流年兩鬢催

信筆

爲善得禍吁可悲顏回短命伯夷飢何人長號血續淚天自無心君自癡

又

少年醉眼傲王侯末路悲歌夜飯牛濟世有時生一念鏡中白髮勸人休

又

急雨初過景物奇一天雲作細鱗差晝橈弄水三十里恰是西村煙暝時

示兒

斥逐襟被歸招喚振衣起此是鄙夫事學者那得爾前年還東時指心誓江水亦知食不足但有餓而死小兒教汝書不用日十紙字字講聲形仍要身踐履果能稱善人便可老鄉里勿言五鼎養肉食吾所鄙

青山白雲歌

青山白雲翁放浪酒中死埋骨長松根夜夜聽谿水
松老會作薪骨朽會作塵但留千載狂名在知我它
年自有人

小市

小市狂歌醉墮冠南山山色跨牛看放翁胸次誰能
測萬里秋空未是寬

蓬萊館午憩

驛門繫馬聽蟬吟翻動平生萬里心橋畔笛聲催日
落城邊草色帶煙深關河歷歷功名晚歲月悠悠老
病侵憶戍梁州如昨日憑闌西望一霑襟

夢遊散關渭水之間

平生望眼怯天涯客裏何堪度歲華但恨征輪無四
角不愁歸路有三叉驛窗燈闇傳秋柝關樹煙深宿
莫鴉叱犢老翁頭似雪羨渠生死不離家

劍南詩稿卷第二十四終

劍南詩稿目錄

卷第二十五

村　五鼓不得眠起酌一盃復就枕　醉倒歌
冬夜　默坐　日莫　遣興　泛舟　夜讀
范至能攬轡錄言中原父老見使者多揮涕感
其事作絕句　初冬掃東山之麓置數石于喬
松巨竹間以眺西山甚自適也　南堂春記乃
已三十年偶讀之悵然有感

珍倣宋版印

劍南詩稿卷第二十五

宋　陸游　務觀

秋夜

清夜不成寐出門還浩歌斷雲微翳月薄露不傾荷絡緯知時早梧桐奈汝何非關老懷惡秋物感人多

世事

世事本難全吾生已媿天借書常稛載饋酒亦蟬聯饘粥隨時具湖山此地偏殘年更何慕未死即神仙

夜半池上作

夜永空齋睡不成起扶藤杖傍池行露濃雙鵲移枝宿風急孤螢墮草明斷續更籌傳古戍縱橫河漢接高城寒泉未漱神先爽靜聽銅瓶汲井聲

秋夜將曉出籬門迎涼有感

迢迢天漢西南落喔喔鄰雞一再鳴壯志病來消欲

盡出門搔首愴平生

又

三萬里河東入海五千仭嶽上摩天遺民淚盡胡塵
裏南望王師又一年

夏秋之交久不雨方以旱爲憂忽得甘澍喜而
有作

亂點灑庭蕪涼聲集井梧綠荷傾作永翠蔓綴成珠
臥聽病良已行吟愁欲無天公終老手談笑活焦枯

藥圃

少年讀爾雅亦喜騷人語幸玆身少閑治地開藥圃
破荒斸瓦礫引水灌膏乳玉芝移石帆金星取天姥
申椒蘼蕪輩一一粲可數次第雨苗滋參差風葉舉
山僧與野老言議各有取瓜香躬采曝泉潔謹炊鬻
老夫病若失稚子喜欲舞餘年有幾何長鑱真託汝

書歎

只道才高始不容無才也墮駭機中市朝回首已陳

迹日月催人成老翁仗馬自貪三品料雲鵬方駕九天風今朝有喜君知否揀得煙汀下釣筒

夜興

夜出茆堂自撤扃烏藤與我兩俱傳涼蟾吐暈圍千丈老木移陰可一庭隔浦呼鳴聞宿鳥傍簷開闔數流螢放翁尚友論千載不取梁鴻即管寧

閑中頗自適戲書示客

髮猶半黑臉常紅老健應無似放翁烹野八珍邀父老燒窮四和伴兒童野八珍見王履道詩世又有窮四和香法剪紗新製襄簷花帽乞竹寬編養鶴籠巢許夔龍竟誰是請君下語勿匆匆

新涼夜坐有作

老夫任運本騰騰一念軒裳實未曾閑似苕磯垂釣叟淡如村院罷參僧硯屏突兀蓬婆雪書几青熒蓮勺燈臨邛雪山硯屏及漢嘉古樣燈檠皆吾書室中物也稚子可憐貪夜課語渠循舊未須增

荷花

風露青冥水面涼旋移野艇受清香猶嫌翠蓋紅妝句何況人言似六郎

又

南浦清秋露冷時凋紅片片已堪悲若教具眼高人看風折霜枯似更奇

醉中作

宦遊三十載舉步亦看人愛酒官長駡近花丞相嗔湖山今入手風月始關身少吐胷中氣從教白髮新

題齋壁

平生喜蕭散垂老厭奔走三千鏡湖上樂事未曾有晨開一卷書莫把一巵酒病除覺身輕赤脚自蹋藕乃知造物意亦未棄衰朽今夕月殊佳出門喚鄰叟

老將

憶昔東都有事宜夜傳帛詔起西師功名無分身空在猶指金創說戰時

又

百戰西歸變姓名悲歌擊筑醉湖城貂裘換得金鵶觜種藥南山待太平

白髮

疾病侵壯年髮恐不及白偶賴針石功寓世成久客行年垂七十霜雪紛滿幘耳目雖已衰亦未與人隔

小雨

濯纓千頃湖送老五畝宅大布縫長衫東阡復南陌百穀畏秋陽常恐膏澤吝大哉天公仁霡霂來有信蘋汀水未長藥壠土先潤新涼生葛衣老憊亦小振

秋日郊居

山雨霏微鴨頭水溪雲細薄魚鱗天幽尋自笑本無事羽扇筇枝上釣舡

又

行歌曳杖到新塘銀闕瑤臺無此涼萬里秋風菰菜老一川明月稻花香

又

秋日留連野老家朱欒鮓臠粲如花已炊藠散真珠米更點丁坑白雪茶 藠散米名丁坑茶名

又

車蕩比鄰倒饋魚流涎對此四腮鱸北窗雨過涼如水消得先生一醉無

又

今年斟酌是豐年社近兒童喜欲顛半醉半醒村老子家家門口掠神錢

又

魚鹹滿缶酒新篘處處吳歌起壠頭上客已隨新雁到晚禾猶待薄霜收 剡及諸暨人以八月來水鄉助穫謂之上客以其來自山中也

又

兒童冬學鬧比鄰據案愚儒却自珍授罷村書閉門睡終年不著面看人 農家十月乃遣子入學謂之冬學所讀雜

字百家姓之類謂之村書

又

雨翁兒女舊論姻酒檐羊胜喜色新不遣交情隔生死固應世好等朱陳 小兒子聿聘亡友張叔渚季女葢尋舊約也

七月十七日大雨極涼

吳中七月熱未已渴烏呀呀井無水炎官護前不少歛樹頭敢望秋風起天公老手亦豈難雨來黑雲如壞山瓦溝淙淙萬銀竹變化只在須臾間老夫挑燈北窗下山童夜歸泥過踝草根促織有底忙縑衣未贖還慨慊

雨中作

山雨時時急谿流日日添溼苔緣暗壁腐瓦落頹簷老至那容却狂來未易砭泥深村路絕煙樹出青帘

秋興

天遣幽人儘放狂醉眠無復客爲妨墨蛟飛下剡藤

滑蒼壁礙成官焙香老境雖深身更健清秋欲半日猶長閉門莫道都無事又了移花一段忙

又

蓬蒿門巷絕經過清夜何人與唔歌蟋蟀獨知秋令早芭蕉正得雨聲多傳家產業遺書富玩世神通醉臉酡如許癡頑君會否一毫不遺損天和

又

老子雖貧未易量風流猶在小茆堂蒲萄錦覆桐孫古鸜鵒螺斟玉瀣香千點荷聲先報雨一林竹影剩分涼秋來便有欣然處新種蓴絲已滿塘

雨夜南堂獨坐

老夫眼暗牙齒踈七十未滿六十餘故人欲盡誰與娛獨坐默誦小年書北風日夜吹雨急空村泥深屋茆溼鳳皇覽德乃下集可憐飛螢常熠熠

夜不能寐復呼燈起坐戲作

吳中秋半暑未退今歲雨多如許涼藥鼎熒熒伴孤

寂三更袖手聽啼螿

喜晴

久雨羣蛙日夜號樂哉霽色滿江郊草書已悟屋漏壁詩句免悲風卷茆喚婦晴鳩鳴廢圃歸林棲鶻補危巢泥乾我亦思來客未暇移書賡絕交

枕上

守書眼欲闇投枕乃瞭然兒曹戒曳履相語翁正眠豈知擁敗裼烱如寒魚鰥少時笑老人其事今好還蕭蕭雙白鬢忽忽七十年豈惟老態出已覺衰病纏白晝尚便靜況此清夜闌妙處殆難名睡與不睡間

新作南門　弊廬本西鄉設門紹熙壬子歲始翦闢荆棘移門南鄉

翦棘移門未費錢好山無數碧巉然病夫憒憒真堪笑反衣狐裘三十年

寄成漢卿將軍

燕頷將軍萬里遊谿山好處即遲留頗聞南岳度殘

夏寧憶北平防盛秋君已飛騰丹換骨我方衰病雪蒙頭禪龕也有新勛業百萬魔軍一戰收

病臥

病臥東齋怕攬衣年來真與世相違橫林蠹葉秋先覺別浦驕雲暝不歸歲月惟須付樽酒江山竟是屬漁磯鄰翁一夕成今古愈信人生七十稀 村東吳翁病一夕而卒

晚晴

今年秋多陰殊未決豐歉時時雲一片復作雨數點晚來晴頗牢天宇碧如染微風過林梢斜日在山崦農家築場罷竭作事收斂貪睡吾可慚齋扉晝常掩

秋雨初晴有感

炎曦赫赫尚餘威冷雨蕭蕭故解圍號野百蟲如自訴辭柯萬葉竟安歸芼羹菰菜珍無價上釣魴魚健欲飛散吏何功霑一飽高眠仍聽擣秋衣

獨飲

怪怪奇奇不自懲晚途猶復氣橫膺䑳船那待清歌勸酒到愁邊量自增

小築

小築湖邊避俗囂幾年于此寓簞瓢雖非隱士子午谷寧媿詩人丁卯橋羅雀門庭無俗駕緣雲磴路有歸樵詩情酒興常相屬堪笑傍人說寂寥

示兒

文能換骨餘無法學但窮源自不疑齒豁頭童方悟此乃翁見事可憐遲

新晴

積雨已淒冷新晴還少和稼收平野闊木落遠山多土潤朝畦菜機鳴夜擲梭時清年歲好吾敢歎蹉跎

晨起坐南堂書觸目

林塘天與占深幽一把茆輕萬戶侯漠漠斷雲開復合纖纖微雨落還收奇峯角立千螺曉遠水平鋪疋練秋詩料滿前吾老矣筆端無力固宜休

壬子八月癸卯大風雨拔木飄瓦通夕不能寐

我昔浮江坐貪快六十幅蒲船尾挂惡風吹到馬當祠出沒蜿蜒舞澎湃舟人失色急倒檣共上蘆灣望祠拜風雲晝晦性命憂更復何心問薪菜顛危僅免葬魚腹至今常抱垂堂戒豈知風雨有茲夕屋破窗鳴紛百怪直疑屋外即長江九轉得生那可再正襟默坐徐自思忠信固可當喪敗鬼神雖惡技有窮卷地破山真一噫明朝倚杖看晴雲茲夕驚心復何在

秋雨不止排悶

放翁愁坐茆齋裏泥潦連村不得行夜夜溼星占雨候時時老木送秋聲小詩旋錄兼行草薄酒新篘任濁清身世正如萍在水略無根柢也能生

用短

用短定非癡愛閑真復奇飯香貧始覺睡味老偏知畦地閑栽藥留僧靜對棋餘年猶有幾捨此欲何之

覽鏡有感

齒如敗屐鬢成絲七十之年敢自期閱世久應書鬼錄强顏那復乞山資緋衫蔭子踰初望下澤還鄉負聖時回首墮溝元有命不須深計巧丸兒

哭徑山策老

岌岌龍門萬衲傾翩翩隻履又西行塵侵白拂繩床冷露滴青松卵塔成遙想再來非四入尚應相見話三生放翁大欠修行力未免人間愴別情

松風 東嶺諸松多余丙戌歲手種距今壬子二十有七年矣

半嶺松風破睡時起看山月倚筇枝縱橫滿地蜚龍影盡是當年手自移

醉歌

佛如優曇時一出老姚何爲憎見佛山從古在天地間愚公可笑欲移山火其書廬其居佛亦何曾可掃除子有孫孫有子山竟嵯峨汝何喜床頭有酒敵霜風詩成老氣尚如虹八萬四千顛倒想與君同付醉眠中

秋夜讀書有感

鬢毛焦禿齒牙疎老病燈前未廢書卷裏光陰能屬我人間聲利久忘渠窮山藏拙猶嫌淺糲飯支羸不願餘雨露安能澤枯朽故人枉是費吹噓 時所聞如此

瀘州亂

高寺坡前火照天南定樓下血成川從事橫屍太守死處處巷陌森戈鋋此州雄跨西南邊平安烽火夜夜傳豈知癰疽潰在內漫倚築城如鐵堅從來守邊要人望縱有奸謀氣先喪即今死者端爲誰姓名至死無人知

東鄰築舍與兒輩訪之爲小留

甲第潭潭莫羨渠窮人從昔愛吾廬茆茨新潔嗟何欠鄰里追隨故不疎甕醬芬香盤早兔臼齏珍釅膾寒魚年豐日有攜尊與家乘從今不一書 黃魯直有日記謂之家乘

夜坐

瘦骨倚蒲團燈前影自看心清便獨夜酒盡怯新寒病虎減精采飢鴻摧羽翰晚途堪笑閔猶擬乞祠官

西鄰亦新葺所居復與兒曹過之

竹屋茆檐煙火微長歌相應負禾歸窮居幸可支朝夕世事何曾有是非新茁畦蔬經宿雨半開籬槿弄斜暉老翁酪與吾年等眷眷遮留莫苦違

有術士過門謂余壽及九十

形骸鶴瘦復松枯況是新霜滿鬢鬚醉似在家狂道士愚于識字老耕夫敢言萬里封侯事但問縱文入口無許我年如伏生比逢時猶解誦唐虞

晚眺

秋晚閑愁抵酒濃試尋高處倚枯筇雲歸時帶雨數點木落又添山一峯鳴雁沙邊驚客艣行僧煙際認樓鐘箇中詩思來無盡十手傳抄畏不供

秋日焚香讀書戲作

世事無端自糾紛放翁隱几對爐熏好官何恨輸玄

保奇字猶須屬子雲婆律一銖能敵國水沉盈握有兼斤閉門莫怪常終日不是高人不遣聞

九月一日夜讀詩稿有感走筆作歌

我昔學詩未有得殘餘未免從人乞力孱氣餒心自知妄取虛名有慚色四十從戎駐南鄭酣宴軍中夜連日打毬築場一千步閱馬列廐三萬疋華燈縱博聲滿樓寶釵艷舞光照席琵琶弦急冰雹亂羯鼓手匀風雨疾詩家三昧忽見前屈賈在眼元歷歷天機雲錦用在我翦裁妙處非刀尺世間才傑固不乏秋毫未合天地隔放翁老死何足論廣陵散絕還堪惜

上書乞再任沖佑

虬枝六尺藤方屋九寸帽人間無處著山水歸寄傲耳中聞淵明自我髮未燥高標不可揖七十忽已到明窗置經龕奧室養丹竈雖云迫遲莫要足平昔好悠然萬念空快若河卷掃寄聲幔亭雲行拜散人號

秋晚歲登戲作

水落沙痕出天高野氣嚴麪香油作壓齏美韭新醃裘褐風霜逼衡茆醉夢兼菊花香滿把聊得傚陶潛

又

漫漫蕎鋪白纍纍橘弄黃未論凝腹飽已覺醉魂香曳杖行歌裏拋書倦枕傍軒車雖已矣終媿食官倉

時方謀祠祿

舟中望禹祠蘭亭諸山

艫枝謳軋出煙津醉倚船蓬岸幅巾禹穴探書慚舊學塗山執玉記前身雲低野澤號新雁露溼芳洲老白蘋逸少亡來欲千載眼中髣髴見清真

夜觀嚴光祠碑有感

我昔過釣臺峭石插江滸登堂拜嚴子挹水薦秋菊君看此眉宇何地著榮辱雒陽逢故人醉腳加其腹書生常事爾乃復駭世俗正令爲少留要非昔文叔平生陋范曄瑣瑣何足錄安得太史公妙語寫高躅

閑趣

濯罷銅駝陌上塵此生長作水雲人更貧家業猶供酒未死年光盡屬身閉戶棋聲聞膈膊卷簾山色對嶙峋貴公漫說林間事東路何人岸角巾

壬子九日登山小酌

老懷多感驚佳節病骨宜寒喜薄霜玉膾齏中橙尚綠彩貓餻上菊初黃幾年虛負登高興何許重尋落帽狂淺酌易醒歸薄莫又成支枕獨焚香

舍北望水鄉風物戲作絕句

西風沙際矯輕鷗落日橋邊繫釣舟乞與畫工團扇本青林紅樹一川秋

新黏竹隔作煖閣

骨相元作臞儒酸況復疾豎乘衰殘鵓姑聲急雨方作烏舅葉丹天已寒冬封姨青女交作戹竹君楮生却憐客小兒但喜夜爐紅老夫更愛晨窗白蝸牛負廬亦自容是豈不足支窮冬已勝展鉢三椽下莫羨苴茆萬戶封

禹跡寺南有沈氏小園四十年前嘗題小闋壁間偶復一到而園已易主刻小闋于石讀之悵然

楓葉初丹槲葉黃河陽愁鬢怯新霜林亭感舊空回首泉路憑誰說斷腸壞壁醉題塵漠漠斷雲幽夢事茫茫年來妄念消除盡回向禪龕一炷香

贈鏡中隱者

小築林間避世紛不妨埜叟是知聞來遊喜有樵迎我歸臥豈無雲贈君得鹿夢回初了了吠獒聲惡尚狺狺從今雪夜頻相過紙帳蒲團要策勳

月夜作

江風吹徹雲長空散魚鱗秋露洗明月青山湧冰輪我病適良已欣然岸綸巾索酒惱諸兒哦詩驚四鄰頗覺胸次空未歎白髮新庭菊臥殘枝奇香猶絕塵園梅雖未花瘦影已可人方池湛淪漪醜石立嶙峋幸無千金費亦足終吾身樂哉何所恨擊壤從堯民

記夢

我夢結束遊何邦小憩埜館臨幽窗千峯廬山錦繡谷一水蜀道玻璃江春耕叱犢翁眉厖曉汲負盎女髻雙忽然夢斷已雞唱擁衾坐待鄰鐘撞

感舊

當年書劍揖三公談舌如雲氣吐虹十丈戰塵孤壯志一簪華髮醉秋風夢囘松漠榆關外身老桑村麥埜中奇士久埋巴硤骨燈前慷慨與誰同 獨孤景略死于忠州十年矣

小園

窄窄柴門短短籬山家隨分有園池客因問字來攜酒僧趁分題就賦詩晨露每看花蕊坼夕陽頻見樹陰移 此二事非閑寂不知也 拂衣司諫猶忙在此趣淵明却少知

初冬

已罷彈冠欲挂冠一菴天遣養衰殘雨荒園菊枝枝

瘦霜染江楓葉葉丹羹釜帶鱗烹白小蓬門和蔓繫黄團夕陽更動閑遊興十月吴中未苦寒

閑中樂事

轉老轉迂疏滷中一物無放言誇酒聖著論笑錢愚掃地收松粉全巢買鶴雛登臨未應倦天給短笻扶

又

得喪略相當幽居氣味長五窮雖偃蹇二豎已奔忙出甑桃花輭傾瓢竹葉香語君真富貴不是傲羲皇

小舟

小舟無定處隨意泊江村雲氣分山疊沙汀蹙浪痕宦途危虎尾閑味美熊蹯高詠淵明句吾將起九原

九月二十三夜小兒方讀書而油盡口占此詩示之

徹骨貧來累始輕孤村月上正三更汝緣油盡眠差早我亦尊空醉不成南陌金羈良自苦北邙麟冢半無名書生事業期千載得喪從來未易評

今年立冬後菊方盛開小飲

胡床移就菊花畦飲具酸寒手自攜野實似丹仍似漆村醪如蜜復如齏傳芳那解烹羊脚破戒猶慚擘蟹臍一醉又驅黃犢出冬晴正要飽畊犂

行飯莫歸

宿疾去如掃出門芒屩輕菊叢寒蝶鬧楓葉夕陽明結陣看鴉集銜衣喜犬迎踟躕搔白首詩句入經營

晝眠

困睫瞢騰老孝先氍毹布被早霜天珥貂碧落應無分且向人間作睡仙

睡覺聞兒子讀書

夢回聞汝讀書聲如聽簫韶奏九成且要沉酣向文史未須辛苦慕功名人人本性初何欠字字微言要力行老病自憐難預此夜窗常負短燈檠

余得木杖于秦望山中今三十年矣隴蜀萬里未嘗相捨戲賦長句贈之

提攜到處覺身輕楚澤秦關不計程只道維摩無侍者誰知上座是同行青鞵白拂眞相稱湘竹谿藤誤得名珍重從今常倚壁住菴吾欲過浮生

步至近村

藥物扶持疾漸平布裘絮帽出柴荆荒堤經雨多牛跡村舍無人有碓聲數蝶弄香寒菊晚萬鴉同陣夕楓明老翁隨意閑成句不似劉侯要取名

五鼓不得眠起酌一盃復就枕

栖冷雞聲咽窗深燭焰明流年容易過華髮等閑生濁挹連醅酒香搓帶葉橙殘骸付螻蟻汗簡更須名

醉倒歌

曩時對酒不敢飲側睨旁觀皆貝錦狂言欲發畏客傳一笑未成憂禍稔如今醉倒官道邊插花不怕顛狂甚行人喚起更嵬昂牧豎扶歸猶踔躩始知人生元自樂誤計作官常懍懍秋毫得喪何足論萬古興亡一酣枕

冬夜

新醅引睡睡味濃有如猩脣薦駝峯屏深氈煖衾裯重鼻端雷起驚兒童床頭蘭釭綴玉蟲雙瓶湯熟爐正紅夢回起坐夜未中憑几困睫猶瞢瞢霜風涸盡玉井桐月落翠霧淒房櫳一盃罌粟蠻奴供莊周蝴蝶兩俱空

默坐

巧說安能敵拙修焚香默坐一窗幽煌煌炎火常下照浩浩黃河方逆流氣住神仙端可學心虛造物本同遊絕知此事不相負荊棘翦除梨栗秋

日莫

淅淅風吹葉淒淒雨作泥鵲寒猶遶樹雞晚自歸栖老病心知有榮枯理本齊端居嫌太嬾拾瓦傍蔬畦

遣興

勛業如今莫繫懷開單日日學僧齋讒深只有天堪問憂極渾無地可埋看鏡已成雙白鬢登山猶費幾

青鞵晚來詩興誰能那雀噪空囷葉擁堦

泛舟

去去泛輕舠飄然興自豪葉凋山寺出溪瘦石橋高草徑牛羊下煙村鸛鶴號還家一盃酒未畏莫風饕

夜讀范至能攬轡錄言中原父老見使者多揮涕感其事作絕句

公卿有黨排宗澤帷幄無人用岳飛遺老不應知此恨亦逢漢節解沾衣

初冬掃東山之麓置數石于喬松巨竹間以眺西山甚自適也

護霜天氣半晴陰小嶺蒼寒蘚徑深翠靄欲成孤鳳舞青松先作老龍吟漁歌浦口生高興騎吹邊頭負壯心兒報東村蚤梅發杖藜與汝共幽尋

南堂春記乃已三十年偶讀之悵然有感

一住三山三十載交親漸覺眼前稀長松鬱鬱偃高蓋新竹森森添舊圍沙徑雨餘留鳥迹柴門日落鎖

煙扉放翁正倚蒲團穩遼海從渠萬事非

劍南詩稿卷第二十五終

劍南詩稿目錄

卷第二十六

劍南詩稿卷第二十六

宋 陸游 務觀

醉臥松下短歌

披鹿裘枕白石醉臥松陰當月夕寒藤夭矯學草書天風蕭森入詩律忽然夢上百尺顛綠毛邂逅巢雲仙相攜大笑咸陽市俯仰塵世三千年

霜草

入冬已兩旬澤國霜始霣可憐青青草一夕生意盡嗟予蒲柳姿去日若飛隼草衰有復榮我髮寧再鬒微官雖置散束帶終自憫漸退用婦言千載付一哂

白樂天詩曰猶被妻兒教漸退莫求致仕且分司

冬夜

百錢買菅席錦茵亦何加疋布縫麤裘安用狐腋奢昨者南山僧松肪寄一車可以照讀書堅坐待朝霞

顧影爲發笑山童雙髻丫一掬琴高魚聊用薦夜茶

村東

村西行藥到村東沙路溪流曲折通莫問梅花開早
晚杖藜到處卽春風

小園

新作小溪園牽藤迮縳門釣船橫北渚樵路接東村
靜坐依林樾慵眠傍竹根還家日已夕棲雀鬧黃昏

書適

老翁垂七十其實似童兒山果啼呼覓鄉儺喜笑隨
羣嬉累瓦塔獨立照盆池更挾殘書讀渾如上學時

又

家食身無役耆年力未衰寓歡那待酒隨意或成詩
窮達元非我寃親竟是誰惟嗟見事晚枉却鬢邊絲

狂夫

狂夫與世本難諧醉傲王侯亦壯哉奕奕方收巖際
電酣酣已起枕間雷回天力在人終歎入月星來敵

自摧千載鬼雄皆國士直令窮死未須哀

白髮

白髮今年一倍增閑門養此老無能牛羊被野霜天晩禾稼連雲歲事登未午春炊餘脫粟乍寒包裹有麤繒自憐未廢詩書業父子蓬窗共一燈

檢舊詩偶見在蜀日江瀆池醉歸之篇悵然有感

江瀆池頭爛醉歸青旗日晩插城扉正馳玉勒衝紅雨又挾金丸伺翠衣老境漸侵歡意盡舊遊欲說故人稀憑高三歎君知否倦鵠無風亦退飛

十一月四日風雨大作

風卷江湖雨闇村四山聲作海濤翻溪柴火軟蠻氈暖我與狸奴不出門

又

僵臥孤村不自哀尚思爲國戍輪臺夜闌臥聽風吹雨鐵馬冰河入夢來

冬日觀漁獵者

人閑漁獵各相從南陌東阡處處逢繡羽觸機餘耿介錦鱗出網尚噞喁傍觀扶杖常移日就買還家足御冬更待風霜都過盡却從春野看春農

雨晴

山川炳煥似闢國風雨退收如解嚴老子真成無一事抱孫負日坐茆簷

病起

少年射虎南山下惡馬強弓看似無老病卽今那可說出門十步要人扶

奉祠

明窗松石供琴薦小鼎山泉煮藥苗乞得奉祠還自愧猶將名姓到中朝

假寐見海山異甚作小詩記之

海如黛色深浪作雪點濺數峯黃金山巉絶出水面此非想與因了了目中見何時真往遊浮世付掣電

松下縱筆

自掃松陰寄醉眠龍吟虎嘯滿霜天却思初到人間世似是唐堯丙子年

又

老不能閑莫笑予五千言豈世間書青松折取當麈尾爲子試談天地初

又

種玉餐芝術不傳金丹下手更茫然陶公妙訣吾曾受但聽松風自得仙

又

髯龍夭矯欲飛去百尺蒼藤羅絡之應笑此翁才不進故將老氣起吾詩

拜敕口號

黄紙如鴉字今朝下九天身居鏡湖曲銜帶武夷仙

日絶絲毫事年請百萬錢祠俸錢粟絮帛歲計千緡有畸恭惟優老政千古照青編

又

扶病中庭拜君恩抵海深頓增新祿格暫拂舊朝簪心欲先營酒兒言且贖琴人生奉祠貴喜色動山林僕以官視大卿監俸給皆增於昔尤爲忝竊也

閑居

土鐺茶七椀瓦甑稷三升兀兀能言石騰騰有髮僧淨巾裁白氎拄杖采紅藤尚喜冬來健逢山得遍登

十一月十八日蒙恩再領冲佑鄰里來賀謝以長句

綠章封事徹虛皇黃紙除書降野堂海上春常探先到壺中日已不勝長冰銜再署仙班貴鶴料重支玉粒香便掛朝冠亦良易金銅茶籠本相忘往時嘗使閩者例餽茶三年今不講已久余蓋未嘗需及也

題老學菴壁

此生生計愈蕭然架竹苫茆只數椽萬卷古今消永日一窗昏曉送流年太平民樂無愁歎衰老形枯少

睡眠喚得南村跛童子煎茶掃地亦隨緣

冬晴日得閑遊偶作

不用清歌素與蠻閑愁已似解連環閏年春近梅差早澤國風和雪尚慳詩思長橋蹇驢上棋聲流水古松間踐天公事君知否正乞柴荊到死閑

示元禮

燕居侍立出扶行見汝成童我眼明但使鄉閭稱善士布衣未必媿公卿

書巢冬夜待旦

掃葉擁堦寒犬行編茆護柵老雞鳴風霜漸逼歲時晚形影相依燈火明史策千年媿豪傑關河萬里愴功名固應死抱無窮恨老病何由更請纓

醉後莊門望西南諸山

身是咸陽舊酒徒龍鍾猶復泥村酤百年略似夢長短一醉且隨家有無登覽未應慚脚力功名正爾歎頭顱夕陽又凭闌干立誰畫三山岸幘圖

著書

平生著書汗馬牛一事不施今白頭河洛未清非我責山林高臥復何求愚公可笑金堆屋老子唯須糟築丘華表無人識歸鶴煙波底處有馴鷗

探梅

我遊東村衝莫煙斷橋流水鳴濺濺欲尋梅花作一笑數枝忽到拄杖邊高標元合著山澤絶豔豈復施丹鉛定知曾授餐玉法不爾恐是凌波仙錦江賦詩忽萬里蓬山把酒今三年相逢風味宛如昨人生何者非前緣頗思取醉極清賞杖頭幸有百許錢但判插破烏紗帽莫記吹落黃金船

歲暮風雨

驕風起海澨浩蕩東北來鐵騎掠陣過秋濤觸山回老夫北窗下坐守寒爐灰處世困憂患萬事學低摧便欲滅燈睡門閉不敢開竝海固多風汝孱良可哀念昔少年日從戎何壯哉獨騎洮河馬涉渭夜銜枚

又

一冬少雨雪人意常昏昏夜半有奇事雨聲卷江村
陸子真老農破屋依頹垣扶持衰病身收召譴逐魂
手烹牆陰薺美若乳下豚聽雨取一醉不厭村酒渾
眼昏燈生暈衣弊蝨可捫父子幸相守萬事何足論

自夏秋匱甚慨然有感

萬卷縱橫眼欲枯老猶閉戶誦唐虞故人誰復訪生
死鄰父幸能通有無雲子翻匙新稻飯天吳坼繡舊
衣襦時平得掩松根骨也勝王孫泣路隅

題四仙像

反虜鯨鯢世共讎漢公勳業過伊周市門灑淚塵埃
裏誰與朝廷植委裘 梅福

又

世上年光東逝波咸陽銅狄幾摩挲神仙不死成何
事只向秋風感慨多 薊子訓

又

曾看四嶽薦虞鯀閱歲三千一瞬間歸臥青山孤絕處白驢常伴白雲閑 張果

又

蓮花峯下張超谷此老何曾有死生聞道風清月明夜至今鼻息亂松聲 陳摶

自責

窮途敢恃舌猶存小築城西十里村未掛衣冠慚士節免輸薪粲荷君恩文章跌宕忘繩墨學問荒唐失本原仕宦一生成底事子孫世世記吾言

自解

四十頭顱已可知殘年至此復何爲著書不直一盃水看鏡空添千縷絲達宦獨驕儒作戲後生速化吏爲師有冠當掛無餘說但恨衰翁見事遲

午睡起消搖園中因登山麓薄莫乃歸

老病攻百骸徽纆困束縛頽然一熟睡如獲萬金藥窗明竹影亂林暖鳥聲樂灰深香欲上火活湯正作

毫甌羞茗薤銅洗供盥濯整巾出庭戸曳杖歷巖壑遙岑見木杪細水齧籬脚踟躇遂忘歸清嘯送日落

羣兒

野行遇羣兒呼笑運甓忙共爲小浮圖嶙峋當道旁蜆殼以注燈椀足以焚香須臾一鬨散無益亦何傷古來富貴人峨冠登廟堂謀謨一悖謬縣宇失太康坐令安業民血喋而屍僵傳呼一朝罷遺患日月長均爲兒戲爾禍機孰深藏我作羣兒詩持用砭世肓

久疾灼艾小愈晚出門外

老境侵凌病滿軀火攻下策得枝梧沽來村酒初判醉叱去山童不遣扶霜重木凋鴉可數溪清魚見鸛相呼興闌卻掩齋扉臥閑看青燈照藥爐

夙興弄筆偶書

憂患熏心少睡眠雞號窗白一欣然道旁歲晚貂裘弊燈下書成鐵硯穿杜老慣聽兒索飯鄭公何啻客無氈春風不解嫌貧病尚擬花前醉放顛

縱筆

山合水將窮真宜著放翁醉嫌天地迮老覺歲時公偃蹇松逃世翩仙鶴駕風舊交零落盡一笑與誰同

冬晴閑步東村由故塘還舍作

故園三徑可婆娑遇興遵塗負杖歌霜重天寒山色淡草枯野曠獵徒多解刀尚可謀黃犢揮帖無由致白鵝自計長閑何所恨一生心事在煙波

又

紅藤拄杖獨相羊路遶東村小嶺傍水落枯萍黏蟹根 鄉人植竹以取蟹謂之曰根 雲開寒日上魚梁洛陽二頃言良是光範三書計本狂歷盡危機識天意要令閑健返耕桑

十二月八日步至西村

臘月風和意已春時因散策過吾鄰草煙漠漠柴門裏牛迹重重野水濱多病所須唯藥物差科未動是閑人今朝佛粥更相餽更覺江村節物新

夜聞湖中漁歌

夢回一燈翳復明臥聞湖上漁歌聲嗚嗚作低忽更起嫋嫋欲斷還微縈初隨缺月墮煙浦已和殘角吹江城悲愴似擊漸離筑忠憤如撫桓伊箏放臣萬里憂國淚戍客白首懷鄉情峽猿失侶方獨宿沙雁垂翅猶遐征巴巫竹枝短亭晚瀟湘欸乃孤舟橫世間此恨故相似使我百感何由平

忽得京書有感

白髮蒼顏七十翁朽株枯木略相同如山儲藥難醫拙齊斗堆金不換窮昨夢已拋空刼外殘年全付醉眠中故人苦未知心事一紙空煩寄斷鴻

晚步門外書觸目

數椽茆屋鏡湖傍喬木蒼煙一徑長酒賤過門多醉叟天寒棲畝有餘糧歌呼草市知人樂簫鼓叢祠喜歲穰只道老來詩思盡未妨擊壤頌時康

親舊書來多問近況以詩答之

耐辱推頽百不能居然老病住菴僧流年速似一彈
指更事多於三折肱庭樹影中聞夜汲隣機聲裏對
寒燈沈詩任筆俱忘盡酒戶新來却少增

開書篋見韓无咎書有感

老覺人間萬事非幽棲幸已脫塵鞿殘年得飽不曾
足舊友半空誰與歸開眼不妨成一夢翦翎何至羨
羣飛龍圖老子今安在把卷燈前淚滿衣

夜大雪歌

朔風吹雪飛萬里三更蔌蔌鳴窗紙初疑天女下散
花復恐麻姑行擲米異哉凍硯已生冰信矣重衾如
潑水山中臥澗松竹折庭前蔽地鳥鳶死昨日之暖
殊昏昏桃李欲坼春滿園陰陽錯繆世或有物窮則
變古所言雖云明年幸一麥凍餒溝壑知誰存嗚呼
今夕之雪未足論所憂明日巉巗高塞門

寄宇文成州

成州太守比何如夢裏依然把臂初復起卿當用卿

法長閑吾實愛吾廬五湖風雨孤舟夜萬里關山一紙書正使兩翁長隔闊子孫它日莫相疎

示子聿

我鑽故紙似癡蠅汝復孳孳不少懲父子更兼師友分夜深常共短檠燈

雪

平郊漫漫覺天低況復寒雲結慘悽老子方驚飛蛺蝶羣兒已說聚狻猊中宵鳶墮頻摧木徹旦雞瘖重壓棲只待新晴梅塢去青鞵未怯踏春泥

夜坐

耿耿殘燈夜未央負牆閑對篆盤香風號東北河冰合月落西南竹影長孤鵲欲棲頻繞樹寒龜無息穩搘床頹然坐睡那知曉推戶朝曦已滿廊

春雨

午夜聽春雨發生端及期世憂殊未艾天意固難知士節承平日人材南渡時後生聞見狹撫枕歎吾衰

夢與數客劇飲或請賦詩予已大醉縱筆書一
絕覺而錄之
高談雄辯憑陵酒豪竹哀絲蹴蹋春占斷名園排日
醉不教虛作太平人
世事
世事說來猶可厭宦情夢裏亦應無山林已結三生
願朝市誰非九折途醉舞盃盤無藉在狂吟風月不
枝梧何人今擅丹青藝爲畫蘇門長嘯圖
二子
兩楹夢後少真儒毀譽徒勞豈識渠孟子無功如管
仲楊雄有賦似相如敬王事業知誰繼準易工夫故
不踈孤學背時空絕歎白頭窮巷抱遺書
謝郭希呂送石洞酒
從事今朝真到齊春和盎盎却秋淒色如夷甫玉麈
尾價敵茂陵金褭蹏瑞露頗疑名太過稟泉猶恨韻
差低山園雪後梅花動一榼常須手自攜
瑞露桂盃酒

得名甚盛槖泉岐下酒自昔名冠關中而失之太勁

飲酒

六十四民安在哉千八百國俱煙埃世人一漚寄巨海對酒不醉吁可哀平生清狂今白首芒屨布裘稱野叟晨興窗几網蛛絲石洞書來餉名酒看月直到無月時尋花直到花片飛醉中往往花壓帽鄰里聚看湖邊歸先生兩耳不須洗利名不到先生耳狂歌起舞君勿嘲青山白雲終醉死

無題

金鞭朱彈憶春遊萬里橋東罨畫樓夢倩曉風吹不去書憑春雁寄無由鏡中顏鬢今如此幌下朋儔好在不篋有吳牋三萬箇擬將細字寫新愁

兩雪兼旬有賦

冬溫思兩雪稍久已復厭祁寒人怨咨千載語猶驗人心自無常天命本不僭積陰勢已極浮雲會當斂山花紅酣酣谿水綠灩灩短蓬倘可具與子東入剡

北窗睡起

違物離人不計年萬金難買北窗眠高懷元在羲皇上大事已明空刼前樵路細盤雲外嶺釣筒倒插水中天此時消息君知否千載巢由未足賢

立春

紹熙又見四番春春日春盤節物新獨酌三盃愁對影倒添一歲老催人菊芽冒土如爭出柳色揺村已漸勻身是蘭亭山下客未容逸少擅清真

曉枕

殘漏鼕鼕急明星磊磊高一從安枕臥無復攬衣勞熨斗生晨火熏籠覆緼袍一盃山藥酒紅日滿亭皋

落梅

雪虐風饕愈凜然花中氣節最高堅過時自合飄零去恥向東君更乞憐

又

醉折殘梅一兩枝不妨桃李自逢時向來氷雪凝嚴

地力斡春囘竟是誰

閑居無客所與度日筆硯紙墨而已戲作長句

水複山重客到稀文房四士獨相依黃金那得與齊價白首自應同告歸韞玉面凹觀墨聚浣花理膩覺豪飛韞玉淄硯名浣花蜀牋名與闌却欲燒香睡閑聽松聲晝掩扉

壬子除夕

前村後村燎火明東家西家爆竹聲老逢新正幸强健却視徂歲何崢嶸兒時祝身願事主談笑可使中原清豈知一出踐憂患斂縮豈復希功名雪霜滿鬢覺死近節物到眼空歎驚蠶官社公正暖熱春盤餠鼓爭施行蓬門車馬所不至山僧野叟相逢迎嗚呼吾曹見事晚古俗實在蚩蚩氓茆簷一笑語兒子明當滿舉屠蘇觥

癸丑正月二日

朱顏不老畫中人綠酒追歡夢裏身堪笑三山衰病

叟閑門寂寂過新春

又

菊叢抽綠滿枯荄繞舍梅花已徧開須信今春春事早江鄉開歲有𧊒雷

避世行

君渴未嘗飲鴆羽君飢未嘗食烏喙惟其知之審取捨不待議有眼看青天對客實少味有口啖松柏火食太多事作官蓄妻孥陷穽安所避刀鋸與鼎鑊孰匪君自致欲求人迹不到處忘形麋鹿與俱逝杳杳白雲青嶂間千歲巢居常避世

稽山農 余作避世行以爲不可常也復作此篇

華胥氏之國可以卜吾居無懷氏之民可以爲吾友眼如巖電不看人腹似鴟夷惟貯酒周公禮樂寂不傳司馬兵法亡亦久賴有神農之學存至今扶犁近可師野叟粗繒大布以禦冬冬黃粱黑黍身自春園畦翦韭勝肉美社瓮撥醅如粥醲安得天下常年豐老

死不見傳邊烽利名畫斷莫挂口子孫世世作稽山農

牧牛兒

南村牧牛兒赤脚踏牛立衣穿江風冷笠敗山雨急
長陂望若遠隘巷忽相及兒歸牛入欄煙火茆簷溼

讀書未終卷而睡有感

莫年緣一嬾百事俱棄置今遂嬾到書把卷輒坐睡
其餘嬾則已感此獨歔欷念昔少壯時日夜痛磨礪
誓言死爲期身在敢暴棄寧知未死前殆欲負此志
顏回稱好學楊雄乃識字勉哉慕前修自畫聖所諱

早春新晴

柳弄春柔拂小潭山橫霽色卷浮嵐飛揚檣脚擲東
北零落梅花餘二三村店疏燈新賣酒神祠疊鼓正
祈蠶幽人睡起東園去芹茁萱芽又滿籃

枕上聞禽聲

屏掩輕寒酒半消斷香殘夢兩無憀開年春意遽如
許破曉一聲娑餅焦

感舊

憶從南鄭入成都氣俗豪華海內無故苑燕開車載酒名姬舞罷斗量珠浣花江路青𧖴舫槿柳毬場白雪駒回首壯遊真昨夢一竿風月老南湖

夜雨

澤國寒多雨畸人夜少眠不緣酲作病只合醉終年庭艸已爭茁園梅空自憐重雲不難抉無劍倚青天

又

寒雨連三夕幽居只數椽家貧輕過節身老怯增年日月悲歌裏關山淚眼邊梅花自開落歎息爲誰妍

又

人日春猶淺雞晨夜向闌殘釭燈暈小單枕雨聲寒難補皇天漏空思后土乾山家尊酒薄懷抱若爲寬

初晴野步

入市路三叉緣山港半斜疎籬帶殘雪幽竇瀉湍沙好鳥晴相語芳蘭暝欲芽病餘無脚力隨處憩人家

明日復雨排悶

湖上孤村冷欲冰更堪衰與病相乘夢回點滴簷間雨心折青熒帳外燈雖有數椽常似客僅存一肉未成僧披衣偶取南華讀打破愁城喜不勝

又

此老在家如出家蒲團趺坐讀南華溼雲不散雁呼伴幽室無聲燈墜花心法先當破窠窟世緣最忌養萌芽行年七十方知悔萬事無涯生有涯

小室

小室僅容膝焚香觀昨非出門寧有礙知我正須希霜橘爭棋樂仙壺賣藥歸平生釣竿手不解叩黃扉

浮世

浮世如流水滔滔日夜東百年均夢寐萬古一虛空青鳥來雲外銅駝臥棘中相逢惟痛飲令我憶無功

紅梅

苧蘿山下越谿女戲作長安時世妝白白朱朱雖小

異斷知不是百花香

又

雲裏溪頭已占春小園又試晚妝新放翁老去風情在惱得梅花醉似人

湖上

今朝雨初晴湖上好天色落梅紛可藉桑柳亦已拆老夫病良已竝水散輕策冉冉春物新忽忽衰髮白四方豈不樂嬾惰畏遠客惟當勤買酒東城復南陌

晴甫一日復大風雨連日不止遣懷

書劍當年隘九州白頭歸臥一窗幽染成草色春猶淺老盡梅花雨未休得句已無前輩賞開編時與古人遊山房小甕今朝熟不恨尊前自獻酬

癸丑上元三夕皆大雨雪

雨雪連三日孤城冷欲冰泥深唯響屐風惡更吹燈空惱追歡客何關在定僧一盃嘗豉煎寒影對崚嶒

寓歎

人生各自有窮通世事寧論拙與工裏馬華心空許國不龜手藥却成功早朝玉勒千門雪夜坐蓬窗萬壑風借得奇書且勤讀小兒能續地爐紅　子坦以新昌木炭二百斤來

幽興

雨後梅花無復在老來酒盞頓成疎身如海燕不逢社家似瓜牛僅有廬短髮垂肩嬾中散深居謝客病相如從今何以消長日剩種芭蕉學草書

緗梅

疎影横斜事已非小園日莫鎖芳菲素綃應怯東風思故著重重淺色衣

又

香似海沉黄似酒不禁風雪最遲開放翁欲作梅花譜蠟屐榰笻日日來

又

紅梅眼看風吹盡更有緗梅亦已無天與色香天自

愛不教一點上蜂鬚

劍南詩稿卷第二十六終

劍南詩稿目錄

卷第二十七

獵中梁山下樂甚慨然賦詩予于是生六十有九年矣

劍南詩稿卷第二十七

宋陸游務觀

僧廬

僧廬土木塗金碧四出徵求如羽檄富商豪吏多厚積宜其棄金如瓦礫貧民妻子半菽食一飢轉作溝中瘠賦斂鞭笞縣庭赤持以與僧亦不惜古者養民如養兒勸相農事憂其飢露臺百金止不爲尚媿七月周公詩流俗紛紛豈知此熟視創殘謂當爾傑屋大像無時止安得疲民免飢死

春日

節節足足雀噪檐朱朱白白花窺簾坐旁設酒隨時飲床上堆書信手拈寓世無求猶役役杜門不病亦厭厭春濃日永有佳處睡味著人如蜜甜

春遊

鏡湖春遊甲吳越鶯花如海城南陌十里笙歌聲不絕不待清明寒食節青絲玉瓶挈新釀細柳穿魚初出浪花外金羈絡雪駒橋邊翠幰圍蝸舫怕雨愁陰人未知時時微雨却相宜養花天色君須記正在輕雲嫩靄時

懷昔

昔遇高皇帝華纓接俊遊年光一彈指世事幾浮漚故國但青嶂羈臣今白頭平生笑李廣癡絕望封侯

記夢

夢不出心境曠然成遠遊花殘杜城醉木落華山秋戰血磨長劍塵痕洗故裘那知覺來處身臥五湖舟

春陰

老境三年病新春十日陰孤舟鏡湖客萬里玉關心出岫雲多態呼風鳥獨吟讀書惟恐盡傾酒却愁深

睡起行至門外有賦

窗黑停書課屏深養病眸雨聲工破睡酒力不禁愁

兀兀披衣起昏昏曳杖遊柴荆晚未閑隔水數歸牛

早春

舊學樊遲稼新通氾勝書不成籌國論且復愛吾廬

又

具牛將犢行野雉挾雌鳴農事不可緩閑人亦勸耕

又

近陂牛湩白遠浦鴨頭青一櫂悠然去東風吹酒醒

又

西村一抹煙柳弱小桃妍要識春風處先生拄杖前

醉吟

少日沉迷汗簡青如今毀譽兩冥冥書生弄筆如何

信只合花前醉不醒

又

驅使難憑赤丁子傳呼底用蒼頭兒世間如夢身如

又

寄春去花空欲泥誰

牽經引禮人誰聽是古非今世共憎何似對花傾綠酒自歌一曲醉騰騰

贈劉改之秀才

君居古荊州醉膽天宇小尚不拜龎公況肯依劉表胸中九淵蛟龍蟠筆底六月氷雹寒有時大叫脫烏幘不怕酒盃如海寬放翁七十病欲死相逢尚能刮眼看李廣不生楚漢間封侯萬戸宜其難

蓬門

莫笑蓬門雀可羅老農正要養天和穿林梟梟孫登嘯叩角嗚嗚甯戚歌睡美到明三展轉飫甘捧腹一摩挲床頭更聽糟床注造物私吾亦已多

龍鍾

龍鍾一老寄荒村鼎食山棲久已分平日氣呑雲夢澤莫年緣在武夷君搶榆敢羨垂天翼倚市從嗤刺繡文幸有筆床茶竈在孤舟更入剡谿雲

送佛照光老赴徑山

大覺佳育王拗折拄杖强到底佛照佳育王挑得鉢囊隨詔起從來宗門話只要句不死說同說異菴外人若是吾宗寧有此日日風雨今日晴萬里春光入帝城傳宣江上走中使開堂座下羅公卿御香靄靄雲共布法音浩浩潮收聲報恩一句作麽道常遣山林見太平

春社有感

顚頷前朝白髮郎祠庭賦祿玷恩光寸心未與年俱老萬事惟憑酒暫忘穿仗兩曾觀揖遜扶犂獨幸返耕桑耆年凋落還堪歎社飲推排冠一鄉 三山百家之聚年莫余先者

春社

桑眼初開麥正青勃姑聲裏雨冥冥今朝有喜君知否到處人家醉不醒

又

社肉如林社酒濃鄉鄰羅拜祝年豐太平氣象吾能

說盡在鼕鼕社鼓中

又

柴門西畔枕陂塘社雨新添一尺强臺省諸公方衮衮故應分喜到耕桑

又

太平處處是優場社日兒童喜欲狂且看參軍喚蒼鶻京都新禁舞齋郎

村夜

寂寂山村夜悠然醉倚門月昏天有暈風軟水無痕迹爲遭讒遠身由不仕尊敢嗟車馬絶同社自雞豚

山園遣興

輸逋告糴走比隣恤患分災累故人安得此身無一事林中數筍過殘春

次韻陳機宜見贈

邂逅今年得若人翛然不染庾公塵思幽屈子歌山鬼語妙陳王賦洛神初接笑談忘老憊熟觀風度愛

清真花時飛盡頻行樂莫學衰翁睡過春

野意

隄長逾十里村小只三家山客弛樵擔溪翁鳴釣車
花深迷蝶夢雨急散蜂衙衰疾新年減青鞵上若耶

戒殺

物生天地間同此一太虛林林各自植但坐形骸拘
日夜相殘殺曾不置斯須皮毛備裘褐膏血資甘腴
雞鶩羊彘輩尚食稗與芻飛潛何預汝禍乃及禽魚
豺虎之害人亦爲飢所驅汝顧不自省何暇議彼歟
又于人類中各私六尺軀方其忿怒時流血視若無
我欲反其源默觀受氣初挺刃之所加慘若在我膚
朝飯一甌豆莫飯一盃蔬捫腹茆簷下陶然歡有餘

余年四十六入峽忽復二十三年感懷賦長句

當年吊古巴東峽雪灑扁舟見早梅宋玉宅邊新酒
美巫山廟下莫猿哀樵柯爛盡棋方劇客甑炊成夢
未回已把癡頑敵憂患不勞團扇念寒灰劉夢得團扇

歌曰當時初入君懷袖豈念寒爐有死灰

山行

七十衰翁短鬢斑藥瓢藤杖伴清閑平生惡路羊腸阪晚歲羸軀飯顆山一寸塔餘青靄外數聲鐘下翠微間往來處處皆奇絕莫道先生興盡還

雨中排悶

一春苦沈陰未省見桃李已逢暗寒食更值雨甲子重雲失南山寸步困泥滓籜龍已饑饑一飽差可喜

杜敬叔寓僧舍開軒松下以虛瀨名之來求詩

君不見洛陽八節灘未至一舍聞驚湍生綃六幅誰所畫入眼能令三伏寒又不見桐廬七里瀨濺雪跳珠舞澎湃羊裘老子去千年絕世孤風凜如在杜陵之孫今勝流飄然不必事遠遊結茆古寺聽松吹坐擅洛水桐江秋放翁百念俱已矣獨有好奇心未死約君少待秋月明抱琴來宿寫灘聲

贈徑山鈺書記

徑山老將無勍敵百萬魔軍俱掃迹座下何人策雋功籌略縱橫銛記室銛公聲名滿吳會惟有放翁最先識奕奕揮毫王粲詩翩翩插羽陳琳檄風雷東海起伏龍纔藉圜丘薦蒼璧徑山入門第一義萬口譁言眞稱職我謂銛公豈止此徑山缽袋渠能得一枝白拂倘付之會見青天飛霹靂

五月一日作

處處稻分秧家家麥上場敢悲身老大獨幸歲豐穰酪美朱櫻熟菰青角黍香翛然一竹几飽受北窗涼

春夏之交衰病相仍過芒種始健戲作

藥裹關心百不知可憐筆硯鎖蛛絲倒壺猶有莫春酒開卷遂無初夏詩戶外逢人驚隔闊燈前顧影嘆支離癡頑未伏常愁臥鼓缶長謠樂聖時

自嗟

青蔬半畝老生涯霜鬢蕭蕭只自嗟勛業蹉跎空許國文詞淺俗不名家殘骸皆作麒麟楦舊友仍非虎

士牙收得平生釣竿手長安西日更須遮

枕上述夢　五月十二日雞鳴時作

江湖送老一漁舟清夢猶成塞上遊生馬駒馳鐵號腕古鐃歌奏錦衣𦙁玉關雪急傳烽火青海雲開見戍樓白首不侯非所恨咿嚶床簀死堪羞

雨中排悶

潤入盆山綠葉稠倦攤書帙小窗幽浮雲不卷時時雨薄酒無功日日愁積潦漲來妨躡屐好山遮盡罷登樓青秧搖蕩湖堤決一飽前知未易謀

小軒夏夜涼甚偶得長句呈杜叔高秀才

遙夜簾櫳已借秋闌干星斗挂檐頭鵲翻清影移枝宿螢弄孤光拂簟流榻上琴書紛枕籍髮根風露冷颼飀故人莫笑幽居陋此夕真從造物遊

憶昔

憶昔西征日飛騰尚少年軍書插鳥羽戍壘候狼煙渭水秋風夜岐山曉雪天金韉馳叱撥繡袂舞嬋娟

但恨功名晚寧知老病纏虎頭空有相麟閣竟無緣壯士埋巴峽獨孤策孤身臥海壖安西九千里孫武十三篇裘嘆蘇秦弊鞭憂祖逖先何時聞詔下遣將入幽燕

夏日晚興

高掛虛窗對綠池鳥啼聲歇柳陰移含風珍簟閑眠處壘雪輕衫新浴時泉冷甘瓜開碧玉手香素藕罥一作雪長絲夕陽四面漁歌起又赴隣翁把釣期

老翁

老翁垂七十不復歎頭顱浩蕩新漁艇洞零舊酒徒嚴徐元袞袞管葛亦區區獨有欣然處登山未用扶

困甚戲書

官如枝頭乾不受雨露恩身如水上浮泛泛寧有根刈茆以苫屋縛柴以爲門故人分祿米隣父餉魚飧前門吏徵租後門質襦褌不敢謀歲月且復支朝昏雨餘幽花拆亦可侑清尊吾生信已乎終老此山村

歲晚

日月忽其逝吾生猶幾何不從屠狗醉即和飯牛歌斧鉞稽天討金繒約虜和無情恨荊棘歲晚暗銅駝

戲詠山陰風物

萬里秦吳稅駕遲還鄉已歎鬢成絲城邊綠樹山陰道水際朱扉夏禹祠項里楊梅鹽可徹 太白梁園吟云玉盤楊梅為君設吳鹽如花皎白雪不知楊梅酸者乃薦以鹽佳品未嘗用也 湘湖蓴菜豉偏宜 蓴菜最宜鹽豉所謂未下鹽豉者言下鹽豉則非羊酪可敵蓋盛言蓴羹之美爾 圖經草草常堪恨好事它年采此詩

老健

才智不足狂有餘此身老健更誰如齒牢尚可決乾肉目瞭未妨觀細書不怪模稜嗤了了但驚紾臂勸徐徐曉看瓜壟初牽蔓一笑呼兒勿廢鉏

六月晦日作

長夏忽忽云過徂年行且休川原方渴雨草木已驚秋

露蔓晨猶泫風蟬莫更遒明窗對清鏡世事判悠悠

喜雨

雷車隆隆南山陽電光煜煜北斗傍急雨横斜生土香草木蘇醒起仆僵芭蕉抽心鳳尾長薜荔引蔓龍鱗蒼葛幮竹簟夜更涼超然真欲無羲皇常年七月蚊殷廊今夕肅肅疑飛霜水車罷踏戽斗藏家家買酒歌時康

門外納涼

玄雲障落日早得數刻涼寒泉灑門前浴罷倚胡床蟬聲晚愈壯藕花凋更香嘯詠忽已久野色來蒼蒼新月淡無輝大星森有芒水鳥亦歸宿飛鳴掠横塘人生各有時何至終身忙撫髀三太息墜露溼衣裳

贈蘇趙叟兄弟

君家真德門才傑生衮衮託契則甚深所恨相識晚攜文數過我每讀必三反譬如天廄駒真是渥洼產閉門萬卷讀更要極源本才難聖所嘆期子敢不遠

癸丑七夕

風露中庭十丈寬天河仰視白漫漫難尋仙客乘槎路且伴吾兒乞巧盤秋早時聞桐葉墜夜涼已怯紵衣單民無餘力年多惡退士私憂實萬端

共語

喬嶽成塵巨海枯欲求共語一人無黃金已作飛煙去癡漢終身守藥罏

書歎

少年志欲掃胡塵至老寧知不少伸覽鏡已悲身潦倒橫戈空覺膽輪囷生無鮑叔能知己死有要離與卜鄰西望不須揩病眼長安冠劍幾番新

秋曉倚闌

雲罅纖纖玉一鉤小庭風露更清柔老來朋舊凋零盡獨倚闌干特地愁

癸丑七月二十七夜夢遊華嶽廟

驛樹秋風急關城莫角悲平生忠憤意來拜華山祠

牲碑僞正朔祠祝虜衣冠神亦豈堪此出門山雨寒

又

僕頃在征西大幕登高望關輔樂之每冀王師拓定得卜居焉暇日記此意以示子孫

八月殘暑退秋聲滿庭樹豈無四方志衰病迫霜露遼東黃頭奴稔惡天震怒南北會當一老我悲不遇子孫勉西遷俗厚吾所慕約己收孤嫠教子立門戶黍稌暗阡陌鵝雉足匕箸永爲河渭民勿憚關山路

讀陶詩

我詩慕淵明恨不造其微退歸亦已晚飲酒或庶幾雨餘鉏瓜壟月下坐釣磯千載無斯人吾將誰與歸

秋夜感舊十二韻

冷螢綴蓬根忽復照高樹年光逝不留百感集遲莫往者秦蜀間慷慨事征戍猿啼鬼迷店馬嚙飛石鋪鬼迷店在大散關下飛石鋪在小益道中常有崩石危嶺高入雲朽棧劣容步天近星宿大江惡蛟鼉怒意氣頗自奇

性命那復顧最懷清渭上衝雪夜掠渡封侯細事爾所冀垂竹素兜鍪竟何成豈獨儒冠誤當時妄校尉旗纛今照路浩歌遂成章聊慰老不遇

幽居

海瀣結茆新退藏常畏人已侵垂老境尚愛不貲身丹灶長生藥巢居上古民秋來有奇事鷗鷺日相親

醉題

勿笑山翁病滿軀胸中俠氣未全無雙瞳遇醉猶如電五木隨呼盡作盧代北胡兒富羊馬江南奇士出菰蘆何由親奉平戎詔蹴踏關中建帝都

雨涼小飲戲作

孤村小院雨輸涼團扇流塵簟避床蛩思感秋吟壞壁螢光乘暗遶高梁巾箱字細成覤嬾醽醁盃深斷送狂坐睡覺來人已散簾櫳時度玉簪香 玉簪花名

題齋壁

迹是滄浪客家居穲稏村秋菰芼羮滑社酒帶醅渾

勛業知難遂文章不更論惟餘此身在分付與乾坤

書憤

山河自古有乖分京洛腥羶實未聞劇盜曾從宗父命遺民猶望岳家軍上天悔禍終平虜公道何人肯散羣白首自知疎報國尚憑精意祝爐熏 宗澤守東都巨盜來歸百萬號宗爺岳家軍蓋紹興初語

秋興

秋風又滿會稽城有客飄然萬事輕久向林間得佳趣不知身外有浮名蒲萄雨足初全紫烏柏霜前已半頳欲把一盃終覺嬾老來懷抱爲誰傾

雨夜排悶

羸病愁燈影羈懷怯雨聲新秋忽已半垂老若爲情金印兒嬉事青編身後名何如破窗下袖手送餘生

又

村巷時時雨江城夜夜砧沉憂羈客夢孤憤遠臣心身病常須藥囊空未贖琴明朝鏡中髮飽受雪霜侵

秋日出遊戲作

箬帽蓑衣自道宜不論晴雨著無時半醒半醉人爭看是聖是凡誰得知

又

薄雲韜日未成雨野水醤沙爭赴溪書冊嬾看聊作伴酒壺不飲亦常攜

雨中夕食戲作

高秋滴瀝雨作泥黃昏爭林雀欲棲臨窗一飯頗簡快半升脫粟澆黃虀

又

粗飰寒葅到手空屬饜也與八珍同家人見慣渾閑事笑殺新來兩髻童

又

粳粒微紅愧食珍蔣芽初白喜嘗新摩挲便腹無憂責我是人間得計人

自警

墮髮滿晨梳荒畦入晚鉏涼生團扇斫病退短笻疎
聖道功殊淺塵緣習未除青燈幸如故勉近讀殘書
寄方瞳胡先生
形槁神彌王心虛腦自凝平生一酒榼萬里兩行縢
安枕存玄牝齋居養絳陵他年喬嶽下正晝看飛騰
古仙人飛升皆在五嶽名山故人少見者
雨夕焚香
芭蕉葉上雨催涼蟋蟀聲中夜漸長綘十二經真太
漫與君共此一爐香
秋雨初霽徙倚門外有作
三十餘年此結廬客來不用笑迂疎前身已預蘭亭
會老眼曾窺禹穴書浮甕社醅香出屋登場秋稼穗
盈車蕭蕭蓬鬢雖衰矣追逐鄉鄰尚有餘
雨中作
野外偏于看雨宜映空渡水細如絲川雲借潤支琴
石磵水分流洗藥池未肯高眠成老態却緣危坐得

新詩悠然更助鄰丁喜漸近收蕎下麥時

贈老雞

峩峩赤幘先羣輩喔喔長鳴蓋四郊意氣雖雄無處用風霜從我老衡茆

又

場中啄粟樹頭棲三唱明星出尚低闘路元無孟嘗客吳兒莫議會稽雞

秋晚閑步隣曲以予近嘗臥病皆欣然迎勞

放翁病起出門行績女窺籬牧豎迎酒似粥醲知社到麩如盤大喜秋成歸來早覺人情好對此彌將世事輕紅樹青山只如昨長安拜免幾公卿

雨夜

歲晚茆茨劣自容齒搖將脫髮將童心遊萬里關河外身臥一窗風雨中醫不可招惟忍病書猶能讀足忘窮夜闌睡覺蛩聲裏時見燈花落碎紅

醉臥道傍

爛醉今朝卧道傍鄉閭共爲護牛羊高懷那遣羣兒覺至理真能萬事忘喚起瘦軀猶嵬峩扶歸困睫更茫洋凍齏快嚼茆簷下拍手從人笑老狂

枕上聞急雨

枕上雨聲如許奇殘荷叢竹共催詩喚回二十三年夢燈火雲安驛裏時

又

酒病羈愁一洗空長歌高枕雨聲中傳聞谿港深三尺明日扁舟處處通 港涸久不通舟檝兩日雨殊可喜也

得趙若川書因寄

澤居路絶人不到晨起忽傳雙鯉魚儲淚一升悲世事減愁三尺看君書龍墀對策言傷直山邑迎親計未踈老病閉門誰省錄因風時肯問何如

夢至洛中觀牡丹繁麗溢目覺而有賦

兩京初駕小羊車顦顇江湖歲月賒老去已忘天下事夢中猶看洛陽花妖魂豔骨千年在朱彈金鞭一

笑譁寄語氈裘莫癡絕祈連還汝舊風沙

閑居對食書媿

遊宦無功坐免歸誰令盤筯極甘肥錦鱗差尾魚登俎繡羽駢頭雉觸機桑落滿壺春盎盎雨前轉磑雪霏霏殘年何地酬君賜自古羈臣厭蕨薇

又

老病家居幸歲穰味兼南北飫枯腸滿脾蜜熟餦餭美下棧羊肥餺飥香鱍剌河魴初出水迷離穴兎正迎霜山僧一鉢無餘念應笑先生為口忙

秋夜獨酌

壯志隨年減羈愁與夜長月高寒暈淡花圻露叢香仕畏讒銷骨歸判酒腐腸青燈寫孤影相勸盡餘觴

風雲交作戲題

雲脚如龍爪空中挾雨來何關風伯事欲到却吹回

自嘲

歲月推遷萬事非放翁可笑白頭癡此生竟出古人

下有志尚如年少時僻學固應知者少長歌莫問和
予誰自嘲自解君毋怪老大從人百不宜

書室

客來莫笑席塵凝靜處工夫却少增黑蟻常緣魯壁
簡瘦蛟時落越溪藤尚能豪健如霜鶻未遽衰殘學
凍蠅更喜論文有兒子夜窗相對短檠燈

數日秋氣已深清坐無酒戲題長句

漸近重陽天氣嘉數椽茆竹淡生涯山童擁篲掃黃
葉鄰女傍籬收碧花避俗要生輪四角出門何啻路
三叉晚窗酒盡無多歎試問前村好事家

五更起坐

世間醉夢過浮生誰肯披衣坐五更煜煜心光回自
照緜緜踵息浩無聲古人得意捐糟粕癡子何知墮
化城七十老翁須努力隣雞纔唱又窗明

谿上雜言

谿上之丘吾可以休谿中之舟吾可以遊一裘雖弊

可度風雪虐一簞雖薄未有旦夕憂媿于此心鼎食其敢飽負其所學蟬冕增吾羞古人誰謂不可見黃卷猶能覩生面百穀薿薿知稷功九州茫茫開禹甸巍巍成功亦何有治亂但如翻覆手逢時皆可致唐虞比身管樂寧非茍樹桑釀酒蕃雞豚是中端有王業存一朝遇合得施設千載始知吾道尊

厭事

厭事便微疾貪眠幸早寒人雖笑疎嬾天實閔衰殘韋布何曾賤茆茨本自寬黃花插烏帽一醉有餘歡

方池

莫笑方池小清泉數斛寬照花紅錦爛洗研黑蛟蟠日取供茶鼎時來擲釣竿秋風過欄角也解作微瀾

癸丑重九登山亭追懷頃在興元常以是日獵中梁山下樂甚慨然賦詩予于是生六十有九年矣

生年六十九重陽轍遍秦吳歲月長南鄭從戎嗟尚

壯中梁縱獵最難忘離披雉拂雕鞍墮獨佉狐穿古
冢藏夢斷酒醒今萬里亦逢佳節重悲傷

劍南詩稿卷第二十七終

劍南詩稿目錄

卷第二十八

十月下旬暄甚戲作小詩　霜天雜興三首
連日風雨寒甚夜忽大風明旦遂晴　懷昔
寄題王俊卿看山堂二首　絶歎　風雨　晚
過鄰曲　莫仲謙挽詞　病起　晚興　贈粉
鼻　與兒輩論李杜韓柳文章偶成　夢至小
益　懷紹興間往還諸公　磨衲道衣　溪上
作二首　小憩　癸丑十一月下旬温燠如春
晦日忽大風作雪　占城稷竹拄杖　西城
東城　斯道　病起山居日有幽事戲作二首
蝸廬　冬夜讀書二首　十二月九日枕上
作　記夢三首　鏡湖女

劍南詩稿卷第二十八

宋　陸游　務觀

感懷

老病與世絶屛迹三家村我居一何陋舉手屋可捫客至不能迎堅坐度朝昏一窗修竹下超然傲羲軒外物自變遷內景常默存黃流不注海浩浩朝崐崙妙道本自得至言初不煩功成出緒餘猶足康黎元

又

卜居鏡湖上一菴環翠屛竹林藏谽谺嶺路蟠青冥騫騰立奇石嶄絶瞻危亭車馬雖掃迹猿鳥與忘形我行半九州蹋盡芒鞵青豈知雪滿鬢于茲敞雲扃丹砂收箭鏃茯苓斸人形遼天渺歸鶴一瞬三千齡

又

平生喜栽花賴以娛寂寞小園財一畝粲粲萬跗蕚

典衣買紫桂輟食致紅藥阡眠香草茂掩苒煙柳弱
踏雨探花開障風畏花落雖慚童心在終勝塵事縛
今日疾稍間天氣亦清廓啼鳥寒不歸可以侑吾酌
又
殘年迫衰謝嬰疾歸鄉枌諸賢渡江初總角幸有聞
才非楚倚相亦能讀典墳夫豈或使之後死與斯文
世儒鑿戶牖道術將瓜分孤陋守一說百氏殆可焚
後來豈無人鼻堊誰揮斤巍巍貞觀治房魏出河汾
出遊
采藥今朝偶出遊溪邊小立喚漁舟未須著句悲搖
落嫩日和風不似秋
又
朝行躡屩穿幽谷莫返褰裳涉亂流提起短笻成一
笑每煩上座爲分憂
讀杜詩偶成
一念寧容事物侵天魔元自是知音拾遺大欠修行

力小吏相輕尚動心

秋夜即事

鳥宿牛歸戸欲扃燈前老子影伶俜溼雲不散初聞雁深竹微明尚有螢一卷舊書開蠹簡半升濁酒倒餘瓶乘閑欲擬歸來作小草斜行滿曲屏

物有可歎者因戲作數語以識之

雞棲及我未掩扉犬雖遠出莫自歸司晨警夜職交舉皴糠棄粒報亦微查查雙鵲更媿汝庭樹夜宿常相依豈憐主人老寂寞暝熱蓬戸不忍違養鴟甚恩健即去養鷹雖久飽亦飛嗟哉物性厚薄異使我隱几空歔欷

老懷

身見高皇再造初名場流輩略無餘舊書科斗纔存字薄業蝸牛僅有廬迂士豈堪新貴使少年自與老人疎荒園寂寂堆霜葉抱瓮何妨日灌蔬

對酒

古今共有死長短無百年方其欲瞑時如困得熟眠
世以生時心妄度死者情疑其不忍去一笑可絕纓
區區計生死不如持一觴一觴澆不平萬事俱可忘
待酒忘萬事猶是役於酒醉醒不到處天魔自奔走

東村散步有懷張漢州

扶杖村東路秋來始此回寒鴉盤陣起野菊臥枝開
憂國丹心折懷人雪鬢催房湖八千里那得尺書來

晚寒自東村步歸

夕陽下平野落葉滿荒街村店賣麴麫人家燒豆䕸
溪風透布褐草露溼芒鞵骨相元如此何由與世諧

排悶

丈夫結髮志功名大事真當以死爭我昔駐車籌筆
驛孔明千載尚如生

又

曾攜一劍遠從戎秦趙關河顧盼中老去功名無復
夢凌煙分付黑頭公

又

四十從軍渭水邊功名無命氣猶全白頭爛醉東吳
市自拔長刀割彘肩

又

西塞山前吹笛聲曲終已過維陽城君能洗盡世間
念何處樓臺無月明

又

萬里風中寄斷蓬古來虛死幾英雄拔山力與回天
勢不滿先生一笑中

又

風霜九月冷颼飀湖海飄然一布裘親見宓羲初畫
卦轉頭三十萬春秋

初寒病中有感

楚水楓林霜露新白頭一叟正吟呻牛衣未起王章
疾馬磨何傷許靖貧治道本來存簡冊神州誰與靜
煙塵新亭對泣猶稀見況覓夷吾一輩人

放歌行

君不見汾陽富貴近古無二十四考書中書又不見慈明起自布衣中九十五日至三公人生窮達各有命拂衣徑去猶差勝介推焚死終不悔梁鴻寄食吾何病安用隨牒東復西獻諛耐辱希階梯初無公論判涇渭徒使新貴矜雲泥稽山一老貧無食衣破履穿面黧黑誰知快意舉世無南山之南北山北

山頭石

秋風萬木霣春雨百草生造物初何心時至自枯榮惟有山頭石歲月浩莫測不知四時運常帶太古色老翁一生居此山脚力欲盡猶躋攀時時撫石三歎息安得此身如爾頑

有客

有客隱華山學道忘歲月靈苗生絕壁光景中夜發斸根食之盡倏爾換金骨通籍虎豹闥日預通明謁綠章奏封事誤字坐責罰後身幸不忘去日苦飄忽

白首三入朝未省及黔突方逃申公鉗已取卞和刖
福微不盈眥罪衆幾擢髮上天豈憐之寸步使屢蹶
拔其利欲根還之山水窟洗心謝宿愆世事等胡粵

幽居

窮老苦畏事雅意在丘壑結茆鏡湖上卒歲安寂莫
有門常嬾開壁間挂雙屩猶恨未遠人靜夜聞城角

又

來客無僮奴剝啄自叩戶主人亦蕭然茗飲不能具
清言正絕倒日莫亟散去更欲盡所懷衣薄畏霜露

又

山園手栽花日夜數花時花開亦已落一歡自無期
勸君强自娛勿作兒女悲春風染柳條不染君鬢絲

又

種菜三四畦畜豚七八箇永言給賓祭且復課慵惰
霜清黃犢健土潤小雨過冬畊不可失努力勿安臥

又

放翁家山陰其貧蓋一國骨相異虎頭祠祿真鷄肋
有米薪未具坐待至曛黑躬耕豈所難一飽非爾力

野興

身似孤鴻鎩羽翰悲鳴飲啄住江干酒闌客思多新
感病起衰顏失故丹倦枕忽聞中夜雨疎砧又報一
年寒幽窗晤語無來客空倚詩情強自寬

又

老去癡頑百不能非醒非醉日騰騰敲門惟有徵租
吏好事元無送米僧舊俗不還誰復念古書雖在漸
難憑平生意氣今如此惆悵西窗半夜燈

又

殘水涓涓入野塘菊花猶放數枝黃悶思野步便晴
日病怯冬溫喜薄霜湯餅饕成新兎美膾齏擣罷綠
橙香人間富貴知何得商略山林却味長

又

水作縠紋微起伏天如卵色半陰晴偶來竹下搘頭

坐却向藤陰曳杖行西埭人喧荻船過東村燈上緯車鳴幽居應接真無暇莫訝經年懶入城

買油

習氣年來掃未平夢回猶喜讀書聲冬裘不贖渾閑事且爲吾兒續短檠

繫舟

繫舟江浦待潮平歎息無人共月明歷盡世間多少事飄然依舊老書生

又

地曠月明鋪素練霜寒河淺拂輕綃手扶萬里天壇杖夜過前村禹會橋

初冬至近村

南國霜常晚初冬葉始紅曠懷牛屋下美睡雨聲中

沮水憶浮馬 西鄙軍行溪過潤皆浮而濟 嶓山思射熊何

由効唐將八十下遼東

古築城曲

築城聲酸嘶漢月傍城低白骨若不掩高與長城齊

又

長城高際天三十萬人守一日詔書來扶蘇先授首

又

百丈築城身千步掘城壕咸陽三月火始悔此徒勞

又

嶧山訪秦碑斷裂無完筆惟有築城詞哀怨如當日

山園

山泉引派漲清池野蔓移根絡短籬藝果極知非老事接花聊復効兒嬉提壺言語開顏聽斲木衣襦緩步窺莫笑題詩還滿紙小園幽事要君知

將軍行

將軍入奏平燕策持笏榻前親指畫天山熱海在目中下殿即日名烜赫馳出都門雪初霽直過黃河氷未坼繡旗方掠桑乾渡羽檄已入金臺陌勇士如鷹健欲飛辱王似兎何勞搦戎服押俘獻廟社正衙第

賞頒詔冊端門賜酺天下慶御觴尚恨滄溟迮從來文吏喜相輕聊遣濡毫書竹帛

古別離

孤城窮巷秋寂寂美人停梭夜歎息空園露溼荆棘枝荒蹊月照狐狸迹憶君去時兒在腹走如黃犢爺未識紫姑吉語元無據況憑瓦兆占歸日嫁來不省出門前魂夢何因識酒泉粉縣磨鏡不忍照女子盛時無十年

寄子虡

吾兒適淮壖送之梅市橋三年安得過思汝雙鬢凋今年當代歸秋色已蕭蕭迎汝不憚遠夢泝錢塘潮人事不可料邑民挽歸橈郡牧部使者交章聞之朝增秩復使留此事久寂寥念汝未育子大女方垂髫小女聞學行想像扶牀嬌汝少知讀易外物莫能搖但願早舉孫不必七葉貂歸來郎罷前相從樂簞瓢

泛舟自中堰入湖

水縮沙洲出霜清木葉丹鷺羣横澹靄鵶陣報初寒
冷落人情見衰遲世念闌惟留一句子村舍話團欒

夜歸舟中作

意薄楊脩喚小兒孤舟自笑髮成絲放開癡腹無非
夢拈起幽懷總是詩霜下忽驚桐葉盡灘生更覺水
聲奇餘年那恨驅黃犢除却爲農百不宜

蓬萊閣聞大風

天風搖蕩萬松聲卷海顛山得我驚觸瀫須堆秋起
枕鼙皐闌下夜還營荷戈老氣縱横在看劒新詩欬
唾成興盡却尋湖上路醉看月墮斗杓傾

小出塞曲

全師出雁塞百戰運龍韜金絡洮州馬珠裝夏國刀
度沙風破肉攻壘雪平壕明日受降處甲齊熊耳高

冬日園中作

園荒闕掃除籬敗且枝梧久旱池萍死新霜野蔓枯
寒爐殊未識濁酒却時酤飛動郊原興飢鷹待指呼

登山亭

新得天台古澗藤強扶衰疾躡崚嶒登高臨遠雖多感歎老嗟卑卻未曾紙上是非難盡信人間禍福有相乘早知等是枯魚肆乞水何須望斗升

拄杖歌

道人四壁空無有一炷清香閑袖手床邊獨有拄杖子疾病相扶真我友禪房按膝秋聽雨野店敲門莫賒酒畏途九折歷欲盡世上誰如君耐久老矣更踏千山雲何可一日無此君歸來燈前夜欲半露柱說法君應聞

冬晴

吳中霜雪晚初冬正佳時丹楓未辭林黃菊猶殘枝鳴雁過長空纖鱗泳清池氣和未重裘臨水照鬚眉悠然據石坐亦復出門嬉野老荷鉏至一笑成幽期

冬夕

犬吠驚飄葉禽喧換宿枝墮空霜肅肅垂地斗離離

野叟讀書罷高城吹角悲功名渾錯料老病卻如期

又

不寐起中夕披衣增慨慷千金空市骨三沐竟刳腸
世事蠡能識吾生安用長布裘茆屋底死去亦芬芳

十月十五夜對月

離海月盈丈寒光萬里明衆星斂欲盡一鏡獨徐行
重露滴松鬣高風吹鶴聲老來殊畏冷不盡倚闌情

久疾

久疑無時已殘年莫更論流離魂未返窮苦舌空存
畊壠關心事祠官荷主恩但愁垂老眼不見定中原

又

殘年仍臥疾窗戶夜愔愔一日且復過久生非所欽
暗塵侵藥笥微月伴衣砧萬里懷良友前盟可得尋

又

幽屏元無事沉緜自鮮歡歷長猶可截冠挂豈容彈
擣藥香塵細尋書蠹炬殘晚來差覺健風月小庭寬

舍北望牛頭山山有延勝寺先太傅書堂在焉
六年前嘗泛小江往遊寺燬於睦寇書堂無復
存矣
太傅讀書處秋風曾問途江如青弋險山似白鹽孤山形絕類夔府之白鹽但差卑小耳路盡還登嶺林開忽見湖艸堂無復識流涕想規模

十月十九日大風作寒閉戶竟日

霜風捲地起落葉擁蝸廬終日澹無事一窗寬有餘坐多知力耗食少覺心虛嬾惰無新句松聲忽起予

寄天封明老

浪迹天台一夢中距今四十五秋風勝遊回首似昨日衰病侵人成老翁聖寺參差石橋外仙蓬縹緲玉霄東因君又動青鞵興目斷千峯翠倚空

村居

衰病汙朝著恩寬得免歸罷能心自信不恨世相違草市寒沽酒江城夜擣衣是中堪送老高枕謝招麾

又

自笑觸藩羝人嘲失旦雞囊慳衣任短山冷屋便低宦拙讒銷骨言狂悔噬臍自今焚筆硯有手但扶犂

十月下旬暄甚戲作小詩

老怯霜風盡日眠素屏紙帳擁氊氈爲君小試回春手便似暄妍二月天

霜天雜興

楓葉全丹槲葉黄江城殘角伴斜陽琴書自足閑中樂天地能容醉後狂老死山林初不憾夢遊河渭獨難忘穀城黄石今安在取履猶思效子房

又

萬鼓風聲吼屋邊老人裘絝旋裝綿晨梳墮髮知衰甚夜枕聞雞尚慨然身後文章空飽蠧眼前交舊半沉泉飯蔬飲水平生慣恥向天公更乞憐

又

少學愚公一味愚莫年仍似病相如閑吟寄友惟生

紙草具留僧只野蔬雨澀溪流殊未足霜高木葉已無餘潭州丞相憐衰疾細字時收尺素書

連日風雨寒甚夜忽大風明日遂晴

萬里浮雲一掃空碧天無際日曈曨歡聲四起春風裹恰似祥符景德中

懷昔

昔者戍梁益寢飯鞍馬間一日歲欲莫揚鞭臨散關增冰塞渭水飛雪暗岐山悵望釣璜公英槩如可還挺劍刺乳虎血濺貂裘殷至今傳軍中尚媿壯士顏豈知墮老境槁木蒙霜菅澤國氣候晚仲冬雪猶慳曩事空夢想擁褐自笑孱胡星未實地大弓何時彎

寄題王俊卿看山堂

廣文風度絕清真一代論交不數人車馬到門常謝病北山雖遠却相親

又

閉戶終年嬾出遊北山山色可消愁何時一掃胡塵

盡更約同吟太華秋

絶歎

老屋環青嶂衰翁臥白頭殘書且遮眼薄酒不澆愁
世故真難料吾生愈覺浮餘年更須惜幸得返山丘

風雨

風雨連三日衰翁不下堂弄書聊自適與世已相忘
坼栗經霜飽搓橙帶露香地爐供小飲亦足慰淒涼

晚過鄰曲

陽狂跌宕送年華信步來尋野老家淺瀨水清逢立
鷺橫林葉盡數栖鴉書生一飽依耕耒壯士孤愁入
戍笳王績但思酣美醞葛洪不復問丹砂

莫仲謙挽詞

懷器潛山澤逢時起薜蘿星辰占寶劍雷雨化龍梭
禹穴書雖富浯溪石未磨門閭更須築有子繼三科

病起

一病輒經旬幾病能不死誠知迫頹年暫健亦自喜

半窗風竹影晴景極清美讀書雖益嬾尚可日百紙
引鏡整角巾病思眞一洗悠然度朝晡萬事如覆水

晚興

一聲天邊斷雁哀數蕊籬外蚤梅開幽人耐冷倚門
久送月墮湖歸去來

贈粉鼻 畜貓名也

連夕狸奴磔鼠頻怒髯噀血護殘囷問渠何似朱門
裏日飽魚飧睡錦茵

與兒輩論李杜韓柳文章偶成

吏部儀曹體不同拾遺供奉各家風未言看到無同
處看得同時已有功

夢至小益

夢覺空山淚漬衿西遊歲月苦駸駸葭萌古路緣雲
壁桔柏浮梁暗櫟林坐上新聲猶蜀伎道傍逆旅已
秦音荷戈意氣渾如昨自笑摧頹負壯心

懷紹興間往還諸公

早歲從諸傑森然盡國華辭工出月脇筆健拔鯨牙
道在窮何憾年徂生有涯湖山元不改老淚溼風沙

磨衲道衣

久脫朝衣學道裝溪雲埜鶴作身章何時九轉丹砂
熟卻插金貂侍紫皇

溪上作

落日溪邊杖白頭破裘不補冷颼颼贛愚酷信紙上
語老病猶先天下憂末俗陵遲稀獨立斯文崩壞欲
橫流紹興人物嗟誰在空記當年接俊遊

又

傴僂溪頭白髮翁莫年心事一枝筇山銜落日青橫
野鴉起平沙黑蔽空天下可憂非一事書生無地效
孤忠東山七月猶關念未忍沉浮酒醆中

小憩

徐行散腰膂小憩嗇精神休養觀書眼調娛宴坐身
青氈我家舊紅粟太倉陳溫飽無餘事寒龜息自勻

癸丑十一月下旬温燠如春晦日忽大風作雪

今年一冬晴日多草木萌甲風氣和百錢布被未議贖老翁曝背兒行歌吾儕小人慮不遠積雪苦寒來豈晚青天方行三尺烏不料黑雲高嵯峨明朝雪惡凍復餓兒啼頻皺翁噤臥九重巍巍那得知閽門催班百官賀

占城櫻竹拄杖

參雲氣壓葛陂龍跨海來扶笠澤翁八十尚思行脚在與君處處現神通

西城

市步羣囂散闠門夕照明河流倒橋影雪野聚烏聲繁杵聞深巷寒煙下廢城匆匆船盡發爭趁早潮平

東城

墟落斂莫煙林梢偃新月河橋燈漸鬧柳岸船猶發薄酒吹欲無佇立搔短髮誰知七十翁歲晚念裘褐斯道

斯道有顯晦所憂非賤貧乾坤均一氣夷狄亦吾人朋黨消廷論鉏耰洗戰塵清時更何事處處是堯民

病起山居日有幽事戲作

靈府超然外物輕靜中談笑却三彭晴窗風竹參差影霜樹山禽格磔聲客出異苗咨藥品僧攜奇篆乞書評幽居亦未全無事更用人間有姓名

又

鶴骨龜腸欲不禁扶衰初喜罷呻吟盆山氷釋書窗暝藥竈香濃道院深筆健乍臨新獲帖手生重理舊傳琴閉門局促還堪恨雲海何時豁此心

蝸廬

蝸廬四壁空也過百年中爇火朝供爨蘆綿夕禦風不憎窮有祟自以放名翁但恨村醪薄衰顏只暫紅

冬夜讀書有感

一指頭禪用不窮一刀七藥去凌空汗牛充棟成何事堪笑迂儒錯用功

又

胸中十萬宿貔貅　皁纛黃旗志未酬　莫笑蓬窗白頭客　時來談笑取幽州

十二月九日枕上作

臥聽百舌語簾櫳　已是新春不是冬　堪歎老來如許病　正令無病亦無悰

記夢

黃河袞袞抱潼關　蒼翠中條接華山　城郭丘墟人盡老　藥爐依舊白雲間

又

西巖老宿雪垂肩　白石爲糧四百年　喜我未忘山下路　慇懃握手一欣然

又

三髻山童喜欲顚　下山迎我拜溪邊　松陰拂罷蒼苔石　接竹穿雲理舊泉

鏡湖女

湖中居人事舟檝家家以舟作生業女兒妝面花樣紅小繖翻翻亂荷葉日莫歸來月色新菱歌縹緲泛煙津到家更約西鄰女明日湖橋看賽神

劍南詩稿卷第二十八終

劍南詩稿目錄
卷第二十九

歎　五月得雨稻苗盡立　薄醉遣懷

劍南詩稿卷第二十九

宋 陸游 務觀

水村曲

山村今年晚禾旱奏下民租蠲太半水村雨足米狼戾也放三分慰民意看榜歸來迭歌舞共喜清平好官府老翁猶記軍興時汝輩少年那得知

石洞餉酒

忘憂自古無上策欲飲家貧酒盃迮今朝鵲喜報遠餉未坼赤泥先動色魚長三尺催膾玉巨蟹兩螯仍斫雪勿言地僻少過從清風明月俱吾客驅除二豎走三彭零落眼花生耳熱陶然酣臥聽松聲媿爾公卿足憂責

病退

病退身仍健春回日漸長神訶金鼎藥龍出玉函方

美睡三竿日安禪半篆香殘年已如許幸復起膏肓

偶書

身放江湖遠年推里巷尊隣翁分酒子羽客借桐孫
決決氷消澗纖纖柳映門小車非漢相時亦到前村

讀史

南言蕁菜似羊酪北說荔枝如石榴自古論人多類
此簡編千載判悠悠

飲石洞酒戲作

酣酣霞暈力通神澹澹鵝雛色可人一笑破除垂老
日滿懷搖蕩隔年春梅花的的吹初破楊柳纖纖染
未勻醉倒橋邊人不怪西曹免護相君茵

霜寒

霜重晨簷滴薪乾夜焙温老惟便布褐病不出柴門
瓶裏梅花墮窗間鵲語喧閑人信無事午睡到黃昏

賽神曲

擊鼓坎坎吹笙嗚嗚綠袍槐簡立老巫紅衫繡裙舞

小姑烏臼燭明蠟不如鯉魚糝美出神廚老巫前致詞小姑抱酒壺願神來享常驩娛使我嘉穀收連車牛羊莫歸塞門閭雞鶩一母生百雛歲歲賜粟年年蠲租蒲鞭不施圜土空虛束草作官但形模刻木爲吏無文書湻風復還羲皇初繩亦不結況其餘神歸人散醉相扶夜深歌舞官道隅

涼州行

涼州四面皆沙磧風吹沙平馬無迹東門供張接中使萬里朱宣布襖勑勑中墨色如未乾君王心念兒郎寒當街謝恩拜舞罷萬歲聲上黃雲端安西北庭皆郡縣四夷朝貢無征戰舊時胡虜陷關中五丈原頭作邊面

望夫石

送君遠戍交河北男兒自以身許國不能彎弓騎惡馬欲隨君去何由得登山矯首西北雲形容雖變心猶存月明夜夜照淚痕鐵心石腸輸與君

江村道中書觸目

短籬曲曲對開門脩竹陰陰不見村別浦回潮魚滬密孤舟春近雁沙溫路逢行客時交轡店賣新醅一舉樽忽過亂山幽絕處恍如白帝到東屯

采蓮曲

采蓮吳姝巧笑倩小舟點破煙波面雙頭折得欲有贈重重葉蓋羞人見女伴相邀拾翠羽歸棹如飛那可許傾鬟障袖不譍人遙指石帆山下雨

兀坐頗念遊歷山水戲作

萬里當時寄一官十年客枕不曾安鬼愁灘下扁舟晚蛇退陂前古驛寒昔歎遠遊生雪鬢近緣多病學金丹功名非復衰翁事獨有江山興未闌 鬼愁灘在安康漢江中蛇退陂在夔施兩郡之間皆畏途也然山水特奇

五雜組

五雜組山雉羽往復還江頭路不得已貴臣去

又

五雜組機上綺往復還冶遊子不得已富兒死

漁扉

湖上千峯翠作圍正應佳處著漁扉迂疎自計難謀食老病誰令未拂衣萬里滄波鷗乍沒千年華表鶴重歸一盂粟飯吾何恨自古高人有采薇

詠史

夜雨燈前感慨深爲邦一士重千金風雲未展康時略天地能知許國心劍忽拄頤都將相帽曾壓耳隱山林英雄自古常如此君看隆中梁甫吟

烏棲曲

楚王手自格猛獸七澤三江爲苑囿城門夜開待獵歸萬炬照空如白晝樂聲前後震百里樹樹棲烏盡驚起宮中美人謂將旦髮澤口脂費千萬樂聲早莫少斷時莫怪棲烏無穩枝

古別離

君北遊司幷我南適熊湘邂逅淮陰市共飲官道傍

丈夫各有懷窮達詎可量臨別一取醉浩歌神激揚
勳業有際會風雲正蒼茫亂點劍峯血苦寒芒屨霜
死即萬鬼鄰生當致虞唐丹雞不須盟我非兒女腸

書歎

夜深青燈耿窗扉老翁稚子窮相依齏鹽不給脫粟
飯布褐僅有懸鶉衣偶然得肉思共飽吾兒苦讓不
忍違兒飢讀書到雞唱意雖甚壯氣力微可憐落筆
漸健快其奈瘦面無光輝布衣儒生例骨立紈袴市
兒皆瓠肥勿言學古徒自困吾曹舍此將安歸作詩
自寬亦慰汝吟罷撫几頻歔欷

十二月二十六夜聽雨

新春尚七日小雨暗江城茆簷夜點滴已作春雨聲
輕黃上柳枝嫩綠抽菊萌造物本何心誰主此發生
頗疑重雲外斗杓已東傾老至不可却一尊忘濁清

起晚

傍簷百舌語璁瓏已覺新春在眼中欲起未成還小

睡忽看初日滿窗紅

陳少監餉澄清堂酒

酣暢年來豈易逢齏湯蜜汁亦時中玉醅忽逐春風至一吸懸知百榼空

雪中作

黑風卷地連三日密雪穿簾又一回衰病不禁天色惡笑談誰共酒尊開忍寒瘦馬嘶空櫪覓食飢鴉啄廢臺笑遣蠻童撼園竹轂羹分火待歸來

甲寅元日予七十矣酒間作短歌示子

我昔自蜀歸百年已過半觀棋未終局同視斧柯爛飽知山林樂富貴何足換退休失健決正坐闇且懦齒髮日衰殘歲月難把玩蕭朱尚或隙籍湜固宜畔出門無一欣撫事有三歎新年遂七十推敬媿里閈眷眷惜兹夕凜凜畏明日豁然忽大笑愁若春冰泮窮達眞兩忘生死付一貫清尊既瀲灩碩果亦璀璨擁門紛鼓笛上壽列童冠老翁亦忘疲起舞影零亂

不獨誇癡頑自足洗患難投床判宿酲美睡到日旰

七十

七十殘年百念枯桑榆元不補東隅但存隱具金鴉觜那夢朝衣玉鹿盧身世蠶眠將作繭形容牛老已垂胡客來莫問先生處不釣娥江即鏡湖

正旦後一日

七十今年是連朝樂未休比鄰更須禱親黨共遲留羊映紅纏酒花簪絳帕頭從今日有喜農事起西疇

絳帕頭蓋以絳帛飾巾幘之類

立春

採花枝上寶旙新看遍秦山楚水春村舍不知時節換傍檐百舌苦撩人

老境

髮白未及童齒搖未及脫正如一席飲燒燭將見跋谿山環草舍霜露侵布褐文章雖自力亦已强弩末寧將垂老耳更受世事聒匡廬入我夢行已寄瓶鉢

偶懷小益南鄭之間悵然有賦

西戎梁州鬢未絲嶓山漾水幾題詩劍分蒼石高皇迹 嶓冢廟傍有高皇試劍石中分如截 巖擁朱門老子祠 三泉道上有老君洞景趣幽邃 燒兎驛亭微雪夜騎驢棧路早梅時登臨不用頻悽斷未死安知無後期

再用前韻不依次

憶昨從戎丞相府元瑜書檄仲宣詩雲屯騎士臨邊日魚貫降胡獻捷時史冊誤人悲壯志關河回首負初期豈知二紀身猶在衰鬢星星老侍祠

北坡梅開已久一株獨不著花立春日忽放一枝戲作

日日來尋坡上梅枯槎忽見一枝開廣寒宮裏長生藥醫得冰魂雪魄回

人日

新歲逢人日老夫持道齋斷冰浮野水微綠發枯荄霽景豊年象 今年元日至人日皆晴 閑吟曠士懷春旛已

陳迹闘巧笑吳娃前一日立春

夜讀呂化光文章抛盡愛功名之句戲作

玉關西望氣横秋肯信功名不自由却是文章差得力至今知有呂衡州

遇術士飲以巵酒

行藥來村北觀魚立水邊忽逢長揖客能算小行年酒薄聊頼頰囊空闕贈錢時清君未死訪我華山前閑趣

老子卽今雙白鬢鏡湖自古幾青山半窗蘿月獨欹枕滿院松風常掩關天地許寬誰礙汝琴尊是處可開顏將行亦莫買春草幸有一筇相伴閑

正月二十日晨起弄筆

深院窗扉曉色遲新愁宿醉兩參差雨聲欲與夢相入春意不隨人共衰零落殘梅臨小彴縱横野水赴清池物華撩我緣何事似恐新年漸廢詩

春夜讀書

枉是儒冠遇太平窮人那許共功名枯腸不飽三升稷皓首猶親二尺檠寓世已爲當去客愛書更付未來生夜闌撫几愁無奈起視離離斗柄傾

春晴泛湖入城

春色初回杜若洲隔煙時見矯輕鷗嵩雲縹月年年夢楚柁吳檣處處愁魚躍銀刀論網買酒傾綠蟻滿盃浮前生杜牧吾身是又向江南遍倚樓

書齋壁

老病人扶氣力微闌干西角立斜暉流年冉冉功名誤新冢纍纍故舊稀仗馬畱鳴宜永棄牧羝雖乳敢言歸住菴活計無多子只要笻枝與衲衣

又

落魄人間不記年晚營茆棟鏡湖邊室空惟是四壁立面瘦漸生雙頰顴地僻門無殘客到歲豐路有醉人眠君看朝市紅塵鬧始信吾曹是地仙

春日睡起

睡起悠然弄衲琴銅猊半燼海南沉淒涼故里逢春
處忠憤孤臣許國心水滿鳧鷖初拍拍雨餘花木已
陰陰吾兒捩柂淮邊未歸近清愁轉不禁　子虡書報二
月離古壽

老病謝客或者非之戲作

病侵腰膂兩經秋欲下繩床不自由客至難令三握
髮佛來僅可小低頭安禪還我閑蒙衲怒氣從渠勇
挾輈亦欲署門還嬾去死生貴賤本悠悠

永日無一事作詩自詒

目昏罷觀書足蹇停遊山二事差可樂造物乃復慳
得非閔我老作意鐫其頑掃除盡宿習使得終日閑
閑亦何負汝剡曲茆三間奇石玩犖角清流聽淙潺
勿言村醪薄數酌可解顏翛然日已夕臥看飛鳥還

窗前作小土山蓺蘭及玉簪最後得香百合併
種之戲作

方蘭移取徧中林餘地何妨種玉簪更乞兩叢香百

合老翁七十尚童心
泛舟觀桃花
花涇二月桃花發霞照波心錦裏山說與東風直須惜莫吹一片落人間 花涇桃花最盛處
又
桃源只在鏡湖中影落清波十里紅自別西川海棠後初將爛醉答春風 自梅仙塢至花涇恰十里
又
種桃亦解比封君世故紛紛寂不聞九轉金丹應已熟全家仙去隱紅雲
又
湖南小山花更多不醉將如春色何釣得鮮鱗堪斫膾任教微雨溼漁蓑 湖南山名在柯山之南
又
鄰曲一生花裏活村翁疑是古遺民初來自被春留住枉道當時爲避秦

新闢小園

人生如意每難全草草園池卻自然世事已抛高枕外春風常在短笻前墮空花片紛紅雨徧地苔痕長綠錢酒戶漸增詩興在天容此老剩狂顛

又

西戌歸來鬢已霜生兒又過乃翁長眼明身健殘年足飯軟茶甘萬事忘學廢僅能書姓字客來嬾復倒衣裳山園寂寂春將晚酷愛幽花似蜜香

又

席地幕天君勿嘲隨宜野蔌與山殽幽花避日藏深葉歸燕尋人理舊巢曲水詠觴空念昔斜川鄰曲自論交清貧尚媿茶山在送老湖邊有把茆 曾文清至殁

常寓僧舍

新展山園半畝强笑人車馬出籠坊山禽乍㖞慇懃語野藹無風自在香點點水紋迎細雨疎疎籬影界斜陽出門遙向鄰翁說釋耒相從共一觴

又

東軒嫩日上疏櫺吹盡浮雲作意晴林暝牆頭雙鵲語水清池面小魚行畦添藥品誰能別架引藤陰忽已成倚杖怡然便終日老夫那復不平鳴

又

祠祿縻人未棄官春深幽國有餘歡筍生遮道妨行藥果熟團枝礙整冠煮酒拆泥初瀲灩生綃裁扇又團團退飛風際由來事莫羨青霄刷羽翰

上巳小飲追憶乾道中嘗以是日病酒留三泉江月亭悽然有感

零落殘花一兩枝綠陰庭院燕差池隔牆笑語鞦韆散惆悵三泉驛裏時 元微之詩三泉驛內逢上巳

晚步門外散懷

大千沙界一浮漚成壞元知不自由寓迹箇中誰耐久問君底事不歸休春陂欲雨黃鴉鬧晚渡無人白犢浮七十之年何啻足戲憑藥物小遲留

又

萬化紛紛本一機不爲腐骨欲安歸彭殤共盡孰脩短堯桀兩忘無是非濡首極知當痛飲翦翎那復許羣飛江郊未解春寒惡高柳吹花又滿衣

欲出遇雨

東風吹雨惱遊人滿路新泥換細塵花睡柳眠春自懶誰知我更懶於春

飢坐戲詠

衰鬢蕭然滿鏡霜一菴歸老鏡湖傍有懷每恨交朋遠無食方知日月長落筆未妨詩衮衮閉門猶喜氣揚揚晚來袖手蒲團穩笑喚兒童代夜香

蔬食

今年徹底貧不復具一肉日高對空案腸鳴轉車軸春薺忽已花老筍欲成竹平生飯蔬食至此亦不足孰知讀書却少進忍飢對客談堯舜但令此道夔有傳深山餓死吾何恨

山亭

風惡闌回雨天寒勒住花尋幽扶榔栗息倦倚槎牙分韻僧吟苦爭棋客笑譁相逢仍草草歸路竝山斜

久不得張漢州書

儘道三巴遠那無一紙書衰遲自難記不是故人疎

春晚村居

一事元無可得忙悠然半醉倚胡牀牡丹枝上青春老燕子聲中白日長身世已如風六鷁文章仍似閏黃楊太平有象無人識南陌東阡擣麥香

遊雲門諸蘭若

花過木陰合溪雲生莫涼牛行響白水鷺下點青秧古寺宛如昔穉松森已行道傍松及三十年則僧輒伐去復種小者予自幼歲至今已見三種矣耆年不下榻童子爲燒香

與子坦子聿遊明覺十四韻

我自何山來覓路上古樓鐘聯翩雨葛巾跌宕一短筇

深谷已曛黑夕陽猶半峯堂中千歲師磊砢如古松殘僧三四輩斗粟各自舂長廊久寂寞香火亦闕供頗聞在世時一鉢制惡龍時時出雷雨百里常年豐宿緣忽云盡獻供無舂農饞鳥晨攫飯飢鼠夜穿墉而況我輩人生世本不逢胡不安汝分終年抗塵容靜觀興廢事可洗芥蔕胸一笑下山去村塢煙重重

淨智西窗

一窗新綠愜幽情袖手哦詩取次成牆外蜜蜂來又去可憐終日太忙生

小僧乞詩

風前掩苒草吹香溪上霏微雨送涼萬里安西無夢到却尋僧話破年光

西窗睡起

老便寂寂厭紛紛借得禪房臥看雲夜宴怕逢饒錄事秋山慵伴獵將軍餘年敢望十寒暑夙習正須三沐熏斜日滿窗誰喚起數聲啼鳥隔溪聞

平水

旅飯風埃小市傍却呼拄杖踏斜陽可憐陌上離離草一種逢春各短長

三月二十五夜達旦不能寐

愁眼已無寐更堪衰病嬰蕭蕭窗竹影磔磔水禽聲捶楚民方急煙塵虜未平一身那敢計雪涕爲時傾

又

憂國心常折觀書眼欲枯百年終坎壈一飯且枝梧忽忽殘春過迢迢清夜徂壯心空萬里老病要人扶

園中小飲

此老胸中萬頃寬小園幽徑日追歡寧教酒欠尋常債恥就人求本分官高柳陰濃煙欲暝叢花紅溼露初溥 時月桂方盛開 要知澤國年光晚已過清明尚淺寒

舟中夕望

船掠湖堤不入城葛巾羽扇試春行女牆迤邐橫輕

靄佛閣峥嶸倚晚晴樹冒藤花堆妓繡風吹鶯語送
新聲細思造物何由報遣作閑人過此生

四月一日作

桃李逢春次第開坐看零落付蒼苔壓車麥穗黃雲
重食葉蠶聲白雨來鏡裏頓驚年事速天邊誰挽斗
杓回可憐團扇塵侵損又見生綃月樣裁

舟行過梅市

新換單衣細葛輕翛然隨處得閑行綠陰浦口維舟
處霽日場中打麥聲醉叟臥途知酒賤耕農滿野喜
時平老來無復雕龍思遇興新詩取次成

山園雜賦

初夏未覺暑微陰殊勝晴藤冠稱新沐蓴菜解餘酲
偶據盤陀坐還扶榔栗行平生志勛業今日一毫輕

又

藤陰初覆架菱蔓漸穿萍水繞籬根綠山從樹罅青
長辭帝所夢不媿草堂靈賴有黃醅法終年任醉醒

又

一日老一日一年貧一年元無肉食相且作地行仙

又

本不營三窟何須直一錢村虛櫻筍鬧剩放醉中顛

芳荃真妙士霜菊亦奇才邂逅心生敬慇懃手自培

扶持新長桂護惜欲殘梅此意何人解頹然付酒盃

西窗

西窗偏受夕陽明好事能來慰此情看畫客無寒具

手論書僧有折釵評薑宜山茗留閑啜豉下湖蓴喜

共烹酒肉朱門非我事諸君小住聽松聲

山頭鹿

呦呦山頭鹿毛角自媚好渴飲澗底泉飢齧林間草

漢家方和親將軍灞陵老天寒弓力勁木落霜氣早

短衣日馳射逐鹿應弦倒金槃犀筋命有繫翠壁蒼

崖迹如掃何時詔下北擊胡却起將軍遠征討泉甘

草茂上林中使我母子常相保

夏四月渴雨恐害布種代鄉鄰作插秧歌

浸種二月初插秧四月中小舟載秧把往來疾於鴻吳鹽雪花白村酒粥面濃長歌相贈荅宛轉含豳風日莫飛槳歸小市鼓鼕鼕起居問尊老勸儉教兒童何人采此謠爲我告相公不必賜民租但願常年豐

雲童童行

雲童童挾雨來雨未濡土雲已開不能爲人歛浮埃山南山北空聞雷青秧欲槁吁可哀

董逃行 讀古樂府擬作

漢末盜賊如牛毛干戈萬槊更相鏖兩都宮殿摩雲高坐見霜露生蓬蒿渠魁赫赫起臨洮僵屍自照臍中膏危難繼作如崩濤王朝荒穢誰復薅踰城散走墜空壕扶老將幼山中號昔者羣枉根株牢衆憤不能損秋毫誰知此亂亦不遭名雖放斥實遁逃平民踣死聲嗷嗷今茲受禍乃我曹

閔雨

黃沙白霧晝常昏歸歲豐凶詎易論寂寂不聞秧鼓動啞啞實厭水車翻粟囷久盡無遺粒淚席嘗沾有舊痕聞道憂民又傳詔蒼生何以報君恩 有詔禱雨天竺山

又

赤日黃塵江上村徵租惟有吏過門微風敢喜北窗臥大旱恐非東海寃千載傅巖疑可致一篇洪範向誰論青蔬半畝垂生死且喚鄰翁共灌園

喜雨

楚巫犇走畏天慳變化寧知轉盼閒初夜電光搖北斗 父老以北斗下有電候雨 平明雲氣冒南山坐令沃野新秧遍已覺豐年舊觀還白首老農愁破處夢回高枕聽潺潺

初夏

已作梅黃雨猶餘麥秀寒穿林紅練帶拔地碧琅玕酒向愁邊薄衣從病後寬所欣消渴減乳酪正甘酸

村舍

門巷桑麻暗庖廚筍豉香僮奴課鉏菜婢子學燒糠
貧任青春過閑知白日長非關愛疎嬾無事可成忙

鳥啼

野人無曆日鳥啼知四時二月聞子規春畊不可遲
三月聞黃鸝幼婦閔蠶飢四月鳴布穀家家蠶上簇
五月鳴鵶舅苗稚憂草茂人言農家苦望晴復望雨
樂處誰得知生不識官府葛衫麥飰有即休湖橋小
市酒如油夜夜扶歸常爛醉不怕行逢灞陵尉

感舊

廢隴荒陂浥浥畊生無勛業死無名衰頹日甚君休
問三十年前白髮生紹興壬午予年三十八與查元章王嘉叟
同出垂拱殿門二君指予問曰子亦有白髮耶相與太息今三十二年
矣

讀書至夜半燈盡欲睡慨然有感

白髮蕭蕭老空谷人歎戹窮心自足東郊曉射墮錦

雉北崦春畊叱黃犢區區世事何足論未死斷知常閉門關河好在萬里路理亂不至三家村夜分燈暗月入戶賦詩肯道儒冠誤飢鷹勁翮高有聲橫截陂湖正南去

遣興

壯歲元多病長年敢自期賤貧交易絕憂患夢常悲續食叨微祿寬心賴小兒平生鏡湖上天乞小茆茨

農舍

農舍雖云苦君恩詎可忘繭稠初滿簇麥熟已登場渺渺開村路登登築野塘但須時雨足擊壤詠時康

四月晦日小雨

霏霏亂點暗朝光蔌蔌奇聲渡野塘一浦未輸新漲綠四郊聊壓旱塵黃風生團扇清無暑衣覆熏籠潤有香竹屋茆簷得奇趣不須殿閣詠微涼

泛舟過吉澤

蕭蕭菰蒲如荻林五月已覺秋意深煙波滅沒有漁

艇浦溆飛鳴多水禽稽山出雲極奇變陸子岸幘方
微吟一聲菱唱起何許洗盡萬里功名心

書歎

高廟衣冠月出遊中原父老淚交流諸公誰効回天
力散吏空懷恤緯憂雨細漁蓑晨舉網月明畊隴夜
驅牛神州克復知何日北望飛蓬萬里秋

五月得雨稻苗盡立

城郭迎龍鼓吹喧甘膏三夕慰黎元草荒常日經行
路水到前村舊漲痕黃犢盡畊稀曠土綠苗無際接
旁村家家足食山無盜安枕何勞夜閉門

薄醉遣懷

踽踽蝸廬迮蕭條鶴髮新途窮貧入夢身老病欺人
帶索忘三組羹藜抵八珍蓬窗一盃酒自覺膽輪囷

劍南詩稿卷第二十九終

劍南詩稿目錄

卷第三十

四首　山村書所見二首　三年前嘗與兒輩
步過東逕小嶺得勝處可營別墅貧不能成偶
復至其地悵然有感　園中秋夕　秋晴每至
園中輒抵莫戲示兒子　醉睡初覺偶作　汪
茂南提舉挽詞二首　謝徐居厚汪叔潛攜酒
見訪　喜鄭唐老相過　秋晚散步門外　寄
徐秀才斯遠并呈莊賢良器之　閒中　秋霽
晨起　筀篠謠二首寄季長少卿　悶極有
作　自詠　夢范參政　乞奉祠未報食且不
繼　山寺　太師魏國史公挽歌詞五首　三
峽歌九首　十月三日泛舟湖中作　早行
晚泊　遣懷　舟行戲書

劍南詩稿卷第三十

宋　陸游　務觀

五月十一日夜坐達旦

莫笑耽書不計年寒儒業定幾生前讀經今日韋編絕作賦當時鐵硯穿公路晚悲身至此令威歸歎塚纍然三更聽雨蓬窗底又作鰥魚夜不眠

題陽關圖

誰畫陽關贈別詩斷腸如在渭橋時荒城孤驛夢千里遠水斜陽天四垂青史功名常蹭蹬白頭襟抱足乖離山河未復胡塵暗一寸孤愁只自知

新暑書事

城中五月汗霑衣吾愛吾廬喜氣微珍簟含風來遠餉輕羅疊雪出鳴機艾人當戶佳時過筒黍堆盤舊俗非漫欲題詩還嬾去老來百事與心違　去歲葉正則

餉靳簟得以禦暑今年蠶事僅得五六分遂辦暑服

時雨

時雨及芒種四野皆插秧家家麥飯美處處菱歌長老我成惰農永日付竹床衰髮短不櫛愛此一雨涼庭木集奇聲架藤發幽香鸎衣溼不去勸我持一觴即今幸無事際海皆農桑野老固不窮擊壤歌虞唐

示客

桑柘成陰百草香繅車聲裏午風涼客來莫說人間事且共山林夏日長

南堂默坐

日日樹頭鵯鵊鳴夜夜谿邊姑惡聲堂中老子獨無語寂然似可終吾生大鵬一舉九萬程下視海內徒營營秋蟲春鳥非我類何至伴渠鳴不平

夏日

燕子生雛梅子黃斷雲殘雨過林塘孤舟正作笭箵夢九陌難隨褦襶忙團扇興來閑弄筆寒泉漱罷獨

焚香太平處處熏風好不獨宮中愛日長

小酌

白髮蕭然海上村猶能草草置淸樽今年項里楊梅熟綠李來禽不足言

夏夜

露溼芙蕖冷月明薝蔔香殘醉吹欲無颼颼髮根涼

又

豈惟棄世事形影亦相忘空憶南山下新秋射虎場

我昔在南鄭夜過東駱谷平川月如霜萬馬皆露宿思從六月師闗輔談笑復那知二十年秋風枯苜蓿

看鏡

凋盡朱顏白盡頭神仙富貴兩悠悠胡塵遮斷陽闗路空聽琵琶奏石州

又

七十衰翁臥故山鏡中無復舊朱顏一聯輕甲流塵積不爲君王戍玉闗 馬正惠公喜功名每日幸未甚衰若有邊

警願預征行得良馬數疋輕甲一聯足矣

明妃曲

漢家和親成故事萬里風塵妾何臯掖庭終有一人
行敢道君王棄蕉萃雙駞駕車夷樂悲公卿誰悟和
戎非蒲桃宮中顏色慘雞鹿塞外行人稀沙磧茫茫
天四圍一片雲生雪卽飛太古以來無寸草借問春
從何處歸

思遠遊

我志日已衰詩亦無傑句正如隨翅鶴悵望遼海路
雖云須藥物幸未迫霜露裂裳裹兩踵此詩亦已屢
嵯峨青城雲慘淡嶓冢樹秋風吹短裘萬里入芒屩
太息

太息重太息吾生誰與歸那知莫景迫但覺故人稀
避禍歸猶困憂讒默亦非今年貧徹底擬賣舊漁磯

六月二十六日夜夢赴季長招飲

少城駿馬逐春風二十年間萬事空清夢都忘雙鬢

改繡筵還喜一尊同烏巾掩冉簪花重羯鼓敲鏗列
炬紅安得此歡眞入眼碧油幢擁主人翁

夜分不寐起坐園中至旦

涼氣蘇衰疾幽情入杖藜月驚孤鵲起天帶衆星西
松菊今彭澤山川古會稽清吟殊未愜喔喔已晨雞

露坐

此手乃可憐經月不把酒著書又苦晚何以圖不朽
空庭坐三更磊落垂北斗向來歷關河萬里空回首
豈知三十年竟作越中叟後生雖滿眼非復舊交友
形體迫衰謝妻子亦何有悵望懷古人吞聲死農畝

晨起

心安已到無心處病去渾如未病前晨起更知秋色
好一庭風露聽鳴蟬

散步東邨

偶從北崦繞東崗曳杖行歌踏夕陽一徑入雲多鹿
跡數家臨水共漁梁埜風蕭瑟知秋早社酒淋漓喜

歲穰鄰曲不須憐老傭尚能尋句荅年光

早秋

涼颸淅淅撼庭柯微雨蕭蕭集浦荷艸閣檐虛覺山近蓬窗地迮得香多謀身自拙窮無鬼閉戶長閑睡有魔臺省諸公盛冠劍固應老子得婆娑

又

秋入房櫳夜漸長紗廚笛簟怯新涼螢光得意穿簾隙桐葉知時拂井牀世事本來誰得鹿人生何處不亡羊燈前笑向吾兒說又過銅匜半篆香

又

落魄巴江號放翁斯名歲晚亦成空酒醒遙夜孤舟雨睡美清秋一榻風駭浪千重無死地神丹九轉有新功雲端不遇飛仙過誰顧幽人寂莫中

又

貂裘塵土憶東周瓜隴風霜隱故侯懶似老雞頻失旦衰如蠹葉早知秋壺觴非復平生友歲月空添客

子愁病起筆端猶健在未妨揮灑賦登樓
七月二十一日午睡夢泛江風濤甚壯覺而有
賦
夢中不記適何邦風飽蒲颿入大江久矣眼中無此
快蹴天雪浪濺船窗
幽居戲贈鄰曲
莫年遠屏天所借落佩倒冠如得謝雖無壺酒助歌
呼幸有蠹書供枕藉市聲不聞耳差靜車轍掃空身
轉暇雨慳葵葉未吐甲露重榴房初坼罅深紅菱角
密覆水爛紫蒲桃重垂架直令掩關避世俗未害煎
茶喚鄰舍蕭蕭雞犬衡門晚寂寂燈火幽窗夜勸君
切勿縱高談性命如絲不禁嚇
遣興
失馬真成福移山未必愚故園三徑廢餘俸一錢無
望道心常渴觀書眼欲枯宦遊歸自好不必爲蓴鱸
又

療飢惟恃粥動步已須人欲午猶支枕經旬不過鄰
鵲棲寒自穩鷗沒遠難馴莫笑謀身拙黃冠學季真

步至湖上寓小舟還舍

淒涼懷古地慘澹莫秋天紅樹秦馳道青山禹廟壖

又

湖風飄斷角墟日起孤煙老恨功名晚無人共著鞭

山居苦無事攜稚出門行酒賤逢人醉農閑到處耕
巷牛聽晚笛池鷺啅枯萍東望生秋興樓臺壓繚城

又

病墮支離境閑尋漫浪遊湖平天鏡曉山峭石帆秋
賒酒家家許看花處處留歸途倦扶杖却上釣魚舟

又

萬壑爭流地身閑得縱觀未能容蟹舍聊得寄漁竿
遠浦樵風急空山窆石寒踟躕不知晚磔磔有歸翰

又

細浪隨搖檝新涼入岸巾斷行初到雁空擔莫歸人

漫道貧非病誰知嬾是眞疎鐘起詩思迢遞度煙津

送王仲言倅泰州絶句

汝陰太史萬籤藏酸棗先生六世芳豹尾屬車留不住却尋陳迹海陵倉　晁景迂與先太史有海陵酬唱

又

紫薇傑作傳千載物色分留待下車老病難陪曳裾客因來時寄一行書　劉貢甫嘗爲泰倅

醉中作

舴艋爲家雲作友流年盡付樽中酒清歗穿林鸞鳳吟草書落紙龍蛇走人間無復王景略千載風雲常寂寞安得熊羆十萬師蹴踏幽幷洗河洛

秋夜書感

闌干斗插酉慘淡河絡角開歲財屬爾草木忽搖落平生歷畏塗赤手犯蛟鰐幸收垂盡日歸臥一丘壑鄉鄰怪此老骯髒尚如昨使無湖海寬朝市何處著諸公方袞袞一士要諤諤謀食古所羞終身美藜藿

八月三日驟涼有感

殘暑侵人畏汗霑清秋乍見月纖纖自燒熟火添香獸旋把寒泉注硯蟾佳客誤占螢入戶遠書空喜鵲鳴簷悠然獨對清燈臥誰念柴門老病兼俗以螢飛入室爲有客至之兆

南堂與兒輩夜坐

殘暑初歸肺病蘇胡床清夜集前除風高木葉危將脫月上天河淡欲無鵲影繞枝棲未穩荷盤擎露重相扶淒然又起流年感兩鬢如蓬日夜枯

泛舟至魯墟

南蕩東陂弄夕霏葛巾鶴氅試秋衣纖纖新月迎船出兩兩珍禽背水飛病思漸蘇開酒戒宦情已絕謝塵鞿郊居是處堪乘興不怕城笳苦喚歸

園蔬薦村酒戲作

身入今年老囊從早歲空元無擊鮮事常作毀醯翁菹有秋菰白羹惟野莧紅何人萬錢筯一笑對西風

雨夕排悶

買牛耕剡曲舉世笑迂疎流落愈憂國衰殘猶讀書滔滔安税駕耿耿獨愁余破屋秋多雨情懷用底攄

又

煙雨暗郊墟頹然臥草廬蟲喑夢同枕燈伴讀殘書短褐頻闕念荒畦久廢鋤更堪湖水漲累日食無魚湖水泛則魚不可捕

雨中作

社瓮醅香燕子歸陰風吹雨暗郊扉疏溝園叟方擕鍤采藥蠻童已溼衣山雉尾垂衝靄去水雞翅重蹋波飛憑闌一笑君知否肺渴秋來勢漸微

讀易

揖遜干戈兩不知巢居穴處各熙熙無端鑿破乾坤祕禍始羲皇一畫時

郊行夜歸有感

小市歌呼散幽人悄獨行斷鴻沙際冷重露草根明

信古癡常絕酬恩命本輕還家掩屏臥衰涕浩縱橫

醉歌

三十六策醉特奇竹林諸公端可師秋風蕭蕭吹鬢絲蟹螯正可左手持醉倒村路兒扶歸瞠兒不識問是誰浩歌起舞夜何其北斗磊落明河移貴人惜醉渠自癡黃金絡馬誇市兒一朝禍來莫支持新州如山不可移

買酒

放翁病起不禁愁買酒看山自獻酬八月吳中未搖落誰令衰鬢早知秋

秋雨歎

淙淙雨聲瀉高秋稻粱浸爛雨不休志士仁人萬行淚孤臣孽子無窮憂一身窮困未暇恤如此無事理有不聖言古訓舉不驗簡編可用汗馬牛嗚呼有粟吾得食夜睡何時得安席我生猶及宣和年建炎以來身所歷高皇一言感天地盜賊千羣掃無迹疽囊

雖慘固可醫誰爲聖代施鍼石

憂國

恩許還山已六年誓憑耕稼餞華顛養心雖若冰將釋憂國猶虞火未然議論孰能忘忌諱人材正要越拘攣羣公亦采芻蕘否貞觀開元在目前

夜意

居家元是客在俗亦如僧點滴檐間雨青熒帳外燈壯心終蹭蹬去日捷飛騰不及寒沙雁來時下杜陵

大風雨中作 甲寅八月二十三日夜

風如拔山怒雨如決河傾屋漏不可支窗戶俱有聲烏鳶墮地死雞犬噤不鳴老病無避處起坐徒歎驚三年稼如雲一旦敗垂成夫豈或使之憂乃及躬耕鄰曲無人色婦子淚縱橫且抽架上書洪範推五行

題齋壁

閉門無事不勝閑心境超然一室寬香岫火深生細靄硯池風過起微瀾睡餘但欲依書几坐久還思弄

釣竿擾擾平生成底事鏡湖歸隱老黃冠

又

手斸雲根結草廬平生心事滿無餘二升菰米晨炊飯一椀松燈夜讀書天理直須閑處看人謀常向巧中疎煙波有趣君知否裂網伸鈎也得魚

窮途

窮途多感慨老境少知聞酒裏閑消日書中自策勳全軀希碌碌掃軌厭紛紛每愧吾鄉老頭童念致君

先友傅公給事莫年髮禿每酒酣脫幘覽鏡歎曰吾其已乎

貧病

行年七十尚攜鉏貧悴還如白紵初好事鄰僧勤送米過門谿友强留魚客來旋過牆頭酒睡起閑抽架上書要信榮枯元不動胸中浩浩著空虛

秋晚

春粳入甑香炊玉壓酒鳴槽滴碎珠甲第朱門漫豪後山家風味定應無

又

新築場如鏡面平家家歡喜賀秋成老來懶惰慚丁壯美睡中聞打稻聲

又

秋菰出水白於玉寒薺繞牆甘若飴正是長齋豈不可凜然大節固難移

又

竹竿坡面老別駕飯顆山頭瘦拾遺自古詩人例如此放翁窮死未須悲

山村書所見

老枳垂藤晝常黑雛鷹聲作嬰兒啼伐薪歸來遇急雨石路下山如踏梯

又

荒坡茫茫牧牛童扳角上背捷如風腰間一枝摺枯竹橫吹短笛過村東

三年前與兒輩步過東涇小嶺得勝處可營別

墅貧不能成偶復至其地悵然有感

前年度嶺踏斜陽曾卜松陰置草堂只倚氣吞雲夢澤竟無錢買雪堆莊煙脂菱角空頻摘火齊楊梅已再嘗事不如心居十九往來常羨捕魚郎山多楊梅有合抱者下臨鏡湖皆菱蕩

園中秋夕

季秋哉生明風露正悽冷放翁澹無事樂此清夜永飢鷹棲不穩勁翅起東嶺湖邊千樹柳何處寄幽影人生寓宇內俯仰一炊頃此心無媿負簞食均五鼎許身輩稷卨終亦輸箕潁天風倘可乘采蓮登玉井

秋晴每至園中輒抵莫戲示兒子

老翁七十如童兒置書不觀事遊嬉園中壘瓦强名塔庭下埋盆聊作池青蒲紅蓼共掩映病棕瘦竹相扶持衰頹已作老驥臥來往尚如黃犢馳但知身存百無害莫問老健能幾時汝勤挾筴乃堪笑且共飯豆羹秋葵

醉睡初覺偶作

小圃醒還醉幽窗起復眠虛明炷香地清潤斸花天

老去才雖盡窮來志益堅阿瞞那可語平日笑橋玄

汪茂南提舉挽詞

學已三冬富書猶萬卷藏名場雖蹭蹬朝論極揄揚

小試襦袴詠遂辭鵷鷺行秋風九原路挽鐸倍淒涼

又

往者紹興末江淮聞戰鼙上流煩舊德下客辱深知

陳迹成今古追懷每涕洟郎君雖不識撫事亦增悲

先相公督師荆襄游首蒙招致幕府會留樞屬不克行

謝徐居厚汪叔潛攜酒見訪

我雖生亂離猶及見前輩衣冠方南奔文獻往往在

幸供掃灑役迹忝諸生内話言猶在耳造次敢不佩

殘年趨死近孤學與時背妄出更何求終老事耕耒

史君稽古學力大障横潰廣文亦偉士名字震當代

同舟肯過我凜與前脩配憂時抱忠憤論事極慷慨

嗟予雖衰耳目幸未廢何當卜鄰牆早莫聆謦欬

喜鄭唐老相過

鄭子有書癖對書百事忘頭亂不暇櫛飧冷不暇嘗
持此金石心力求古文章吟哦屈宋作蛩夜聲琅琅
方揮却日戈恥窺及肩牆不見今六年所得非復常
扁舟夜過我劇論神激揚徐出二三篇稊米於太倉
已足起衰懦黑絲生鬢霜使得盡見之殆可鍼膏肓
願子繼自今勿惜傾錦囊因來數爲寄歲晚慰所望

秋晚散步門外

栗里歸栽菊青門隱賣瓜羸軀病天色衰鬢怯年華
野曠烏聲樂溪清雁影斜門前秋潦退也擬築堤沙
潦水壞道數丈方與鄰曲共修之

寄徐秀才斯遠并呈莊賢良器之

徐子作別十年餘無人可寄一紙書閉門美睡畏剝
啄自怪一念常關渠西風蕭蕭吹槁葉秋光正滿蝸
牛廬讀書易倦出無友撫几惝怳空愁予蜀莊之孫

住南郭亦復迹遠非情疎何時同載過老子共飯赤米羹青蔬

閑中

閑中高趣傲羲皇身臥維摩示病床活眼硯凹宜墨色長毫甌小聚茶香門無客至惟風月案有書存但老莊問我東歸今幾日坐看庭樹六番黃

秋霽

驅除雲霧極知難敢意天公不作慳汛掃中庭待明月攀躋危榭望青山取琴理曲茶煙畔看鶴梳翎竹影閒不爲新晴宜著句擬將幽事破除閑

晨起

晨起梳頭拂面絲行年七十豈前期此生猶著幾兩屐長日惟消一局棋空釜生魚忍貧慣閑門羅雀與秋宜區區名義真當勉正是先師戒得時

笠簇謠二首寄季長少卿

庭樹非不榮霜霣萬葉枯朋友豈我棄漸遠勢自疎

中夜起太息發篋覓舊書塵昏蠹蝕損行缺字欲無
一讀色已變再讀涕淚濡卷書置篋中寧使飽蠹魚

又

少壯離別時回顧日月長會合終有期何恨天一方
我齒如敗屐君髮如新霜餘日復幾何萬里遙相望
欲泣老無淚欲夢不可常寄書何時到江漢春茫茫

悶極有作

貴已不如賤狂應又勝癡新寒壓酒夜微雨種花時
堂下藤成架門邊枳作籬老人無日課有興即題詩

自詠

常記當年入洛初華燈百萬擲樗蒲平生意薄刀筆
吏投老身爲山澤臞已罷向空書咄咄尚能擊缶和
嗚嗚今朝客至無尋處正伴園丁斸芋區

夢范參政

夢中不知何歲月長亭慘淡天飛雪酒肉如山鼓吹
喧車馬結束有行色我起持公不得語但道不料今

遽別平生故人端有幾長號頓足淚迸血生存相別尚如此何況一旦泉壤隔欲懷雞黍病爲重千里關河阻臨穴速死從公尚何憾眼中寧復見此傑青燈耿耿山雨寒援筆詩成心欲裂

乞奉祠未報食且不繼

富貴常求繫日繩阨窮却羨棄家僧强顏始覺貧爲害對鏡方嗟老可憎出戸風霜欺短褐讀書父子共昏燈聖師夢奠二千載一卷遺言終可憑

山寺

信步得佳寺入門吹斷香林深栗鼠健屋老瓦松長吊古增悽愴憑高寄慨慷忽忽興未盡新月映方塘

太師魏國史公挽歌詞

早擅淵源學常懷懇款忠雲龍際千載典冊冠三公論諫寧中止謀謨不苟同此心誰復識志士泣秋風

又

位歷公卿貴身兼將相榮珥貂儀一品錫帶價連城

入告推忠厚躬行本志誠斯民何以報萬里徧春畊

又

道德補天石勛勞夾日龍犯顏無不盡造膝略皆從
歲貢來戎幣秋防減塞烽畫圖麟閣上猶足折遐衝

又

舊弼初收召惟公力贊揚都亭移供帳全魏徹封疆
大度容猜阻羣言自中傷拳拳虛左意猶可質穹蒼
公初扳附即力薦張忠獻公于壽王如賜館都亭驛超封魏國公皆公
密奏且嘗乞用張公爲首相而己佐之

又

壠干勞久戍大將未班師抗議回天意忘身爲聖時
人心嶮莫測時事遠難知汗簡方傳信孤生欲語誰
吳璘戍德順軍師老欲還不敢自請公爲相察其情即力請班師西鄙
賴以無事後議者乃指公爲棄地公不辨也

三峽歌

乾道庚寅予始入蜀上下三峽屢矣後二十

五年歸畊山陰偶讀梁簡文巴東三峽歌感之擬作九首實紹熙甲寅十月二日也

神女廟前秋月明黃牛峽裏莫猿聲危途性命不容恤百丈牽船侵夜行

又

不怕灘如竹節稠新灘已過可無憂古妝峩峩一尺髻木盎銀盃邀客舟

又

十二巫山見九峯船頭彩翠滿秋空朝雲莫雨渾虛語一夜猿啼明月中

又

錦繡樓前看賣花麝香山下摘新茶長安卿相多憂畏老向夔州不用嗟

又

險詐沽沽不媿天交情囘首薄如煙東遊萬里雖堪樂灩澦瞿唐要放船

又

蠻江水碧瘴花紅白舫黃旗無便風涪萬四時常避
水棚居高出亂雲中

又

亂插山花簀子紅蠻歌相和瀼西東忽然四散不知
處踏月捫蘿歸峒中

又

萬州溪西花柳多四鄰相應竹枝歌問君今夕不痛
飲奈此滿川明月何

又

我遊南賓春莫時蜀船曾繫挂猿枝雲迷江岸屈原
塔花落空山夏禹祠

十月三日泛舟湖中作

桑落可釀酒艸枯可呼鷹平生當此時意氣十倍增
卽今境界別千錢買短篷鏡湖三百里往來寒日中
小甑炊彫胡玉食無此美臥聞水鳥聲世念去如洗

知此恨太晚享此恐不足南山忽已昏更就漁村宿

早行

寒漏參差斷晨雞次第鳴匆匆半枕夢草草一盃羹
澤國多逢雨閑人不計程雲間出寸塔迎我有餘情

晚泊

樓上鳴鳴角橋邊點點燈聚沙新到雁趁渡獨歸僧
日隱山光暗天低海氣蒸居人笑老子醉髮亂鬅鬙

遣懷

莫年世事轉悠悠攬涕悽然類楚囚不道渾無排遣
處病觀周易悶梳頭

舟行戲書

世事無窮膏火煎羈魂病骨久羸然覺時不及夢差
樂死去始嗟生可憐慷慨知非請纓日推移忽及挂
冠年揚帆海浦差强意臥看秋濤蹴遠天

劍南詩稿卷第三十終

劍南詩稿目錄

卷第三十一

劍南詩稿卷第三十一

宋　陸游　務觀

久雨

黃葉雨中盡飢鴻煙際來時艱歲仍惡身死病相催
西埭無行路南山有疾雷囊空罷沽酒一醉轉悠哉

偶得長魚巨蟹命酒小飲蓋久無此舉也

老生日日困鹽齏異味櫻魚與楮雞敢望槎頭分縮
項況當霜後得團臍堪憐妄出緣香餌尚想橫行向
艸泥東崦夜來梅已動一樽芳醖徑須攜

泛舟湖山間有感

我似人間不繫舟好風好月亦閑遊歸來華表千年
鶴滅沒煙波萬里鷗歲晚客貂那復歎時艱嫠緯未
忘憂野人只欲安耕釣江左夷吾可見不

望永思陵

綠衣迎拜屬車塵艸木曾霑雨露春三十五年身未死却爲天下最窮人

又

旰食憂民宴樂疎太倉幾有九年儲賈生未解人間事北闕猶陳痛哭書 紹興庚辰辛巳間游屢貢瞽言略蒙施用

糟蟹

舊交髯簿久相忘公子相從獨味長醉死糟丘終不悔看來端的是無腸

霜夜

梅花欲動夢魂狂橙子閑搓指爪香莫怪艸堂清到骨一梳殘月伴新霜

又

黃甘磊落圍三寸赤蟹輪囷可一斤更喚東陽麴道士與君霜夜策奇勳 時東陽餉酒

又

澹月窺窗似有情更堪梅影向人横放翁不受天魔

惱獨擁青氈睡到明

書室明爽終日婆娑其間倦則扶杖至小園戲作長句

放翁老手竟超然俗子何由與作緣百榼舊曾誇席地一窗今復幻壺天夢回橙在屏風曲雨霽梅迎拄杖前吾愛吾廬得安臥笑人思潁憶平泉李衛公憶平泉山居歐陽公思潁詩皆數十篇

又

美睡宜人勝按摩江南十月氣猶和重簾不捲留香久古硯微凹聚墨多月上忽看梅影出風高時送鴈聲過一杯太淡君休笑牛背吾方扣角歌

初冬

老客人間百事慵樂哉閉戶過今冬朝爐獸炭騰紅焰夜榻蠻氈擁紫茸蝟刺坼蓬新栗熟鵝雛弄色凍醅濃題詩正自消閑日本不爭先萬戶封

買屐

一雨三日泥泥乾雨還作出門每有礙使我慘不樂百錢買木屐日日繞村行東阡與北陌不問陰與晴青鞋豈不佳要是欠耐久何當踏深雪就飲湖橋酒

十月晦日作

藤疎不覆架桐落欲平溝閏歲風霜晚衰年日月遒觀書方坐石把釣又登舟不是無羈束閑人得自由

贈道友

凡骨已蛻身自輕勃落葉上行無聲華陰市樓醉舞罷却上蓮峯看月明

又

憶在長安爛漫遊大明宮闕與雲浮今朝偶上慈恩塔北望茫茫禾黍秋 唐含光殿與慈恩塔南北相直

又

當時辛苦學長生準擬中原看太平今日醉遊心已足一瓢歸去隱青城

又

二盃兀兀復騰騰服氣燒丹總不能借問生涯在何
許孤舟風雨伴漁燈

又

零落殘碑艸棘中北邙蕭瑟又秋風舊時憶在鵷行
裏幾見宣麻拜相公

示子聿

儒林早歲竊虛名白首何曾負短檠堪歎一衰今至
此夢回聞汝讀書聲

老境

平生百不遂惟有老如期眼澀觀書夜心衰把酒時
僧分新掘藥客誦舊題詩四十年前我回看定是誰

予所居三山在鏡湖上近取舍東地一畝種花

數十株彊名小園因戲作長句

出郭西南十里過小園風月得婆娑翠屏三扇恰相
倚玉鏡一奩誰爲磨投鐵未嫌衰鬢白插花聊喜醉
顏酡耶溪更盡青鞋興免使將軍怒脫靴

被命再領沖佑有感

殘骸日益衰晨夜抱疾痛地爐得微火終日不憙動讀書舊成癖今但坐作夢未能追鴻冥乃復分鶴俸風霜舍邊柳合抱皆手種眼中人盡非欲話誰與共

冬夜戲書

東歸剡曲寄彷徉閑日雖冬亦自長梅瘦有情橫淡月雲輕無力護清霜長魚通印鹽花白珍鮓披緜麴糝香一飽喟然還自憫彊顏垂老食官倉

又

將挂衣冠彊小留期年畢竟是歸休青氈獨擁欺霜夜濁酒頻傾洗客愁鶴影冷飜丹井月雁聲遥帶玉關秋一生自笑閑中過不爲功名也白頭

又

老樹霜餘已盡紅縱橫落葉滿庭中一鉤澹澹西南月萬鼓憑憑東北風賒酒每慚添舊券讀書何計策新功蓬窗坐睡摧頹甚隔竹敲茶賴小童

幽居

落葉紛可掃幽花寒自開囷空無雀噪門靜有僧來

又

孤學時方棄窮途勢莫回呼兒了租賦莫待縣符催

雨霽雞棲早風高雁陣斜園丁刈霜稻村女賣秋茶

缺井磨樵斧枯桑繫釣槎客來那用問此是放翁家

送蘇召叟秀才入蜀效宛陵先生體

士勇赴知己義重身固輕尊公況有命子得辭此行

結廬出門去迢迢過蠻荆泝江卜風色入峽聽猿聲

萬里一紙書南寄孤雁征山陰在何處討子難爲情

寄題哲上人漫堂

願言早來歸鄰曲當出迎檥舟柯橋市一榼手自傾

老子從來任運行愛君堂以漫爲名北邙大有英雄

骨枉用工夫過一生

冬夜獨酌

寒水茫茫浸月明疎鐘杳杳帶霜清一樽濁酒有妙

理十里荒雞非惡聲物外雖增新跌宕胸中未洗舊崢嶸頹然坐睡蒲團穩殘火昏燈伴五更

夜坐燈滅戲作

冷飯黃齏傲太平鬢絲原不爲愁生忽因燈死得奇觀明月滿窗梅影橫

艾如張

錦膺繡羽名山雞清泉可飲林可棲稻粱滿野棄不啄雖有奇禍無階梯東村西村煙雨曉蕭艾離離林薄淺翻然一下駭機發汝雖知悔安能免漢家天子南山下萬騎合圍窮日夜犬牙鷹爪死不辭觸機折頸吁可悲

上之回

咸陽宮闕天下壯五更衞士傳雞唱重門洞開鑾駕出囘中更在雲霄上雲霄一路蟠青冥車聲隱轔馳雷霆宓妃穿仗王母下何必軒皇居大庭君王遊幸無終極萬年盡是歡娛日文成已死方不觧茂陵松

柏秋蕭瑟

雜詠園中菓子

不酸金橘種初成無核枇杷接亦生珍產已從幽圃
得濁醪仍就小槽傾

又

漿石榴隨鮓作節蠟櫻桃與酪同時兩株偶向池邊
種可喜今年墜折枝

又

架垂馬乳收論斛港種雞頭采滿船龜鼎若爲占食
指麴車未用墮饞涎

又

山杏谿桃本看花纍纍成實亦堪誇鹽收蜜漬饒風
味送與山僧下夜茶

閉戶

聲利能令智者愚放翁閉戶養迂疎地爐枯葉夜煨
芋竹筧寒泉晨灌蔬狥俗不如龜著韤愛山只合倒

騎驢今朝更有欣然處萬里知心一紙書

蜀兵來得張季長歸唐安江原書

又

冠蓋長安幾番新放翁只似向來貧滿窗紅日價無敵半榼新醅香動人宴坐心光無蔽障橫眠睡息自清勻世間不用詢名字身是無懷上古民

連日大寒夜坐復苦飢戲作短歌

翁飢不能具小飧兒凍何由成複褌藏書充棟讀至老固願少出蘇黎元念當萬事度可否肯使一恨彌乾坤古來賢達多晚謬千載遺笑綺與園老翁肝心等鐵石他年骨朽此固存村沽雖薄亦取醉起看江月傾金盆

園中對酒作

傴僂衰翁雪滿顛愛花耽酒似當年雖無錦障七十里也有青銅三百錢數掩竹籬分小徑一泓沙井貯寒泉栽紅接白株株活坐擁春工太半權

孝宗皇帝挽詞

大道本生知崇高志不移凝神超事物觀妙極希夷
訪藥三山遠遺弓萬國悲神孫昔鍾愛天作太平基

又

代邸膺圖日臨朝涕泗横誠心非外飾至孝化羣生
高廟聯龍衮思陵接柏城平生奉親意一理貫幽明

又

便殿諮詢早深宮宴樂稀欲頒傳位詔猶索未明衣
壽損名方永身癯國愈肥孤臣泣陵柏心折九虞歸

小兒入城

小兒破帽出求師老父寒爐夜晝詩不耐青燈寫孤
影聊呼薄酒慰長飢我今僅守詩書業汝勿輕捐少
壯時但恨北風如許惡湖橋歸路想流澌

夜坐

萬蠟披書卷孤螢引篆香病思無事樂老悔少年狂
南渡衣冠盛西征道路長如今俱夢破高枕看人忙

又

葉盡木無聲天高夜自明映窗燈半滅掠野雁孤征

瓦裂人間事雲浮身後名惟應托長鑱寂寞送浮生

縱筆

惰游不能耕心媿新春白慚傲茅三間主人終勝客

又

朝士腰下黃山僧鼻端白放翁俱笑汝飽飯作閑客

又

温温地爐紅皎皎紙窗白忽聞啄木聲疑是敲門客

又

雪晴蓼甲紅雨足韭頭白雖無萬錢具野飯可留客

又

小兒勿大勤使汝髮早白長爲南畝民殊勝東閤客

郊行夜歸書觸目

老翁病起厭端居隨意東西不問途霜野艸枯鷹欲

下江天雲溼雁相呼空垣破竈逃租屋青帽紅燈賣

酒爐未畏還家踏泥潦園丁持炬小兒扶

閉戶

老人閉戶動經月懶就東家借蹇驢身後有名豈如
酒體中不佳聊讀書秦王開圖見匕首漢相狗市載
廚車人間憂怖古如此莫怪荒畦常荷鋤

十一月五日夜半偶作

艸徑江村人迹絕白頭病臥一書生窗間月出見梅
影枕上酒醒聞雁聲寂寞已甘千古笑馳驅猶望兩
河平後生誰記當年事淚濺龍牀請北征

晴和出遊湖山間

日出氣稍和呼船渡煙津微風西南來水面生魚鱗
適此一日佳聊娛百年身捋鬚俯船舷一笑彼何人
閏餘春事早已覺陽和新梅花處處開幽香襲衣巾
久病喜我出問訊傾鄉鄰舟回不須速看湧白玉輪

病思

賣劍還山學老農不堪衰與病交攻將軍閉戶方鋤

菜處士攜家欲賃春殘齒彊留終觥碗病腰扶拜苦
龍鍾壯遊誰信梁州日大雪登城望夕烽

寄子虡

老自安故鄉況復觸罪罟五年三奉祠每請幸聽許
貧家似破屋隨事且撑拄雖殊乞墦肉已近掘野鼠
平生膽力薄不敢犯張禹有時一言失恐懼氣如縷
念此思挂冠白首冀安處吾兒哀乃翁歲莫忍羈旅
何時得斗粟歸舍聊共煑便舟北關書乞骸歸卒伍

紙閣午睡

紙閣甎爐火一枚斷香欲出礙蒲簾放翁不管人間
事睡味無窮似蜜甜

又

黄紬被煖青氈穩紙閣油窗晩更妍一飽無營睡終
日自疑身在結繩前

夜分復起讀書

愁極不成寐起開窗下書似因逢縱釋如癢得爬梳

燈火夜過半風霜歲欲除平生濟時意却作愛吾廬

效蜀人煎茶戲作長句

午枕初回夢蝶牀紅絲小磑破旗槍正須山石龍頭鼎一試風爐蟹眼湯巖電已能開倦眼春雷不許殷枯腸飯囊酒甕紛紛是誰賞蒙山紫筍香

書逆旅壁

百憂襲莫年懷抱日騷屑雖云歸故鄉何異萬里客窮冬迫寒餓凜凜有在陳厄駕言適近村慘慘天欲雪人沽村市酒馬齧山坡麥旅炊雜沙土得飽何暇擇手皸若龜兆面槁無人色士窮自其分所幸全大節功名已甑墮身世真瓦裂不學玉關人飢鷹方夜掣

嬾趣

謝病掩柴荊年來嬾趣成舌根茶味永鼻觀酒香清已矣馳驅息悠然磊磈平高眠得三昧夢斷已窗明

閑中富貴

要信人生各有緣閑中富貴亦關天綠窗靜對千梢

竹翠寶新疏一脈泉愛百衲琴常鎖匣買雙鉤帖不論錢箇中得意君知否不換金貂與玉蟬

又

天爲踈慵剩與閑一菴青嶂白雲間衲僧過別歸廬阜羽客來尋說華山冬筍生林龍鰔鰔寒泉落磵珮珊珊俗人自是無因到雖設柴門不上關

書近況寄蜀中道舊

遺事復遺榮空齋一榻橫宿酲投未正新句煆初成山崦傳梅信天窗送雪聲戲題匀碧紙遣鶴報青城

醉中自贈

富貴猶宜早退休一生齟齬更何求賦形未至欠壬甲語命寧須增斗牛粟里收身貧亦樂平陵埋骨死無憂狂歌醉舞真當勉剩折梅花插滿頭

明日自和

二頃元知未易求不如馬磨學文休正令未死有幾日那得殘年叢百憂霜野挾弓朝射雁煙陂吹笛莫

呼牛與來醉倒尋常事莫信兒童笑白頭

雪中至近村

荒山風雪歲將殘貸粟迢迢犯苦寒急燎征裘憩牛屋旋沽村酒挂驢鞍清貧徹骨初無憾老健逢人彊自寬深夜還家未能睡解囊吹火取詩看

歲莫感懷以餘年諒無幾休日愴已迫爲韻

昨莫送客歸短櫂過魯墟故廬有遺趾青山遶牆隅桑竹雖鬱然舊植已無餘瓦礫不可求而況屋壁書繫舟問鄰人搔首久躊躇行當挂朝衣躬耕返吾初

又

我家釋耒起遠自東封前詩書守素業蟬聯二百年長老日零落念之心惕然每恐後生輩或爲利欲遷

又

我少亦知學蹭蹬及華顛諗過豈不力壽非金石堅

又

我壯已早衰晨鏡每惆悵藥物姑自持耆老曷敢望造物有乘除貧悴博無恙志歸鄉更多感朋舊盡凋喪

客來多避席謂我丈人行此意詎敢忘報子以直諒

又

士生始志學固爲聖人徒人人可稷卨世世皆唐虞
仰事與俯育治道無絶殊孔孟之所傳世俗顧謂迂

又

申韓尚刻薄老莊競虛無爾車非不良壼行九軌途
江左謝太傅高卧頗自喜東山豈不佳惜也終一起
阿堅偶自敗元子亦適死區區疑謗中勳業端有幾
當時嘲小艸雖戲實中理所以山中人至今笑園綺

又

家世本無年甲子近一周小子獨何幸七十今平頭
往者收朝迹亟欲求歸休厚恩許奉祠得祿歲愈憂
三釜不及親顧爲妻子留何由洗此媿欲挽天河流

又

高皇昔中興風雨躬沐櫛一士未嘗遺萬里皆馳馹
廉聽闢言路虛懷詢得失孤臣實艸芥亦獲對宣室

龍顏宛在目德不報萬一橋山松柏寒淚盡史臣筆

又

王師宿梁益行臺護諸將腐儒忝辟書萬里至渭上
旌旗照關路風雪暗戎帳堂堂鐵馬陣疊疊木牛餉
誰知骨相薄空負心膽壯回首二十年撫事增悲愴

又

在昔祖宗時風俗極粹美人材兼南北議論忘彼此
誰令各植黨更仆而迭起中更夷狄禍此風猶未已
臣不難負君生者固賣死黨築太平基請自厚俗始

又

井地以養民整整若棋畫初無甚貧富家有五畝宅
哀哉古益遠禍始開阡陌富豪役千奴貧老無寸帛
困窮禮義廢盜賊起蹙迫誰能講古制壽我太平脈

桐江哲上人以端硯遺子聿纔寸餘而質甚奇天將雨輒先流泚予爲效宛陵先生體作詩一首

吾兒得巖硯其徑甫踰寸奇哉掌握物乃有琮璧潤器實備才德初不以形論汝能志山林懷之可嘉遯

立春前三日作

春近寒尤苦先生不下堂烏皮蒙燕几白拂挂禪牀書架斜斜設梅花細細香悠然睡還起已覺日微長

贈應秀才

過宋不見元城公渡淮不見陳了翁當時人人皆太息至今海內傾高風老夫七十居鄉縣齷齪龍鍾何足見辱君雪裏來叩門自說辛勤求識面我得茶山一轉語文章切忌參死句知君此外無他求有求寧踏三山路

春耕

今年液水滿西疇父老人人卜有秋只要耕犂及時節裹茶買餅去租牛

首春連陰

入春十日九日陰積雪未解雨復霾西家船漏湖水

漲東家驢病街泥深去秋宿麥不入土今年米貴如黃金老嫗哭子那可聽僵死不覆黔婁衾州家遣騎餽春酒欲飲復止吾何心出門空歎歲華速已見微綠生高林

夜坐

衰翁不出門歲月過電雹窗明地爐煖袖手坐寂寞可憐瓶中梅爛漫幾開落小園亦數樹曾未破一蕚三更北風急雨雪恐復作且當勤舉杯莫恨浮蟻濁

新春

老境三年病新元十日陰疎籬枯蔓綴壞壁綠苔侵憂國孤臣淚平胡壯士心吾非兒女輩肯賦白頭吟

得季長書追懷南鄭幕府慨然有作

從戎昔在山南日彊半春光醉裏銷綠樹啼鶯窺帽影畫橋飛絮逐鞭梢花經小雨開差晚笙怯餘寒澀未調惆悵流年又如許羈魂欲仗楚詞招

正月十一日夜夢與士友譚德稱相遇於成都

小東門外既覺慨然有作

當年與子别江干漸老心知後會難豈料今宵清夢裏東門交轡說春寒

送陳吏部還朝

邂逅稽山許攬鬚塵埃時得近冰壺不辭我老雞豚社且喜公歸櫻筍廚滿室琴書懷燕几一川風雨送行艫勉哉早了功名債要畫騎牛第二圖 先賢良與劉凝之有廬山騎牛圖

觀棋

一枰翻覆戰枯棋慶吊相尋喜復悲失馬翁言良可信牧豬奴戲未妨爲白蛇斷處真成快黑幟空時又一奇斂付兩奩來對酒泠泠聽我誦新詩

春行

篛帽絲絲雨芒鞋策策泥柳斜風帶北花斂日平西社酒誇新壓春蕪喜遍犂深村無客過父子自扶攜

雨霽春色粲然喜而有賦

應接年光老漸慵猶能一飲百分空半霑蝶粉簾櫳雨遠送鶯聲巷陌風千縷麴塵楊柳綠萬枝猩血海棠紅從來造物陶甄手却在閑人詩句中

幽思

雲際茅茨一兩間春來幽事日相關臨窗靜試下巖硯欹枕卧看靈壁山紅練帶飛俱意得錦熏籠煖尚香煙（錦熏籠謂瑞香）今朝社過添惆悵高棟巢空燕未還

贈持鉢道人

青鐵作小冠白紵縫短褐右扶九節杖左執七綴鉢何嘗有定止到處可生活惟有烈士心白刃不能奪相逢一笑粲滯思得披豁揮袂去若飛跂望已天末

柳

楊柳春風綠萬條憑鞍一望已魂消當年鳳集城邊路曾愛纖纖拂畫橋

又

西園雨打杏花稀便面章臺事已非只恐無情堤上
柳又將風絮送春歸

山園雜詠

祠祿留人未挂冠山園三畝著身寬百年竟向愁邊
老萬事元輸靜處看花徑糝紅供晚醉月天生暈作
春寒汗青事業都忘盡時賴吾兒舉話端

又

殘春終日在林亭散髮披衣醉復醒科斗已成鼃閤
閤櫻桃初結子青青魚遊滄海寧濡沫禽慕雕籠即
翦翎薄晚東風吹小雨笑攜長鑱伴畦丁

又

桃花爛熳杏花稀春色撩人不忍違俗客年來真掃
迹清樽日莫獨忘歸魚行池面紅雲散鵲起枝頭絳
雪飛莫道顛狂無訴處臥看香篆掩齋扉

又

已過社雨尚春寒小醉初醒怯倚欄柳帶花移宜土

潤鶴和雛養要籠莧孤翁白首投村社諸彥青雲接羽翰誰信幽居多樂事晚窗兒女話團欒

又

春光何止二分空寒食都無數日中密葉成陰花寂寂舊巢添土燕忽忽紙鳶收線愁風惡秧馬揪泥喜雨濛堪歎今年衰更甚蒼顏縱醉不成紅

劍南詩稿卷第三十一終

劍南詩稿目錄

卷第三十二

劍南詩稿卷第三十二

宋 陸 游 務觀

雨夜書感

宦遊四十年歸逐桑榆暖皇恩念黎老一官猶置散
春殘桃李盡風雨閉空館有懷無與陳萬事付酒椀
近代固多賢吾意終不滿可憐杜拾遺冒死明房琯
慷慨詎非奇經綸恨才短羣胡穴中原令人歎微管

又

儒生不自貴執藝等卜祝詩書定何物爲汝市爵祿
唐虞雖日遠凜凜猶在目誰能舉其要治功端可復
平生麤知此俛仰髮已禿一豪不獲施老病死巖谷
安知萬世後終無可封俗願廣稽古心端拱客嶽牧

鏡湖

躬耕蘄一飽閔閔望有年水旱適繼作斗米幾千錢

鏡湖洪巳久造禍初非天孰能求其故遺迹猶隱然
增卑以爲高培薄使之堅坐復千載利名託士窮傳
民愚不能知仕者苟目前吾言固應棄悄愴夜不眠

舟中戲書

平生萬事付之天百折猶能氣浩然試問軟塵金絡
馬何如柔艣月侵船英雄到底是癡絕富貴但能妨
醉眠三百里湖隨意住人間眞有地行仙

春晚懷山南

梨花堆雪柳吹緜常記梁州古驛前二十四年成昨
夢每逢春晚卽悽然

又

壯歲從戎不憶家梁州裘馬鬬豪華至今夜夜尋春
夢猶在吳園藉落花

又

梁州一別幾清明常憶西郊信馬行桃李成塵總閑
事梨花楊柳最關情

又

身寄江湖兩鬢霜金鞭朱彈夢猶狂遙知南鄭城西路月與梨花共斷腸

春晚書齋壁

海棠已成雪桃李不足言纖纖麥被野鬱鬱桑連村穉蠶細如蟻杜宇號朝昏展墓秫餌美坐社黍酒渾早筍漸上市青韭初出園老夫下箸喜盡屏雞與豚幽居亦何樂且洗兩耳喧呼兒燒柏子悠然坐東軒

七十一翁吟

七十一翁心事闌坐叨祠祿養衰殘樽中無酒但清坐架上有書猶縱觀吏部齒搖心悵望將軍髀滿淚汍瀾客來共飯增羞澀小摘山蔬不擀槃

山茶一樹自冬至清明後著花不已

東園三日兩兼風桃李飄零掃地空惟有山茶偏耐久綠叢又放數枝紅

晨起

初日破蒼煙零亂松竹影老夫起燒香童子行汲井
平生水雲身不墮車馬境願言學龐公全家事幽屏

春晚雜興

寂寂野人家柴扉傍水斜僧分晨鉢筍客共午甌茶
燕戶添新土蛛絲罥落花悠然便終日惟此送年華

又

澤國固多雨莫春猶薄寒兒童葺茶舍婦女賽蠶官
閱世年雖往爲農興未闌窮途得一飽亦足慰艱難

又

池面萍初紫牆頭杏已青攜兒撑小艇留客坐孤亭
相法無侯骨生年直酒星正須遺萬事莫遣片時醒

又

小市湖橋北幽居石埭西蒲深姑惡哭樹密秭歸啼
山茗封青箬村酤坼赤泥平生汗簡手投老慣扶犂

又

病瘍無意緒閉戶作生涯艸艸半盂飯悠悠一盌茶

笑穿居士屩閑看女郎花 唐人謂辛夷爲女郎花園中有此花一叢二百朵 莫問明朝事志家卽出家

又

青梅薦煮酒綠樹變鳴禽處世已如客傷春無復心

齋中雜題

焚香惟默坐曳杖亦幽尋一日悠然過深慚惜寸陰

列屋娥眉不足誇可齋別自是生涯閑將西蜀團窠錦自背南唐落墨花

又

小醉微吟過一春人間儂是最閑人龜毛拂子長三尺拈起風光處處新

又

棐几硯涵鸜鵒眼古奩香斮鷓鴣斑絕知造物慇懃意成就衰翁到死閑

又

幽居厭見凡花艸紅紫紛紛不復栽自劚蒼苔換黃

士南山移得玉芝之來 窗外新移雲門玉芝一本甚茂

老疾戲自贈

年過七十日夜衰羸然骨立不支持一身百病作無時飯且不足那論醫鏡中之人定是誰面骨突兀鬢成絲買棺作冢計已遲一日寧免累諸兒門前湖山可遨嬉心雖欲往力不隨左車牙脫吁可悲問汝何不食肉糜

夜坐聞湖中漁歌

少年嗜書竭目力老去觀書澀如棘短檠油盡固自佳坐守一窗如漆黑漁家梟梟起三更哀而不怨非凡聲明星已高聲未已疑是湖中隱君子

上巳書事

單衣初著下湖天飛蓋相隨出郭船得雨人人喜秧信祈蠶戶戶斂神錢黃雞煮臛無停筯青韭淹葅欲墮涎丞相傳聞又三押衡茅未改日高眠

對酒

手摘酴醾翦牡丹山家艸艸亦杯盤溪頭一夜風吹
雨又作殘春幾日寒

自規

陸君拙自謀七十猶糲食著書雖如山身不一錢直
默自觀我生困弱良得力轉喉畏或觸唾面敢自拭
世路方未夷機穽寧有極但能常閉門尊拳貸雞肋

窮居有感

孤村煙艸莫淒迷笠子蓑衣自架犂生計似蛛聊補
網弊廬如燕旋添泥人亡耆舊多時學地廢陂湖失
古隄迂闊自知無著處敢因窮厄怨推擠

春夏之交風日清美欣然有賦

日鑄珍芽開小缶銀波煮酒湛華觴槐陰漸長簾櫳
暗梅子初嘗齒頰香戶戶祈蠶喧鼓笛村村乘雨築
陂塘年光何預衰翁事伴蝶隨鶯也解狂

又

天遣殘年脫馽鞿功名不恨與心違綠陂細雨移秧

罷朱舫斜陽擘紙歸花市丹青賣團扇象牀刀尺製
單衣白頭曳杖人爭看共歎浮生七十稀

又

芳潤園林不似貧年光無盡逐番新來禽顏色不禁
雨搏黍語言如惜春身外豈關吾輩事鏡中已換昔
時人神僊定未超塵俗猶插金貂侍帝晨

夜歸

疎鐘渡水來素月依林上煙火認茅廬故倚船篷望

農家歎

有山皆種麥有水皆種秔牛領瘡見骨叱叱猶夜耕
竭力事本業所願樂太平門前誰剝啄縣吏徵租聲
一身入縣庭日夜窮笞搒人孰不憚死自計無由生
還家欲具說恐傷父母情老人儻得食妻子鴻毛輕

三月十一日郊行

到處人家可乞漿槐陰巷陌午風涼水陂漫漫新秧
綠山壠離離大麥黃父子力耕春漸老婦姑共績夜

猶長堯民擊壤雖難繼芹美懷君未敢忘

初夏行平水道中

老去人間樂事稀一年容易又春歸市橋壓擔蓴絲滑村店堆盤豆莢肥傍水風林鶯語語滿原煙艸蝶飛飛郊行已覺侵微暑小立桐陰換夾衣

初夏幽居偶題

放逐還家一老翁癡頑自笑更誰同倚欄風月黃昏後攜杖園林綠潤中泳水小魚依藻荇覓巢輕燕拂簾櫳此身要豈堅牢物莫遣須臾酒盞空

又

展盡高槐日漸長了無蜂蝶爲花忙青梅旋摘宜鹽白煮酒初嘗帶臘香林下光陰無一事水邊窗戶有餘涼應門不用辭衰疾車馬何由到野堂

又

昔如轉戰墮重圍今幸騫翔脫駭機曉樹好風鶯獨語夜窗細雨燕相依安居不恨蝸廬迮得食寧論鶴

料徵更喜莫年彊健在又看刀尺製縑衣

又

朱櫻羊酪喜新嘗碧井桐陰轉午涼書几得晴宜試
墨衣篝因潤稱熏香枯龜自覺支牀穩老馬安能試
艸長半世學騷終不近空餘清夢上沅湘

晨起

青青水中萍粲粲牆下艸艸開歲纔幾時已歎春事老
鳴禽傍窗戸怪我倦幽討長吟感人懷病枕起亦早
下牀呼獠奴浩蕩恣灑掃綠陰列蒼石芳樽得頻倒
客來但與飲談天有何好亦莫雕肺肝吟哦學郊島

小園

剡曲西邊築草堂小園聊復寄相羊魚行水際汀蘋
動麝過林中野草香覓句有時攜筆硯遣懷隨事具
杯觴少年朋舊凋零盡不獨思人亦自傷

幽居

青門不種故侯瓜揀得湖山便寄家老境一廛依水

竹壯遊萬里犯風沙氣衰那辦飲無算病著更知生有涯莫道吾盧全索寞牆東新補數株花

夜賦

小齋寂寂似禪寮臥數更籌覺夜遙帳外殘燈欺不寐梁間棲燕伴無聊江湖蹭蹬朱顏改憂患侵凌壯志消挂㫋天山少年事此身終負聖明朝

閑中書事

病過新年逐日添清愁殘醉兩厭厭惜花萎去常遮日待燕歸來始下簾堂上清風生玉麈澗中寒溜注銅蟾一生留滯君休歎意望天公本自廉

又

一畝山園半畝池流年忽逮挂冠期賣花醉叟剝紅桂種藥高僧寄玉芝午枕爲兒哦舊句晚窗留客算殘棋登庸策免多新報老子癡頑總不知

初夏

紛紛紅紫已成塵布穀聲中夏令新夾路桑麻行不

盡始知身是太平人

又

翦韭醃虀粟作漿新炊麥飯滿村香先生醉後騎黃犢北陌東阡看戲場

又

稻未分秧麥已秋豚蹄不用祝甌窶老翁七十猶彊健沒膝春泥夜叱牛

又

買得新船疾似飛蠶飢遙望采桑歸越羅蜀錦吾何用且備豳人卒歲衣

又

槐柳成陰雨洗塵櫻桃乳酪併嘗新古來江左多佳句夏淺勝春最可人 夏淺却勝春徐陵詩也

又

杜鵑血盡啼未歇蝴蝶夢殘心更狂我自人間少情者老來十倍惜年光

又

賜食金盤出寶闈玄熊掌映紫駞蹄侯家但詫承恩澤豈識山廚苦蕒虀

又

隋家古寺郡西南寺廢殘僧只二三藜藿滿庭塵闇佛時聞鐃鼓賽春蠶

又

渺渺荒陂古埭東柳姑小廟柳陰中放翁老憊扶藜杖也逐鄉人禱歲豐

又

老翁賣卜古城隅兼寫宜蠶保麥符日日得錢惟買酒不愁醉倒有兒扶

四月旦作時立夏已十餘日

京塵相值各忽忙誰信閑人日月長爭葉蠶飢鬧風雨趁虛茶嫩鬭旗槍林中晚筍供廚美庭下新桐覆井涼堪笑山家太早計已陳竹几與藤牀

春夏之交鳴鳥百族惟布穀聲最悲急動人戲作十韻

春風捨人去陸子歎以驚欲挽春使回無奈布穀聲
春亦何負汝旦莫聲不停或謂布穀者一氣感使鳴
春老自當去微禽彼何情上天運四時斗柄亦崢嶸
奈何獨私春欲使久不傾南風吹衆綠一掃紫與赬
此時豈不佳乃爾懷不平忽作兒女態起視東郊耕

倚杖

倚杖柴門外踟躕到日斜兒童拾筍籜婦女賣茶芽
掠岸過漁艇隔籬聞緯車年來詩料別滿眼是桑麻

野步

蝶舞蔬畦晚鳩鳴麥野晴就陰時小息尋徑復微行
村婦窺籬看山翁拂席迎市朝那有此一笑慰餘生

竹窗晝眠

初夏暑雨薄但覺白日長向來萬里心盡付一竹牀
新筍出林表森然羽林槍時聞解籜聲靈府生清涼

平生喜晝眠此志晚乃償安枕了無夢孰爲蝶與莊
徐起掬寒泉中有菱絲香清歗送落日與世永相忘

騰騰

騰騰吾喪我兀兀我忘吾萬事皆墮甑一身真朽株

幽棲

江天號鸛鶴村巷暗楸梧薄酒猶堪醉歸來稚子扶
閑人了無事地僻稱幽栖缽米留雞食移琴避燕泥
桐生窗欲暗筍長徑還迷不作容車計門閭儘放低

又

誰謂幽棲陋茅茨足庇牀雨便梧葉大風度練花香
浴佛兒童喜繅絲婦女忙揭來二十載吾鬢固宜霜
乾道丙戌始卜居鏡湖之三山今甫二十年矣

睡起

虛堂四簷竹脩脩朱夏正午如高秋八尺風漪雲碧
裯一榻寬如禹九州屈信展轉俱自由息以踵無
與喉世方窘若魚吞鉤我獨超然鷹脫鞲一物不向

靈臺留非睡非覺以神遊青城紫閣多朋儔相逢握手笑不休

愁坐忽思南鄭小益之間

當年蜀道秦關萬里飄然往還酒病曾留西縣眼明初見南山

又

籌筆門前芳草回龍道上青山萬里猶能夢到再遊未信天慳

四月十三夜四更起讀書

七十未捐書正恐死乃息起挑窗下燈度此風雨夕

夏雨初霽題齋壁

楸花練花照眼明幽人浴罷葛衣輕燕低去地不盈尺鵲喜傍簷時數聲對奕軒窗消永晝曬絲院落喜新晴忽驚重五無多日采縷纏筒弔屈平

東窗

萱草石榴相續開數枝晚筍破蒼苔背人紅練穿林

去直是無情不再來

聞梟

爾志堯桀自心平此念胡爲掃復生幸是安眠無一事苦憐鶯語惡梟聲

雨中示子聿

窮閻父子自相依寂寂茅廬映竹扉瓜蔓水生初抹岸練花寒動却添衣吾玄自笑豈尚白汝瘦元知能勝肥苦學勿爲干祿計宦途雖樂不如歸

山園屢種楊梅皆不成枇杷一株獨結實可愛戲作長句

楊梅空有樹團團却是枇杷解滿盤難學權門堆火齊且從公子拾金丸枝頭不怕風搖落地上惟憂烏啄殘清曉呼僮乘露摘任教半熟雜甘酸　枇杷盡熟時鵯鳥不可復禦故熟七八分則取之

夢遊山寺焚香煮茗甚適既覺悵然以詩記之

平日居山恨不深暫來差足慰幽尋僧歸共說道逢

虎院靜惟聞風滿林毫毳雪濤驅滯思篆盤雲縷洗塵襟此行殊勝邯鄲客數刻清閑直萬金

夏日

柴扉晝掩竹林幽坐使炎天變素秋扇月團團似初滿簟波細細欲平流朋儕零落關河阻疾病沉緜歲月遒賴有澄湖常在眼虎頭不用畫滄洲

巢山

巢山避世紛身隱萬重雲半谷傳樵響中林過鹿羣蟲鏤葉成篆風蹙水生紋不蹋溪橋路儼凡自此分

又

短髮巢山客人知姓字誰穿林雙不借取水一軍持渴鹿羣窺澗驚猿獨裊枝何曾畜筆硯景物自成詩

四月二十三日作

颭颭荷離水翩翩燕出巢苔添雨後暈筍放露中梢

又

世路千重浪生涯一把茅款門僧亦絕無句鍊推敲

莫笑茅廬迮何曾厭日長飯餘殘酪滑浴罷葛巾涼
落日桐陰轉微風梔子香貧家猶裹粽隨事答年光

觀月

清風發疎林皦月上素壁悠然倚庭楯愛此風月夕
人間好時節俯仰成宿昔少年不痛飲老大空歎息

溽暑

溽暑雨將作南風來解圍幽花臨砌坼乳燕傍巢飛
腰斧剗桑去攜籃采藥歸翻憐少年老曡雪詫宮衣

晨起

衰老少睡眠睡晚覺常早五更攬衣起漏鼓猶考考
青燈耿孤影不睡坐亦好讀盡一編書南窗朝日杲

閑思

溝水細無聲窗扉晚更明簾開燕雙入人靜鵲羣行
青李求初至黃醅釀已成出門無奈懶不是傲公卿

又

小雨時時作幽花續續紅新蟬落庭樹癡燕集屏風

傍枕拋書卷臨池下釣筒閑中有真樂那得歎途窮

梅天

稻壠移初遍梅天澀未晴輕陰昏茗色餘潤咽琴聲
時傍菱塘立還尋沙徑行杜門終此世更誓未來生

夜坐

燈暗一室幽鳥鳴四山靜道人坐倚壁度此清夜永
少時志功名癡絕如捕影造物遺以窮磨聾發深省
坐令盆盎淺渺渺波萬頃雖未造道真南轅終至郢

麥熟市米價減鄰里病者亦皆愈欣然有賦

凶年已度麥方秋學道從來幸寡求荷鍤自隨身若
寄漉籬可賣飯何憂隣翁瀕死復相見村市小涼時
獨遊不怕歸時又侵夜新添略彴跨清溝

雨中作

風聲如翻濤雨點如撒菽皇天念此老一爲洗煩促
呼童取短檠聊展舊書讀悽然對孤影感歎衰鬢禿
兀如老病馬關河久在目伏櫪雖已疲連雲思苜蓿

夜雨

齒牙搖動鬢毛踈四壁蕭然臥艸廬急雨聲酣戰叢竹孤燈熖短伴殘書壯心未滅從戎日苦學猶如覓舉初自笑堅頑誰得似同儕太半已丘墟

乙卯重五

重五山村好榴花忽已繁粽包分兩髻艾束著危冠舊俗方儲藥羸軀亦點丹日斜吾事畢一笑向杯盤

夏夜風雨極涼枕上口占

北窗八尺臥文藤夜雨生涼洗鬱蒸裊裊清愁縈斷角悠悠孤夢伴殘燈羸軀垂老嗟焉往公論猶存似可憑聊向斯文圖不朽未甘粥飯學山僧

窮居

半世悵悵信所之窮居仍抱莫年悲燒金術誤囊衣薄種黍年凶酒味醨大廈萬間空有志後車千乘更無期掩書常笑城南杜麻屨還朝授拾遺

思蜀

白首躬耕遇滸鐵江南自笑欲疇依凌煙勳業無人許濯錦園林有夢歸心似遊僧思遠適身如敗將陷重圍客來彊欲相寬釋每說人生七十稀

五月二十三夜記夢

夜漏欲盡雞初唱夢到神仙信非妄泉流直舂碧澗底松根橫走蒼崖上徐行林際遇飛橋峭壁驚濤臨萬丈非惟履嶮足踸踔已覺處幽神悄愴空巖滴乳久化石寶蓋珠瓔紛物象鬼神慘澹疑欲搏龍蚤蜿蜒誰敢傍長眉老仙乘百雲握手授我綠玉杖三生汝有世外緣一念已斷塵中障雖云曩事不復憶憐汝瞳子神猶王何須更待熟金丹從我歸哉住崑閬

送葉尚書

曩歲榜扁舟萬里歸自蜀五月下瞿唐六月過浮玉於時始識公一笑忘暑毒羽扇臨清流華觴跋紅燭一別十五年去日如電速孤生晚還朝斂退慚陸陸要津非所冀見公心自足斥歸又七載衰病將就木

造物哀其窮公來位嶽牧每見語諄諄與世異寒燠聖朝方急賢登用及釣築如公實舊德顧豈待夢卜初聞一札下已報四輩趣懸知新天子虛懷須啓沃願公論其大始爲天下福卽宣垂拱麻寧復摛文宿

路傍曲

冷飯雜沙礫短褐蒙霜露黃葉滿山郵行人跨驢去

又

大道南北出車輪無停日彼豈皆奇才我獨飢至夕

又

淒涼路傍曲朱門人不知秋街槐葉落正是斷腸時

贈汪叔潛

火雲嵯峨如疊嶂百病攻衰非一狀低簷小屋桑竹村忽辱君來問亡恙蹶然攬衣起闖門裏飯仍煩遠相餉歲饑野外無供給羞澀餘糧不盈盎我守此窮三十年尚恐死前無力量君誠不以老棄予苦語見規宜勿讓

出遊

莫笑衰殘百不能一枝節杖捷飛騰山空野火焚秦篆日澹煙蕪遍禹陵小浦漲潮迎釣艇疎鐘出谷送行僧踟躕不覺歸途晚村落人家已上燈

劍南詩稿卷第三十二終

劍南詩稿目錄

卷第三十三

悲歌行　讀李泌事偶書　晨起　喜雨　閒趣　自警　雨後二首　窗黑　雨止行至門外戲作　野飲　雨夜有懷張季長少卿　雨中熟睡至夕二首　憶昔　燈下看梅　程泰之尚書挽詞二首　雨夕獨酌書感　白首客言來自上皐道中以其語作一絕　睡起

劍南詩稿卷第三十三

宋　陸游　務觀

立秋後四日雨

天爲新秋故作涼海風吹雨入虛堂涼生庭樹陰陰綠潤襲簟衣浥浥香杯泛鵝兒供小歡碓舂雲子喜新嘗一年又見星橋近未信仙家日月長

夙興

老眼無眠覺夜長攬衣不復待窗光明星漸淡避初日秋露已濃生曉涼出艸幽花紅紫雜穿林啼鳥去來忙是中有趣君知否喧寂年來已兩忘

存養堂爲汪叔潛作

絳帳先生見處別少年立節如冰雪胷中凜凜萬卷書一字不爲庸人說存心養性以事天人知不知渠晏然窮經日夜廢寢飯不怕諸生嘲腹便三旌五鼎

俱忘想致一工夫在存養我今老病死即休未死尚
欲從公講

感昔

三著朝冠入上都黃封頻醉渴相如馬慵立仗寧辭
斥蘭偶當門敢怨鋤富貴尚思還此笏衰殘故合愛
吾廬燈前目力依然在且盡山房萬卷書

又

五丈原頭秋色新當時許國欲忘身長安之西過萬
里北斗以南惟一人往事已如遼海鶴餘年空羨葛
天民腰間白羽凋零盡却照清溪整角巾

病稍平示兒輩

人與鴉俱曉天憑雁送秋極知生意盡殭爲汝曹留
藥餌傾殘橐風霜迫故裘倚屏搔短髮且復寄悠悠

野堂

野堂蕭颯雪侵冠歷盡人間行路難病馬不收煙艸
暝孤桐半落井牀寒長瓶濁酒猶堪醉敗篋殘編更

細看此與不隨年共老未容城角動憂端

又

姓名無復世人聞靜處何妨獨策勳久矣不堪東閣客歸哉無媿北山文橫林霜近有丹葉平野雨餘多斷雲更喜鸕鷀來漸熟一溪煙水與中分

又

野堂地僻無車馬草徑柴門晝亦扃栗里雖貧儲舊粟玉川終老抱遺經病身凜凜殘秋葉故友寥寥欲旦星賴有吾兒堪煖眼夜闌常共一燈青

又

鼓缶酣歌樂太平野堂窗戶極疏明棄官正爲愚無用謝客新緣病有名閑入鄉人賽神社時從長者放魚行驩然更有關心處打稻家家趁晚晴

七月下旬得疾不能出戶者十有八日病起有賦

秋風吹海氛氣候頗不令昏昏七十翁擾擾半月病

箸書殊未成卽死目不瞑扶持賴藥物僅得全性命
雨添苔暈青風入桐枝勁深巷無人聲搘頤發孤詠

夢有餉地黃者味甘如蜜戲作數語記之

有客餉珍艸發奩驚絕奇正爾取嚼齕炮製不暇施
異香透崑崙清水生玉池至味不可名何止甘如飴
兒稚喜語翁雪頷生黑絲老病失所在便欲棄杖馳
晨雞喚夢覺齒頰餘甘滋寄聲山中友安用求金芝

秋夜

燈欲殘時酒半消斷碪疎雨共無憀老來萬事渾非
昔惟有詩情似灞橋

又

夜雨淒涼客思迷聞碪却是夢回時人人解說悲秋
事不似詩人徹底知

病起憊甚有歎

殘年迫衰謝一病不枝梧書倩傍人讀行須稚子扶
冥心付天地畢世釣江湖無米博佳傳虛名那可圖

小舟晚歸

扶病尋溪支忘憂泛釣槎渚寒無宿鷺月白有啼鴉敗壁青燈暗幽窗稚子譁無生未暇說且復議桑麻

又

秋晚吾廬好柴門映斷山潮生魚笱短木落雉媒閑繚堞蒼茫外漁舟浩蕩間客來常謝病老鈍耐嘲訕

夜坐

老眼清無寐孤懷默自傷思人交舊盡撫事歲時長籬犬吠殘月江楓凋早霜放翁殊耐事掩卷撥爐香

幽事

老夫病起日支離幽事關心只自知社近隣翁餽新釀客歸童子拾殘棋功名已付來生了筆墨尤非晚歲宜餘習可憐除未盡移花引水伴兒嬉

病後衰甚非籃輿不能出門感歎有賦

酒興詩情尚自如形骸可怪頓成疏平生只倚雙鳧舄此日常須一鹿車寂寂豈惟慚鄧禹厭厭更覺類

曹蜍晚窗弄筆聊湔祓數首清詩手自書

秋思

人生四十數頭顱久矣心知負壯圖未死皆爲閑日月無求儘有醉工夫風凋木葉流年晚秋入窗屏病骨蘇信步出門湖萬頃季鷹不用憶蓴鱸

題村店壁

五十年來命壓頭即今殘髮不禁愁亂鴉陣起霜天晚落葉聲乾古渡秋小市歠醨聊兀傲長亭秣蹇得遲留一身自處窮如許幸是無因爲國謀

病去

病去身差健秋高氣漸寒未甘常伏几時作一憑闌玉粒炊粳軟香塵搗藥殘欣然顧兒輩燈下語團欒

白首

白首稱祠吏清時作幸民招呼林下客遊戲夢中身山路烏騾穩煙波畫檝新村村有花柳無事即尋春

書病 乙卯七月二十二日臥病兩旬始平九月二日作此詩

莫年雖病不甚劇啜藥啜粥猶自力今年七月風眩作兒子在前不能識杯中藥冷呼不醒全家相顧無人色昏昏但思向壁臥蟲臂鼠肝寧暇恤醫巫技殫欲斂手天高鬼惡吁莫測偶然得活出望外扶杖下牀猶屢踣讀書心在目力短袖手堅坐到窗黑無功祿食四十年歎息此責何由塞

舍北晚眺

紅樹青林帶莫煙竝橋常有賣魚船樊川詩句營丘畫盡在先生拄杖邊

又

日日津頭繫小舟老人自懶出門遊一枝笻杖疏籬外占斷千巖萬壑秋

夜閱篋中書偶得李德遠數帖因思昔相從時所言後多可驗感歎有作

早歲傳聞月旦評殿門邂逅眼偏明當時一坐推談土今日叢林見話行老臥煙村身偶在夜開蠹紙淚

如傾豈知三十餘年後河洛胡塵訖未平 予送德遠歸臨川詩有旰食煩明主胡沙暗舊京之句頗爲前輩所稱時紹興辛巳春也

登東山

漆園傲吏養生主栗里高人歸去來俱作放翁新受用不妨平地脫塵埃松崖壁立臨樵堨竹徑蜿蟠上歗臺送盡夕陽山更好與君踏月浩歌回

貧樂

蕭然曲肱地自號直心翁 淨名書云直心是道場 拙宦三災過勞生一笑空新蔬經雨綠晚稻得霜紅飽食真無事浩歌明月中

乙卯重九

九日村醪熟逢迎不用呼樽前狂起舞陌上醉相扶殘髮新霜白衰顏落葉枯明年何足問且復插茱萸

縱步近村

病去身輕試杖藜滿村麴麥正離離照溪自歎尚微

瘦趁渡人言殊未衰艸塞瓶頭沽濁酒花簝笠頂引羣兒褎回不恨歸差晚正愛青燈映竹籬

題齋壁

看盡人間利與名歸來始覺此身輕禍機不敗漁舟興樂事渾輸地碓聲破篋雖無衣可典寒畦已有芋堪烹餘年且健貧何害剩與隣翁醉太平

范參政挽詞

屢出專戎閫遄歸上政塗勳勞光竹帛風采震羌胡籤帙新藏富園林勝事殊知公儺惓去日遺恨一毫無

又

孤拙知心少平生僅數公凋零遂無幾遲莫與誰同瓊樹世塵外神山雲海中夢魂寧復接慟哭向西風

病後往來湖山間戲書

周公居東二三食新夷吾在魯丘厄陳聖賢憂患尚如此況我本是羈窮人今秋危病輒不死餘業自笑堅頑身結茅所幸得佳處石帆天鏡無纖塵押蘿峭壁

上采藥腰斧長歌行負薪尋僧獨泛若耶月攜友共采湘湖蓴蠡士範金陋勾踐斯頌刻石憎嬴秦不如一酹禹祠去惡衣菲食真吾鄰 禹祠在吾廬東南十餘里

秋夜遣懷

六年歸臥水雲鄉本自無閑可得忙羸病豈知身尚健迂疎真與世相忘霜清水落年華晚月黑梟鳴夜漏長瑣瑣井蛙何足計一篇秋水笑蒙莊

初冬暄甚

吳中十月雪霜慳風景暄妍葉未殷杲日還看浴東海薄雲不解冒南山蛙鳴閤閤荒池曲蠅出營營食案間安得玄冥正時令紅爐綠酒一開顔

贈湖上父老十八韻

一鏡三百里環以碧玉峯天公賜我厚極目爲提封煙收見石帆雨霽望臥龍嵯峨寶林塔迢遞天章鐘興來思一出霜晴及初冬父老拾杖迎衣冠頗嚴恭語我相識久幸未棄老農間者傳伏枕喜聞足音跫

貧舍有盤飧勿責異味重麵麩新油香黍酒甕面濃
已遣買樸握亦可致喚喝願公領此意秣蹇聊從容
我起爲太息厚意敢不從吾生行逆境平地九折卭
況今又老退如子豈易逢但願從今健衰疾緩見攻
遇興卽扣門艸具煩炊舂但恐乘月來妨子睡味濃

初冬感懷二首

落葉掃還積斷鴻飛更鳴羸軀得霜健老眼向書明
水瘦河聲壯萁枯馬力生竟爲農父死白首負功名
庭蕪失故綠園樹染新丹病思閑支枕詩情獨倚闌
帶移頻覺瘦貂弊不禁寒惟有牆陰薺離離又滿盤

讀杜詩

城南杜五少不羈意輕造物呼作兒一門酣法到孫
子孰視嚴武名挺之看渠胷次隘宇宙惜哉千萬不
一施空回英槪入筆墨生民清廟非唐詩向令天開
太宗業馬周遇合非公誰後世但作詩人看使我撫
几空嗟咨

記九月三十日夜半夢
一夢邯鄲亦壯哉沙堤金纆絡龍媒兩行畫戟森朱
戶十丈平橋夾綠槐東閣羣英鳴珮集北庭大戰捷
旗來太平事業方施設誰遣晨雞苦喚回
小舟遊近村捨舟步歸
數家茅屋自成村地碓聲中晝掩門寒日欲沉蒼霧
合人間隨處有桃源
又
借得漁船泝小谿繫船浦口却扶藜莫言村落蕭條
甚也勝京塵沒馬蹄
又
不識如何喚作愁東阡南陌且閑遊兒童共道先生
醉折得黃花插滿頭
又
斜陽古柳趙家莊負鼓盲翁正作場死後是非誰管
得滿村聽說蔡中郎

蜀僧宗傑來乞詩三日不去作長句送之
看遍東南數十州寄船却泝蜀江秋孤雲兩角山亡恙斗米三錢路不憂今年所在皆大稔萬里得詩長揖去它年挈笠再來不放翁爛醉尋常事莫笑黃花插滿頭

羲農
羲農去不反釋老似而非太息衆皆醉逝將誰與歸經時忘肉味盡日掩柴扉安得同心者燈前語造微

冬夜不寐
老眼睡眠少空村霜露淒錚錚聞叩鐵喔喔數鳴雞月入知窗破衾單幸屋低明晨炊米盡吾起不容稽

十月
塞向傾書櫃開爐積豆萁林居得溫暖天遣養衰遲甕盎藏蔬後鉏耰下麥時農家冬最樂我老頗能知

讀易
羸軀抱疾時時劇白髮乘衰日日增淨掃東窗讀周

易笑人投老欲依僧

又

老喜杜門常謝客病惟讀易不迎醫冬來更愧乖慵甚醉過收蕎下麥時

聞雁

霜高木葉空月落天宇黑哀哀斷行雁來自關塞北江湖稻粱少念汝安得食蘆深洲渚冷歲晚霰雪逼不知重雲外何處避畢弋我窮思遠征羨汝有羽翼

悲歌行

士如天馬龍爲友雲夢胷中吞八九秦皇殿上奪白璧項羽帳中撞玉斗張綱本不問狐狸董龍何足方雞狗風埃蹭蹬不自振寶劍牀頭作雷吼憶遇高皇識隆準豈意孤臣空白首郎今埋骨丈五墳骨會作塵心不朽胡不爲長星萬丈掃幽州胡不如昔人圖復九世讎封侯廟食丈夫事齗齗生死真吾羞

村飲

吳中霣霜晚冬艸有未衰坐令老病叟遂失凋年悲
翩翩烏紗帽裊裊殘菊枝雖無車馬客時與鄰翁期
新醅壓尚渾雉兎亦及時自覺勝淵明但醉不賦詩

鏡湖西南有山曰外山民某氏居之其居少西
小潭受飛泉羣山環合眞異境也爲作短歌

漢東九十九重岡武都九十九脈泉豈如君家環翠
阜小潭珮玦聲鏘然我欲從君乞菴地開軒下看泉
中天金丹九轉太多事服水自可追飛仙雲孫相遇
不相識笑問塵世今何年掬泉弄月清歗罷却折玉
井秋風蓮

十月十七日予生日也孤村風雨蕭然偶得二
絶句予生淮上是日平旦大風雨駭人及予墮
地雨乃止

少傅奉詔朝京師艤船生我淮之湄宣和七年冬十
月猶是中原無事時

又

我生急雨暗淮天出沒蛟鼉浪入船白首功名無尺寸茅簷還聽雨聲眠

遊山舟中遇風雨戲作

龍驤萬斛去如鴻巨浪惟能窘短篷不是山靈嫌俗駕一生常值打頭風

一齒動搖似不可復留有感

晚境常憂豁可憎苦留終不受丁寧主貧何恨客辭去木老元知葉自零未害朵頤臨肉俎但妨叩齒讀仙經從今有酒須勤買莫學騷人要獨醒

山行

老翁七十亦何求尚賴山行散百憂擫耳帽寬新小疾獨轅車穩正閑遊酒旗滴雨村場晚茶竈炊煙野寺秋若論人間長久事高吟何啻傲封侯

老學菴 予取師曠老而學如秉燭夜行之語名菴

窮冬短景苦悤忙老學菴中日自長名譽不如心自肯文辭終與道相妨吾心本自同天地俗學何知溺

粃糠已與兒曹相約定勿爲無益費年光

枕上偶成

放臣不復望脩門身寄江頭黃葉村酒渴喜聞疎雨
滴夢回愁對一燈昏河潼形勝寧終棄周漢規模要
細論自恨不如雲際雁南來猶得過中原

舍北閑望作六字絶句

潘岳一篇秋興李成八幅寒林舍北偶然倚杖盡見
古人用心

題菴壁

竹間僅有屋三楹小菴纔兩間雖號吾廬實客亭已斷
雨聲重點滴欲殘燈影更晶熒酒惟排悶難中聖茶
却名家可作經頭眩減來還病蹇何時徹底得康寧

又

身似蝸牛麤有廬却緣無用得安居地爐封火敗寒
雨紙閣油窗見細書爇熟山僧分餺飥船來溪友餉
薪樗閑門莫笑衰頹甚讀易論詩亦未疎

縱筆

老眼輕千乘枯腸卻八珍直令身潦倒未害膽輪囷酒裏遺浮世書中見古人平生笑園綺老蹋帝城塵

又

壯歲志天下崎嶇無一施高談對隣父朴學付癡兒補柵憐雞冷分糧憫雀飢吾生忽至此惆悵鏡中絲

又

天道何時定人生固有涯壯年行出塞晚歲病還家積憤憑誰豁孤忠祗自嗟今朝茅屋底隱約聽霜笳

十月二十八　夜雞初鳴時夢與數女仙遇其一作詩　頗哀怨如人間語惟末句稍異予戲之曰若無此句不可爲神仙矣其一從傍曰汝當勿忘此規作詩者　有愧色予頗悔之既覺賦兩絕句以解嘲

玉姝眉黛翠連娟弄翰閑題小碧牋人世愁多無著處故應分與蘂宮仙

又

虹作飛橋蚕吐樓羣仙來賦海山秋玉姝定自多才思更與人間替說愁

山行

緣崖曲曲羊腸路傍水疎疎鹿眼籬舉起短鞭成一笑吾詩正是策勳時

又

眼邊處處皆新句塵務經心苦自迷今日偶然親拾得亂松深處石橋西

貧甚作短歌排悶

閒何闕逢諸葛畏人常憂不得活事不諧問文開不蹋權門更可哀即今白髮如霜艸一飽茫然身已老惟有躬耕差可爲賣劍買牛悔不早年豐米賤身獨飢今朝得米無薪炊地上去天八萬里空自呼天天豈知

過張王行廟

烈士生不遇棲棲爲旅人英魂死不沒凜凜爲明神
明神受帝命廟食福我民牲酒何足言壓抑姑少伸
火旱千里赤與人下雷雨洚水不反壑談笑出平土
善人錫之福姦僞亦擊汝豈若世上人呑聲氣如縷

秋月曲

舊時家住長安城萬戶千門秋月明紫陌朱樓歌吹
海酣宴不覺銀河傾受降城頭更奇絕莽莽平沙千
里月選兵夜出打番營鐵馬蹴冰冰欲裂塞月未落
成功回腰鼓橫笛如春雷長安高樓豈不樂與此相
去何遼哉丈夫志在垂不朽漆胡骷髏持飲酒舉頭
雲表飛金盤痛飲不用思長安

即事

蕭騷白髮滿綸巾猶是人間詩酒身湖上悲秋新有
作眼邊敗意絕無人稻粱棲畝雁初下煙水粘天鷗
自馴堪笑推移成老大時時几杖接鄉鄰

悲歌行

感慨常自悲發爲窮苦辭傴仄不少伸夢中亦酸辛
脂車思遠道太息令人老中原宋輿圖今乃傳胡雛
此責在臣子諸公其可已談笑復舊京令人憶西平

讀李泌事偶書

華渭當時已誤來商山芝老更堪哀人生若要常無
事兩顆梨須手自煨

晨起

晨起梳頭懶披衣立艸堂霧昏全隱樹氣暖不成霜
灘急回魚隊天低襯雁行新春猶一月已覺日微長

喜雨

一秋未雨冬未雪坐使肺肝生客熱不惟裘褐藏篋
笥卧毯坐氈俱未設樽中有酒不敢嘗小甕黃虀却
時啜新春距今一月爾便恐蝗生殘宿麥天公老手
真可人夜雨蕭蕭洗旱塵北風吹雪定不晚喜入三
山湯餅椀

閑趣

壑閑門來又過冬一裘且復擁龍鍾不辭陋巷如漿冷自愛新醅似粥醲迎婦橋邊燈煜煜賽神林外鼓鼕鼕豈惟自得閑中趣要遣兒孫世世作農

自警

人生非金石壽夭不自知一日復一日亦或至耄期方其未死間早夜勿自欺嗟彼陷溺者太山起毫釐努力戒惰偷堯舜可庶幾我今齒髮弊彊健復幾時一寸學古心自視猶可爲雞鳴推枕起爲善亦孳孳天定終勝人吾世或未衰素業果有傳三復吾此詩

雨後

鏡湖歸隱老黃冠布褐蕭然一室寬燈影青熒人未睡雨聲點滴夜將闌四朝出處朋儕盡半世漂流骨相寒青史無名端可恥箸書留與後人看

又

蕭蕭殘髮雪侵冠冉冉清愁用底寬把卷昏眸常欲閉投牀睡輿却先闌惟須酒沃相如渴未分人哀范

叔寒雨霽定知梅已動佩壺明日試尋看

窗黑

風雨窗常黑衰翁罷讀書縱橫𢢼七略廢惰失三餘宴坐工夫熟多聞習氣除韓公未解此誤謂腹空虛

雨止行至門外戲作

簷雨收殘滴溪雲弄晚晴出門還浩歎幾屐了吾生

野飲

綠岸波生染麴塵碧天雲細蹙魚鱗山居剩得舒長目野飲自無拘忌人元結詩云坐無拘忌人勿限醉與醒酒甕石邊孤店晚樵風溪畔早梅春懷章正可驚奴輩未勝行歌獨負薪

雨夜有懷張季長少卿

放翁雖老未忘情獨臥山村每自驚鼎鼎百年如電速寥寥一笑抵河清梅初破蕾行江路燈欲成花聽雨聲正用此時思劇飲故交零落愴餘生

雨中熟睡至夕

擁爐聽雨生睡思澀眼瞢瞢惟欲閉丈夫少壯要自
力飽食養慵真可媿我今不睡欲何爲常恐兒曹落
吾事蠻氈紙帳方施行五鼎八珍無此味

又

少陵今雨無客至寂寞衡門晝常閉孝先酣枕夢周
公弟子雖嘲可無媿世上紛紛榮辱多不如睡中差
省事小兒忽報煎茶熟起擁寒爐究餘味

憶昔

憶昔輕裝萬里行水郵山驛不論程屢經漢帝燒餘
棧曾宿唐家雪外城壯志可憐成昨夢殘年惟有事
春耕西窗忽聽空階雨獨對青燈意未平

燈下看梅

風雨經旬怯倚闌梅花折得就燈看有情應寄去年
別無寐不禁清夜寒病起楮節幽興在春遲載酒後
期寬籬東數樹尤奇絶日遣蠻童候路乾

程泰之尚書挽詞

文古唐元結經明漢仲舒三朝八座貴千載九丘書
早接遊從末常聞議論餘死生今永訣追恨寄聲疎

又

昔在紹興末同趨行殿門方思尋宿好忽已奉遺言
誄行曲臺議飾終明主恩高皇舊朝士今復幾人存

雨夕獨酌書感

數掩蘆藩常不開飢鴉兩兩啄青苔雨來十日未成
雪歲盡一枝初見梅池上晚行攜獨鶴燈前夜酌撥
新醅漁村老景今如許駿馬舊遊安在哉

白首

白首元無一事成朝來大笑絕冠纓花飛早已知春
滅漏盡寧容更夜行蕭散且爲無算飲猖狂未免不
平鳴玉關青海今安在麥野桑村送此生

客言來自上皋道中以其語作一絕

日曬霜融作淺泥酒家却在斷橋西五陵今代無豪
俠獨臥茅簷聽午雞

睡起

老怯年華速閑知晝漏長已回酣枕夢未過古匳香

洗面宮眉綠開荼帶胯方山家風味在雖病意差彊

劍南詩稿卷第三十三終

劍南詩稿目錄

卷第三十四

劍南詩稿卷第三十四

宋　陸　游　務觀

歲莫

案閒官曆喜更端鬢畔羅旛巧耐寒篩辣擣香簽臘酒染紅絲綠簇春盤衰容未覺餘年迫佳日猶思一笑懽太息兒童癡過我鄉儺雖陋亦爭看

殘臘二首

破臘春先到微陰日易醺鳥聲猶寂寂木意已欣欣雲起山分壘風生水蹙紋斷腸何處笛偏向醉中聞

殘臘無多日吾生又一年林塘明夕照墟落淡春煙山色危欄角梅花綠酒邊歲時元自好老病獨悽然

一壺歌

悠悠日月沒根株常在人間醉一壺傾倒欲空還潋灎不曾教化不曾沽

又

先生醉後即高歌千古英雄奈我何花底一壺天所破不曾飲盡不曾多

又

自從軒昊到隋唐幾見中原作戰場三十萬年如電掣不曾記得不曾忘

又

耽從嶽牧立堯庭况見商周戰血腥攜得一壺閑處飲不曾苦醉不曾醒

又

長安市上醉春風亂插繁花滿帽紅看盡人間興廢事不曾富貴不曾窮

屬疾

白頭屬疾臥丘園藥物枝梧且僅存月黑淺山聞鵩嘯窗明高樹送鴉翻讒欺薄命深消骨憂集窮途黯斷魂回視少時真隔世但餘一念在元元

新歲

風入鞭梢緊春從艸色深山坡臥新犢園木轉幽禽

勳業少年夢關河遊子心爾來都掃盡濁酒帶醅斟

早春

數聲屋角聽鳴禽紅糝青梢忽滿林雨過東皐一犂

潤冰消南澗半篙深逢僧竹院閑評藥攜鶴山村醉

擁琴青史功名黃閣貴有時應不到如今

太古

太古安知慮與堯茹毛飲血自消搖不須追咎爲書

契初結繩時俗已澆

春夜

老憊生如寄春寒夢亦孤燈花時自墜梟語迭相呼

萬里書難得三年病未蘇窗深不知曉但覺動林烏

正月六日作

上天四序分寒燠以漸相尋不相瀆今年立春七日

耳暖景溫風何迫促羣蛙怒鳴蚊蚋出蚍蜉插翅飛

滿屋兒童便欲覓團扇我亦汗垢思湯沐山坡梅花常恨晚一夕開盡如雪谷籬邊已放桃蘂紅庭下頓長萱芽綠小人識淺喜欲舞輕衫冷麪相追逐春深癘鬼不貸人此暖但憂非汝福

寄題吳斗南玩芳亭

北斗以南有吳侯人物知非第二流讀書不放一字過閉戶忽驚雙鬢秋平生離騷讀千遍屈泥秭歸要親見歸來落筆愈驚人宋玉景差俱北面玩芳亭中蘭茝芳朝回解帶春晝長愛君憂國有奇作坐令壯觀還沅湘老夫曩亦同此趣甚欲閑題玩芳句無奈生涯今已別倒鑿枯楠忘歲月

春初驟暄一夕梅盡開明日大風花落成積戲作

暖逼梅花爛漫開飄零便恐付蒼苔更堪連夜風如許似妒愁人把一杯

又

殘梅零落不禁吹真是無花空折枝堪笑老人風味減三年不作送梅詩 予往歲多有送梅之作今閣筆已累年

又

年年爛醉萬梅中吸酒如鯨到手空花欲過時常惜別今年此別更忽忽

讀老子傳

巍巍闕里與天崇禮樂詩書萬世宗但說周公曾入夢寧於老氏歎猶龍

示元用

德孫學語已驚人悶裏時時一笑新老子已應如櫪驥此郎端恐是天麟會看神授如椽筆莫改家傳折角巾汝叔不癡當愛汝夜窗燈火勉相親

春思

七十老翁身退耕可憐未減舊風情典衣取酒那論價秉燭看花每到明江浦時時逢畫檝寺樓處處聽新鶯此生無復陽關夢不怕樽前唱渭城

春望

天地回春律山川掃積陰波光迎日動柳色向人深
霑灑憂時淚飛騰滅虜心人扶上危榭未廢一長吟

丙辰上元前一日

弊裘破帽髮鬅鬙宛似山房罷講僧身病不禁連夜
雨家貧只挂舊年燈修椽柳外掀樓角危檻雲間露
塔層自笑閑遊本無定興闌隨處倚枯藤

夜雨思栝蒼遊

道心退惰如風鷁世念堅彊似火牛安得短篷湖海
去夜深聽雨琵琶洲

春陰

麴塵柳色正遮門石黛江流曲抱村小院春光方盎
盎遠山雨氣又昏昏傍簷林鳥驚幽夢極目煙蕪無捲
燒痕只道餘寒尚如許不知生意滿乾坤

寒夜歌

陸子七十猶窮人空山度此冰雪晨既不能挺長劍

以抉九天之雲又不能持斗魁以回萬物之春食不足以活妻子化不足以行鄉鄰忍飢讀書忽白首行歌拾穗將終身論事憤叱目若炬望古踊躍心生塵三萬里之黃河入東海五千仞之太華磨蒼旻坐令此地沒胡虜兩京宮闕悲荊榛誰施赤手驅蛇龍誰恢天網致鳳麟君看煌煌藝祖業志士豈得空酸辛

正月十六日園中偶賦

又向柴荊過上元豪華前事不須論偶逢花發閑持酒不得人扶嬾出門薄技號山曾獻玉榮途染指亦嘗黿年來洗盡東陵夢瓜壟蕭蕭老故園

陵霄花

庭中青松四無鄰陵霄百尺依松身高花風墮赤玉盞老蔓煙溼蒼龍鱗古來豪傑人少知昂霄聳壑寧自期抱才委地固多矣今我撫事心傷悲

懷舊

鶴鳴山下竹連雲鳳集城邊柳映門當日不知爲客

樂如今回首却消魂

又

駿騾西過雨漫天千里江山在眼邊二十四年如昨
夢憑誰問訊帶枷僊

又

狼煙不舉羽書稀幙府相從日打圍最憶定軍山下
路亂飄紅葉滿戎衣

又

翠崖紅棧鬱參差小益初程景最奇誰向豪端收拾
得李將軍畫少陵詩

又

回龍寺壁看維摩最得曹吳筆意多風雨塵埃昏欲
盡何人更著手摩挲

又

嶓冢山頭是漢源故祠寂寞掩朱門擊鮮藉艸無窮
樂送老那知江上村

夜坐

蓬窗夜半竹騷然坐守殘編悄不眠辛苦空成左傳癖逍遙常愧大慈僊風寧可繫功名誤日不能黏歲月遷明日覓船湖上去西村桃李淡春煙

入城舟中作

櫂邊蘸岸揆藍水篷外橫空破墨山更著灘頭一行鷺此身真在畫圖間

寓蓬萊館

朱門高柳畫橋南掠面風埃喜解驂霽日偶逢春盎盎野人不慣屋潭潭堂中剩喜簪裾集樓上時聞鼓角酣明發扁舟覓歸路趁時吾欲事農蠶

過能仁光孝寺欲訪昕老會府中速客遂不果入

春日城南過寶坊馳驅不得駐車箱高門臨道淨如拭傑屋淩空勢欲翔齋近鐘魚初送響風微松檜自生香暫來堪笑忙如許坐羨高人白晝長

夜二鼓留西城門歸三山

秉炬夜離驛戴星出西關舟人飛畫檝門鎖響銅環漁火明遙浦溪風解醉顏鄰家亦驚起迎我笑堅頑

讀杜詩

千載詩亡不復刪少陵談笑卽追還常憎晚輩言詩史清廟生民伯仲間

蘇韜光節推挽歌詞

才名京兆掾門閥魏公孫遇事雖骯髒接人終靜溫寧吟灞橋雪不掃舍人門二妙凋零盡衰翁慨獨存

韜光與訓直吏部下世相距三年

村翁

放翁真箇是村翁釣渭耕莘事不同蹴蹋煙雲兩芒屩憑陵風雪一蓬籠屢經駭浪身終免遍閱浮漚壽未窮幸有春衣堪換酒道邊醉臥亦神通

寄子布

釣灘耕壠雪盈簪從入新年病至今遠使有書常灑

淚長宵無夢更傷心何由老眼迎歸櫂空爲秋風感
莫礎一紙新詩千萬恨臨風悵望獨長吟

落花

朱朱白白不禁吹老未忘情作詐悲瑞錦已殘猶有
夢明霞初散可無詩人應偷樣傳圖本天亦收香付
蜜脾榮悴相尋君看取曉來青子已團枝

南窗

身輕婚嫁畢耳靜市朝疎褫帶脫烏幘一窗寬有餘

排悶

白髮無端日日新自憐猶作百憂身孤燈聽雨常終
夜一榼尋花又送春旋壓麥餻邀父老時分菜把餉
比鄰不須頻起陳人歎已是清朝六世民

過隣家戲作

老脫朝冠岸幅巾時時乘興過比隣餅無儲粟吾猶
樂步有新船子豈貧醅甕香浮花露熟藥欄土潤玉
芝新　玉芝謂鬼臼山家多有之　相從見笑眞當勉又過浮

生一歲春

看花

好樹典衣買新花扶杖看村醪雜清濁山果半甘酸家事貧尤簡詩情老未闌鷗鷺閑似我日莫立清灘

閑趣

同儕零落曉星稀久住人間豈自期衰病已成垂白叟春寒又到牡丹時溪邊喚客閑持釣燈下留僧共覆棋一日轉頭還過却紛紛世事不須知

春盡遣懷

裊裊爐香晝掩扉殘年真是解塵鞿青餈旋擣通隣好白葛新裁製暑衣避日小魚穿藻去倚風輕燕拂簾飛要知名宦非初意三十年前已念歸 予以乾道乙酉卜築湖上今三十有二年矣

二友

清芬六出水梔子堅瘦九節石菖蒲放翁閑門得二友千古夷齊今豈無

半丈紅盛開

滿酌吳中清若空共賞池邊半丈紅老子通神誰得似短笻到處即春風

感事

雞犬相聞三萬里遷都豈不有關中廣陵南幸雄圖盡淚眼山河夕照紅

又

堂堂韓岳兩驍將駕馭可使復中原廟謀尚出王導下顧用金陵爲北門

又

渭上晝昏吹戰塵橫戈慷慨欲忘身東歸却作漁村老自誤青春不怨人

又

捫蝨當時頗自奇功名遠付十年期酒澆不下胷中恨吐向青天未必知

豐年行

南村北村春雨晴東家西家地碓聲稻陂正滿綠針
密麥隴無際黃雲平前年穀與金同價家家涕泣伐
桑柘豈知還復有今年酒肉如山賽春社吏不到門
人晝眠老稚安樂如登仙縣前歸來傳好語黃紙續
放身丁錢

四月一日夜漏欲盡起坐達旦

春歸不可留斗柄已崢嶸老至不可却雪鬢森千莖
少年所讀書廢忘如隔生舊交死欲盡存者萬里程
高談無與發欲語輒吞聲悠悠一飽計泯泯千載名
逝將山丘歸不見河維清挑燈坐待旦攬筆衰涕傾

蓬萊行

山峭插雲海樓高入煙霄不知何宮殿東望鬱岧嶤
是時青童君初散通明朝風濤中破裂涌出黃金橋
授我玉芝房服之塵念消凡骨一朝換八極坐可超

馮縣丞挽歌詞 鋼字仲柔

尊公同故里季父接周行晚憙烏衣巷重逢玉樹郎

名流多賞識榮路正騰驤愁絶河梁上風煙莫莽蒼

幽居初夏

湖山勝處放翁家槐柳陰中野徑斜水滿有時觀下鷺艸深無處不鳴蛙籜龍已過頭番筍木筆猶開第一花歎息老來交舊盡睡餘誰共午甌茶

又

藤冠艸屨病支離門外紛紛百不知解籜有聲驚倦枕飛花無力點清池閑思舊事惟求醉老感流年只自悲綠樹陰中紅練起一團零亂溼臙脂

又

長歌嫋嫋插秧天小繖飄飄入市船高棟巢乾初乳燕綠槐陰密已鳴蟬只言末俗人情惡未廢先生日晏眠推枕起來閑弄筆銅蟾手自挹寒泉

又

鬢毛秃盡齒牙疎難受人間折簡呼詩酒本來無藉在形骸況復不枝梧槐陰漸密能鄣日池水新生可

浴鳧移得太行終亦死平生常笑北山愚

出蜀十九年故交零落殆盡慨然有作

西遊邂逅得諸君落筆千言酒百分聚散亦知元有數死生豈料不相聞平羌空憶吟江月小益何由度棧雲一事與君聊自慰兒曹或可付斯文

憶天彭牡丹之盛有感

常記彭州送牡丹祥雲徑尺照金盤豈知身老農桑野一朵妖紅夢裏看

五月七日夜夢中作

征行過孤壘寂寞已千年馬病霜菅瘦狐鳴古冢穿煙塵身欲老金石志方堅零落英雄盡何人共著鞭

又

霜露薄貂裘連年塞上留蘆笳青冢月鐵馬玉關秋振臂忘身債憑天報國讎諸公方衮衮好運幄中籌

急雨

急雨清風發土香靈臺如受寶犀涼華胥一枕蘧然

覺却聽蟬聲送夕陽

夜中步月

夜半不成寐起尋微月行風生驚葉墮露重覺荷傾兀兀酒中趣悠悠身後名興闌還掩戶坐待日東生

晨起

齒豁不可補髮脫無由栽清晨明鏡中老色蒼然來餘年亦自惜未忍付酒杯抽架取我書危坐闔復開萬世見唐堯夔龍獲親陪寥寥三千年氣象挽可回豈以七尺軀顧受世俗衰道在無不可廊廟均蒿萊

枕上聞布穀聲

老去惟思日月遲更堪青鬢總成絲無端催取流年去最恨溪頭布穀兒

雨夜

北風吹雨亂疎鐘蔌蔌燈花破碎紅孤夢正行天一握高城俄報鼓三通衰遲空抱屠龍技豪俊誰收汗馬功但願輿圖早來復白頭敢望起雲中 孤雲兩角去

天一握蓋褒斜道上也

焚黃

啼呼梨棗憶兒時駒隙頻經日月馳早歲已與風木歎餘生永廢蓼莪詩燎黃恩重空垂泣戴白身存敢自期足蹇僅能成拜起籃輿歸路不勝悲

即事

陶令常躭酒龐翁不出家安貧炊麥飯省事嚼茶芽池滿浮雛鴨庭荒噪渴蛙詩成賞音絕自向小兒誇

失鸂鶒

不見池邊整羽衣繞村散覓走羣兒卑飛正恐爲人得徑去何須報我知久憶蘋洲應自喜尚餘菰米亦堪悲放翁未到忘情處日莫憑欄獨詠詩

贈童道人蓋與予同甲子

吾儕之生乙巳年達者寥寥窮比肩退士一生藜藿食散人萬里江湖天忍貧不變我自許挾術自營君豈然一事尚須煩布策幾時能具釣魚船 方謀買一小

舟未得也

上方銛老求宿蘆詩宿蘆蓋所寓室名以其似漁舟也

一曲亭前水接天放翁短棹弄風煙宿蘆縱有江湖趣猶是人間隱釣船

夜坐園中至夜分

岸巾閑倚胡牀坐步屧還扶拄杖行漸近秋清知病減盡捐世累覺心平翻翻雙鵲風枝爽熠熠孤螢露艸明更欲裴回盡幽興麗譙傳漏報三更

六月二十四日夜分夢范至能李知幾尤延之同集江亭諸公請予賦詩記江湖之樂詩成而覺忘數字而已

露箬霜筠織短蓬飄然來往淡煙中偶經菱市尋谿友却拣蘋汀下釣筒白菡萏香初過雨紅蜻蜓弱不禁風吳中近事君知否團扇家家畫放翁

晨起

月澹知將曉風清喜近秋狂吟詞跌宕新沐髮颼飀桐葉危先墮蟬聲斷更遒達生隨處樂自笑替人愁

村飲示鄰曲

七年收朝迹名不到權門耿耿一寸心思與窮友論憶昔西戍日孱虜氣可吞偶失萬戶侯遂老三家村朱顏捨我去白髮日夜繁夕陽坐溪邊看兒牧雞豚雕胡幸可炊亦有社酒渾耳熱我欲歌四座且勿喧即今黃河上事殊曹與袁扶義孰可遣一戰洗乾坤西酹吳玠墓南招宗澤魂焚庭涉其血豈獨清中原吾儕雖益老忠義傳子孫征遼詔儻下從我屬櫜鞬

醉歸

十畝春蕪手自鉏瓜牛廬在鏡湖西禪心每笑彈棋局道眼長捐刮膜篦絕食就官分鶴料無車免客笑雞栖頃獨有一竹輿今亦壞矣旗亭酒賤秋風近夜夜歸來醉似泥

二愛 并序

陶淵明詩云孟夏艸木長遶屋樹扶疎衆鳥欣有託吾亦愛吾廬孟東野亦云遠岸雪難莫勁枝風易號霜禽各嘯侶吾亦愛吾曹予暇日詠二詩有感作二愛詩

結屋不袤丈著身還有餘破壁作小窗亦足陳吾書無酒當飲水無肉當飯蔬知止乃不殆此語良非虛

古人造道處正自無絕殊願君勿它求且復愛吾廬門外秋水深日日集鷗鷺是豈相與期正以同類故

殘年過七十朋舊半丘墓非吾濟世心歎息莫予助人生非金石去日如脫兎三復東野詩獨立悲歲莫

蜻蜓浦

舍北蜻蜓浦新秋偶一來菱絲煙際老芡觜露中開漁火明還滅沙禽去却回吾行與無盡舟子莫相催

題韓運鹽竹隱堂絕句三首 茂卿字立道

鄴下王孫今勝流相逢三伏凜生秋未嘗一日可無竹似是前身王子猷

又

塵埃車馬日騷騷誰解從君一散襟待我清秋有閑日抱琴來寫萬龍吟

又

靜處知君解策勳爐香裊裊起微雲岸巾不住尋青士欹枕還應對墨君

哭杜府君

叔高初過我風度何玉立超然衆客中可慕不待揖入都多賓友伯高數來集質如琮璧潤氣等芝蘭襲晚乃過仲高午日曬行笠忽忽遽別去悵望空怏悒有如此三高青紫何足拾豈無知之者相視莫維縶窮魚雖相憫可媿吐微溼亦知尊公賢何止蓋鄉邑向風每拳拳識面真汲汲秋風忽聞訃執書歎以泣造門不自決追悔今何及又聞著書富手澤溢巾笈哀毀要無益遺稿勤綴緝

初秋夜坐

徂歲又如許吾生真若浮露蟬達曉風葉墮先秋
野迥星辰大天空河漢流胡牀幸亡恙且復寄悠悠

宴坐自午至莫

身外寥寥掃怨恩胸中浩浩納乾坤飽經世事常高
枕慣見人情不署門孤日夜分生海底百川秋漲泝
河源珥貂碧落從來事東訪蓬萊不足言

舟中詠落景餘清暉輕橈弄溪渚之句蓋孟浩
然耶溪泛舟詩也因以其句爲韻賦詩

獨鶴還故鄉巋然但城郭出門無與遊所至苦寂寞
裹飯事幽討此計殊不惡薄莫宿漁家蒼煙帶墟落

又

維舟入谷口信步造異境隔籬雞犬聲滿地梧楸影

又

瓦甑炊香稻石泉汲新井人間苦偪仄愛此須臾景

又

老圃髮如霜見客能廢鋤與坐使之年自云八十餘
老身六朝民艸舍數世居力守遠祖言一字不學書

又

沿溪得茅店酒旗出柴荊杖頭錢已空一醉何由成
主人語鄭重手把甕面清勸我姑小留溪魚亦可烹

又

秦皇酒甕邊古有釣魚磯我來必竟日時挈雙鯉歸
白鷺真可人常先孤棹飛高詠江練句令人憶玄暉

又

鏡湖三百里風止鏡面平持以照吾心俗塵安得生
散髮鷗鷺間萬事秋毫輕誰能拂東絹寫我孤舟橫

又

朝發雲根寺莫宿煙際橋冷螢溼不飛潛魚驚自跳
菱船歌裊裊荻浦風蕭蕭平明宿鳥起我亦理歸橈

又

古祠照滄波老木閟雲洞輕舟不搖櫓正用一風送

又

汲井漱甘液掃榻寓幽夢所恨山未深城笳聽三弄

禹穴探斷簡樵風泛清溪倒影森松桂避船散鳧鷖
塵中有異境十里青玻瓈高塔忽招人湖邊日未低

又

溪行已清秋還舍尚殘暑天公爲解圍簾櫳過疎雨
青蔬喜小摘紅粒亦新杵一飽坐北軒蘋花泣煙渚

劍南詩稿卷第三十四終

劍南詩稿目錄

卷第三十五

也復作一絶五首　臘月十九日午睡覺復酣臥至晚戲作　睡起至園中　北園籬外放步
歲莫獨酌感懷　盆池　對食　蹭蹬　海棠圖　丁巳正月二日雞初鳴夢至一山寺名鳳山其尤勝處曰味軒予爲賦詩既覺不遺一字　初春　雨中作三首　縱筆　題慧老芋巖　立春日　病中作二首　立春日二首
北望　上元夜作　長歌行　讀書　枕上作
書志　夜賦　晚步　漁歌　殘夢　書憤二首　小舟遊西涇度西岡而歸　春行　姜總管自築墓舍名蘜菴求詩　湖上今歲遊人頗盛戲作四首　賞花至湖上　莫春二首
莫春

劍南詩稿卷第三十五

宋 陸游 務觀

浮生

浮生真是寄郵亭短鬢忽忽失故青睡少始知愁有力病增方歎藥無靈謀生嬾似逢秋燕訪舊疎於欲旦星自笑若爲銷此恨濁醪聊復倒餘瓶

秋夜

高屐枯筇一老翁燈前自笑髮如蓬泠泠月浸荒庭竹淅淅風凋古井桐病思未蘇秋尚淺醉魂初醒夜方中故人萬里無消息便擬江頭問斷鴻

秋夜紀懷

缺月淡欲盡老雞鳴苦遲聊爲待旦坐不作感秋悲

又

魯叟一王法豳人七月詩平生經世志老死欲誰期

瞿曇起西域老氏奮中州談理一家説蠹民千載憂橫流當有自獨立豈相仇垂世詩書在兒童勿外求

又

北斗垂莽蒼明河浮太清風林一葉下露艸百蟲鳴病入新涼減詩從半睡成還思散關路炬火驛前迎

書懷

蕭颯先秋鬢龍鍾未死身不惟今日老已是一生貧食菜從兒瘦關門任客嗔世間餘一念河雒尚胡塵

林居秋日

結槔引水澆荒畦病臥蝸廬不厭低小聚數家秋靄裏平波千頃夕陽西亭皐艸木猶葱蒨天上風雲已慘悽逋負如山炊米盡終年枉是把鉏犂

七月二十四日作

閑拂青銅一惘然此生應老海雲邊涼颸入袂詩初就幽鳥呼人夢不全天上鵲歸星渚冷月中桂長露華鮮射胡羽箭凋零盡坐負心期四十年

枕上作時聞臨海四明皆大水

撫枕時時猶歎欷阨窮已極畏凶饑雨聲淅瀝孤齋冷客夢蕭條萬里歸山邑風雷移蜃穴海城水潦半民扉如雲秋稼方相賀一飽還憂與願違

書懷

漫道年來未極衰窮途憔悴實難支半分臂減休文瘦七尺軀存曼倩飢尚憶青衫陪衆雋寧期白首負明時悠然萬里煙波興除却沙鷗總不知

秋陰至近村

村店閑尋酒笻枝瘦倚肩雲齊龍卷雨野曠鶴盤天露井飄桐後清觴泛菊前欲歸還小立搔首意悠然

閑居自述

自許山翁嬾是真紛紛外物豈關身花如解笑還多事石不能言最可人淨掃明窗憑素几閑穿密竹岸烏巾殘年自有青天管便是無錐也未貧

秋雨初霽試筆

墨入紅絲點漆濃閑將倦筆寫秋容雨聲已斷時聞滴雲氣將歸別起峯斜日半穿臨水竹好風遙送隔城鐘遠遊更動輕舟與太息何人解見從

幽懷

苫茅架竹亦吾廬病起幽懷得小攄愛酒已捐身外事閉門猶讀死前書鄰家人喜添新犢小市奴歸得旱蔬但使身安歲中熟敢辭老境落樵漁

雨後出門散步

細水穿沙溜殘雲扶雨歸不成遊酒市且作倚漁扉老大徂年速羈窮壯志違破裘雖百結猶勝泣牛衣

又

病葉常先霣寒潮只暗生扶衰賴藥石隨意出柴荆細路牛欄逕疎籬績火明枯榮不須計千古一棋枰

秋夜示兒輩

吳下當時薄阿蒙豈知垂老歎途窮秋砧巷陌昏昏月夜燭簾櫳裊裊風縮項鯿魚收晚釣長腰粳米出

新礱兒曹幸可團欒語憂患如山一笑空

七十二歲吟

七十人言自古稀我今過二未全衰讀書似走名場日許國如騎戰馬時秋晚雁來空自感夜闌酒盡不勝悲渭濱星霣逾千載一表何人繼出師

雨夜讀書

風雨澒洞吞孤村讀書擁褐不出門歷觀忠邪見肝肺直與治亂窮根原傅巖之野感帝夢此事難以今人論危冠長劍一見用萬里耕桑吾道尊

又

一燈如螢雨潺潺老夫讀書蓬戶間但與古人對生面那恨鏡裏凋朱顏功名本來我輩事人自蹭蹬天何慳君看病驥瘦露骨不思仗下思天山

秋晚

聚落蕭條古埭東蘆藩蓬戶臥衰翁井桐葉盡新霜後衣杵聲繁夕照中身似敗棋難復振心如病木已

中空村醪酸澀君無笑也解燈前作臉紅

新菊

已過重陽十日期菊叢初破兩三枝自憐短鬢蕭蕭自不似黃花驛裏時 黃花驛在岐鳳閒予嘗過之

又

老去流年不耐催微霜又見菊花開莫言冷落西風晚也有飛飛小蝶來

九月二十八日五鼓起坐抽架上書得九域志

一事無成老已成不堪歲月又崢嶸愁生新雁寒初下睡起殘燈曉尚明天地何由容醜虜功名正恐屬書生行年七十初心在偶展輿圖淚自傾

泫然有感

題橋南堂圖

平生不識橋南路聞道清流帶煙樹今朝開卷一欣然恍若身親到其處徐郎獨立嶷如山招不能來麾不去舊居萬瓦碧浮煙結茅卻就橋南住雪盡春生

水似藍想君清歗釣魚菴道上紅塵高十丈斷無一點到橋南

題吳參議達觀堂堂牓蓋朱希真所作也僕少亦辱知於朱公故尤感概云

中原遺老雒川公鬢鬚白盡雙頰紅揮毫爲君作齋牓想見眼中餘子空餘子碌碌何足數獨付莊周賈生語看君踐履四十年始知此公不輕許公今度世爲飛僊開卷使我神凜然清時臺省要才傑諸公誰致雒川客

舍北搖落景物殊佳偶作

今年冬候晚仲月始微霜野日明楓葉江風斷雁行窮塗多藉躝老境易悲傷自笑詩情嬾蕭然舊錦囊

又

路擁新霜葉溪餘舊漲沙栖烏初滿樹歸鴨各知家

又

世事元堪笑吾生固有涯南村聞酒熟試遣小僮賒

又

小聚鷗沙北橫林蟹舍東船頭眠醉叟牛背立村童日落雲全碧霜餘葉半紅窮鱗與倦翼終勝在池籠

又

屋角成金字溪流作縠紋斜通小橋路半掩夕陽門孤艇衝煙過疎鐘隔塢聞杜門非獨病實自厭紛紛

又

艸徑人稀到柴扉手自開林疎鴉小泊溪淺鷺頻來簷角除瓜蔓牆隅斸芋魁東鄰膰肉至一笑舉新醅

自嘲

身見紹興初改元百罹敢料至今存生涯破碎餘龍具學問荒唐守兎園獨立未除還笏氣餘生猶待闔棺論北窗燈暗霜風惡且置孤愁近酒樽

作夢

作夢今逾七十年平生懷抱尚依然結茅杜曲桑麻地覔句灞橋風雪天驃騎向來求作佛淮南末路望登仙世間妄想何窮盡輸與山翁一醉眠

夜坐

杳杳霜鐘十里聲娟娟江月半窗明陳編欲絕猶堪讀微火相依更有情九曲煙雲新散吏時方被命再領武夷祠祿百年鉛槧老諸生頹然待旦君無笑尚勝聞雞賦早行溫岐詩云雞聲茅店月人迹橋板霜蓋唐人早行絕唱也

北園雜詠

西村林外起炊煙南浦橋邊繫釣船樂歲家家俱自得桃源未必是神仙

又

舍北橋東幽事多老夫飯飽得婆娑茅簷日落聞春相荻浦煙深有櫂歌

又

小橋密接西岡路支徑深通北崦村老子意行無遠近月中時打野人門

又

東吳霜薄富園蔬紫芥青菘小雨餘未說春盤供采擷老夫湯餅亦時須

又

鉏麥家家趁晚晴築陂處處待春耕小槽酒熟豚蹄美剩與兒童樂太平

又

閑伴鄰翁去荷鉏林疎歷歷見村墟怪生白鷺飛無數水落灘生易取魚

又

短笻行樂出柴荊雪意闌珊却變晴林際已看春雉起屋頭還聽歲猪鳴

又

歲殘已似早春天隔水橫林一抹煙聞道埭西梅半吐攜兒閑上釣魚船

又

白髮蕭蕭病滿身凍雲野渡正愁人揚鞭大散關頭

日曾看中原萬里春

又

莫年身似一虛舟付與滄波自在流垂地雪雲吹不散且傾桑落膾槎頭

龜堂獨坐遣悶

髮已凋疎齒已搖高談誰與慰無聊苦心雖嘔何由出病骨非讒亦自銷玉雪細塵烹瑞艸煙脂小把斸靈苗防風苗色紅如臙脂可作菹賀公吳語吾能似太息遺魂不可招

又

放逐還山八見春枯顱槁項雪霜新大牀不解除豪氣凡眼安能識貴人食有淖糜獨足飽衣存短褐未全貧北窗坐臥君無笑拄起烏藤捷有神

復竊祠祿示兒子

得飽不啻足閉門還讀書翁猶羹不糝兒固食無魚衮繡曷加我簞瓢常晏如人生隨所遇勿替此心初

隴頭水

隴頭十月天雨霜壯士夜挽綠沉槍臥聞隴水思故鄉三更起坐淚數行我語壯士勉自彊男兒墮地志四方裹尸馬革固其常豈若婦女不下堂生逢和親最可傷歲輦金絮輸胡羌夜視太白收光芒報國欲死無戰場

雪歌

黑雲黯黯如飜鵶急霰颯颯疑投沙初聞萬竅號地籟已見六出飛天花寧論異事吠羣犬且喜和氣連千家穿簾投隙矜嫵媚平坑塞谷迷谿谺遙遙林塔出玉筍渺渺江路蟠脩蛇扣門方擬貰鄰酒篝火更欲尋僧茶懸知朝士集闕角靴聲入賀趨正衙吾衰久矣尚何說所幸一稔均幽遐

春近

短褐枯笻老病身龍鍾也復喜新春已知不解多年住且作都無一事人簷角鳥聲呼醉夢室中花氣襲

衣巾朝來更有欣然處一筯山蔬勝八珍

望永阜陵

聖主乘乾臨斧扆小臣承詔上丹墀寧知齒豁頭童後更遇天崩地陷時泣至眼枯無血續夢隨魂斷獨心知白頭才盡空濡筆寧繼生民下武詩

初拜再領祠宮之命有感

黃紙初開喜可知追懷平昔却成悲生當京國承平日仕及皇家再造時小艸出山初已誤斷雲含雨欲何施兒孫賀罷仍無事却赴幽人把釣期

醉中信筆作四絕句旣成懼觀者不知野人本心也復作一絕

麥野桑村有酒徒過門相覓醉相扶朱門日日教歌舞也有儂家此樂無

又

過得一日過一日人間萬事不須謀鄰家幸可賒芳醞紅藥何曾笑白頭

又

今朝賣穀得青錢自出街頭買𣇈肩𡘜火燎來香滿屋未容下筯已流涎

又

老覺人間足畏塗怕人渾似怕於菟晴明頗動青鞵興先探門前有客無

又

治道巍巍本易成狂言安得略施行太平事業人皆見不計封倫死與生

臘月十九日午睡覺復酣臥至晚戲作

枕痕著面眼芒羊欲起元無抵死忙擁被却尋初斷夢掩屏重撥欲殘香雪雲雖散寒猶緊春意將回晝已長老去此身無著處華胥真恐是吾鄉

睡起至園中

春風忽已遍天涯老子猶能領物華淺碧細傾家釀酒小紅初試手栽花野人易與輸肝肺俗語誰能挂

齒牙更欲世間同省事勾回蟻戰放蜂衙

北園籬外放步

北園西出路逶迤荆作門扉枳縛籬鋤麥正忙人滿野營巢未定鵲爭枝招呼父老嘗新釀約束兒童築壞陂遇興閑行便終日隔溪績火已參差

歲莫獨酌感懷

明時頻忝武夷僊俯仰人間只自憐總角同思如昨日挂冠過限已三年病多晴日思行藥睡少清宵學坐禪更歎衰孱不禁酒地黃一盞卽頹然

盆池

雨送疎疎響風吹細細紋猶稀綠萍點已映小魚羣傍有一拳石又生膚寸雲我來閑照影一笑整綸巾

對食

蓬藋生庭葉擁堦經旬飯豆爨枯藍煙霄舊謂行夷路薪水今悲繫病懷夢裏百年元易過人間萬事苦難諧癡兒自墮闍黎計歡喜聞鐘已過齋

蹭蹬

少慕功名頗自奇一生蹭蹬鬢成絲市樓酒美貧何預斗柄春回老不知黑幟遊魂應有數白衣劫命永無期魚梁東畔牛欄北舉世誰能識此悲

海棠圖

人間奇艸木天必付名流菊待陶元亮竹須王子猷我爲西蜀客辱與海棠遊再見應無日開圖特地愁

丁巳正月二日雞初鳴夢至一山寺名鳳山其尤勝處曰味軒予爲賦詩既覺不遺一字

已窮阿閣勝更作味軒遊不盡山河大無根日月浮吾身元是幻何物彊名愁久覓卓菴處是閒應可留

初春

誰把鵝黃染柳絲似催鄰曲蹋青期已忘萬里封侯志但憶千回上樹時朝雨池塘光瀲灩莫煙樓觀碧參差紫姑一作行藏欲問還休去身世從來心自知

雨中作

三日雨頻作昏昏饒睡眠泥深散酒市風惡惱燈天
茅屋松明照茶鐺雪水煎山家自成趣撫枕寄悠然

又

淅淅連江雨愔愔一室幽茶甘留齒頰香潤上衣裘
泥滓將雛鴨林樊喚婦鳩短章雖漫興聊足散吾愁

又

短鬢白如絲梅花似舊時掩屏愁入夢隱几雨催詩
病爲陰天劇春緣閏歲遲非關畏車馬衰甚實難支

縱筆

氣本充天地書非汗馬牛人人見堯舜世世有巢由
朝市紅塵鬧山村白髮稠所欣吾道在江漢古東流

題慧老芋巖

煨芋當時話已新如今拈出更精神十年相國非吾
願半顆君當別付人

立春日

江花江水每年同春日春盤放手空天地無私生萬

物山林有處著衰翁牛趨死地身無罪梅發京華信不通數片飛飛猶臘雪村鄰相喚賀年豐 去冬無雪今年以正月十日巳時立春而平旦有雪數片猶臘雪也

病中作

老軀百病集頹然仰天呼汝病勿怨天藥石幸可扶寓形天地間疾病誰能無不從酒色來病自無根株但使元氣在雖劇行當蘇哀哉忿慾子永棄元化爐

又

牧羊知治民解牛得養生一理儻造微何事不可明我老抱病久頗窺古人情唐堯授四時帝道所以成周家七百年王業本農耕造端無甚奇至今稱太平人生正如此默默要無營心君但高拱萬物安能攖

立春日

花壓烏巾酒滿巵舊逢春日恨春遲如今病臥孤村裏過了新春也不知

又

慶元丁巳春來晚人日初過近上元空對一樽三太息無人爲戴縷金旛

北望

中原墮胡塵北望但莽莽耆年死已盡童稚日夜長羊裘左其袵寧復記疇曩豈無豪俊士憤氣塞穹壤我欲支斯人悲詫寄遐想夢行黃河濱雲開見仙掌

上元夜作

百年古謂風前燭我逾七十飯不足亦知生世無工拙久向人間耐榮辱今年上元燈滿城十里東風度絲竹蓬窗溼薪不禦寒獨取殘書伴兒讀忽然得意見古人半椀凍齏甘勝肉書生蓋棺事未定論著儻存終見錄富貴無名豈勝數意氣空能驕世俗君不見拄天拄地邢君牙不如詩人窮瞎張太祝

長歌行

不羨騎鶴上青天不羨峨冠明主前但願少賒死得見平胡年一朝胡運衰送死桑乾川胡星澹無光龍

庭爲飛煙西琛過葱嶺東戌踰朝鮮巍巍天王都九鼎奠瀍澗萬國朝未央玉帛來聯翩黃頭汝小醜汙我王會篇盡誅非無名不足煩戈鋋還汝以舊職牧羊遼海邊

讀書

兩眼欲讀天下書力雖不迨志有餘千載欲追聖人徒慷慨自信寧免愚置書不讀談虛無誰其始爲此創疽古時澤被禽與魚博施所以爲唐虞正使老釋信不誣爲我未免近楊朱高軒大旆塞路衢臺閣尊顯來于于安得禹皐日陳謨沾濡四表無焦枯坐令事業見眞儒老農不恨老耕鉏

枕上作

龍鍾七十豈前期矮帽枯笻與老宜愁得酒巵如敵國病須書卷作良醫登山筋力雖猶健閉戶工夫頗自奇今日快情春睡足臥聽簷鳥語多時

書志

往年出都門誓墓志已決況今蒲柳姿俛仰及大耋妻孥厭寒餓鄰里笑迂拙悲歌行拾穗幽憤臥齧雪千歲埋松根陰風蕩空穴肝心獨不化凝結變金鐵鑄爲上方劍釁以佞臣血匣藏武庫中出參髦頭列三尺粲星辰萬里靜妖孽君看此神奇醜虜何足滅

夜賦

簷滴新春雨窗昏半夜燈病無詩一字窮賴酒三升郡中月設折酒九斗日恰得三升世路澀如棘祠官冷欲冰殘年只此是年少解飛騰

晚步

晚步清溪上微陰忽快晴鵓棲先小泊魚暖已羣行藥餌扶垂老耕桑樂太平非關戀鄉社久客倦遐征

漁歌

斜陽收盡莫煙青蝟蝟漁歌起遠汀商略野人何所恨數聲哀絕不堪聽

殘夢

少時鐵馬蹴河冰老去摧藏百不能風雨滿山窗未
曉只將殘夢伴殘燈

書憤

白髮蕭蕭臥澤中秖憑天地鑒孤忠阨窮蘇武餐氊
久憂憤張巡嚼齒空細雨春蕪上林苑頹垣夜月洛
陽宮壯心未與年俱老死去猶能作鬼雄

又

鏡裏流年兩鬢殘寸心自許尚如丹衰遲罷試戎衣
窄悲憤猶爭寶劍寒遠戍十年臨的博壯圖萬里戰
皐蘭闗河自古無窮事誰料如今袖手看

小舟遊西涇度西岡而歸

小雨重三後餘寒百五前聊乘瓜蔓水閑泛木蘭船
雪暗梨千樹煙迷柳一川西岡夕陽路不到又經年

春行

九日春陰一日晴强扶衰病此閑行猩紅帶露海棠
溼鴨綠平堤湖水明杜子美曉看紅溼處花重錦官城李太白

蜀江紅且明用溼字明字可謂奪造化之功世未有拈出者　酒賤柳陰逢醉臥土肥稻壟看深耕山翁莫道渾無用解與明時說太平

姜總管自築墓舍名薾菴求詩

君不見贅翁退隱真皇時薾室遺名星日垂雖無豪士千車送不媿高人一鍤隨又不見貞觀故人有王顯抵老摧頹不作薾一時戲語今尚傳人生窮達誰能免薾菴知君出游戲壽過期頤乃常事青松手種三千本會看半空飄鼓吹人老則衰君不然快瀉玉船鯨吸川釣璜遠祖應相似八十方爲筮仕年

湖上今歲遊人頗盛戲作

龍船看罷日平西柳闇花穠步步迷射的山前朱舫小樵風涇上紫騮嘶

又

畫船鼓吹載涼州不到三更枉出遊忽有歌聲出霄漢誰家開宴五雲樓

又

翠阜青林煙壘重朱樓畫閣雨空濛禹祠西走蘭亭路一片湖山錦繡中

又

臺府官醅歲歲新蘭亭春勝鏡湖春三山小瓮雖堪笑也向湖邊作醉人

賞花至湖上

吾國名花天下稀園林盡日敞朱扉蝶穿密葉常相失蜂戀繁香不記歸欲過每愁風蕩漾半開却要雨霏微良辰樂事真當勉莫遣匆匆一片飛

莫春

季子黃金盡安仁白髮新無情五更雨便送一年春難續西樓夢空存北陌身海棠應似舊惆悵又成塵

又

綠葉枝頭密青蕪陌上深江山妨極目天地入孤吟身已雙蓬鬢家惟一素琴世情君莫說頭痛欲涔涔

莫春

數間茅屋鏡湖濱萬卷藏書不救貧燕去燕來還過日花開花落卽經春開編喜見平生友照水驚非曩歲人自笑滅胡心尚在憑高慷慨欲忘身

劍南詩稿卷第三十五終

劍南詩稿目錄

卷第三十六

劍南詩稿卷第三十六

宋　陸　游　務觀

九里

破曉憑鞍野興濃鷺飛先我過村東綠鍼細細稻浮水絳雪紛紛花舞風陌上鞦韆喧笑語擔頭粔籹簇青紅誰知老子裴回意絕愛山橫淡靄中

清明

氣候江吳異清明乃爾寒老增丘墓感貧苦道途難燕子家家入梨花樹樹殘一春回首盡懷抱若爲寬

一百五日行

一百五日東郊時陂塘水滿雨如絲人家青煙不禁火俚俗豈復思子推舊墳年多木已拱新墳積土高纍纍老鴉飛鳴啣肉去紙錢雨溼挂樹枝深松茂柏死自樂地下應笑生人悲眼中青山身後塚此事決

定君何疑風吹雲破日下照小灘碎礫光陞離停車
暫憩道傍舍解囊且補殘春詩

送李憲被召舊與其先侍郎遊從

早謁龍門鬢未秋莫年乃復接英遊海瀕已幸見公
子瓜壟仍煩訪故侯霖雨即陪諸老進德星肯爲一
方留西城柳色青如許欲挽長條特地愁

初夏

已過浣花天行開解粽筵店沽浮蟻酒步檥載秧船
古俗交情久豐年樂事偏出波蓴菜滑上市紫魚鮮
僧閣梅山麓漁扉禹廟壖丹青不可畫得句一欣然

幽居

社結山林友家藏種樹書蔽牀欣卜宅容駟笑高閭
薄飯頻菹韭單衣旋製綀東家借蹇罷南市買船初
美景遊俱遍鄰翁好不疎時時得乘興豈獨愛吾廬

閑適

朝讀易一卦時鈔史數行花開聊把酒睡起獨焚香

寂寂市聲遠悠悠村日長吾衰尚何恨兒女解耕桑

病中夜賦

客如病鶴臥還起燈似孤螢闔復開苜蓿花催春事去梧桐葉送雨聲來榮河温洛幾時復志士仁人空自哀但使胡塵一朝靜此身不恨死蒿萊

閑身

炊煙漠漠閉柴荊聊用閑身答太平重碧飛觴心未老硬黃臨帖眼猶明吳蠶滿箔含桃熟壠麥登車搏黍鳴補劓息黥今有地問君何處用虛名

書感

奪壁元知價不讎屠龍誰信本無求哦詩聲裏歲時速憂國淚邊天地秋已欠謝安俱泛海況無王粲與登樓此身著處憑君記萬里煙波沒白鷗

衰病

衰病集餘日推移成老翁衡門隱者趣大布古人風几杖呻吟裏山川莽蒼中從來世緣薄不是坐詩窮

雜題

少談王霸謀身拙晚好詩騷學道疎賴有一籌差自慰閉門不作子公書

又

莫笑花前白髮新宣和人醉慶元春何時道路平如砥却就清伊整幅巾

又

三生元是出家人一念差來墮薦紳二寸楮冠雙艸屨天公還我水雲身

又

黃庭兩卷伴身閑盤篆香殘日未殘泛泛孤身似萍葉始知天地不勝寬

又

年華偃蹇留不住鬢雪縱橫耘更多樂天不生夢得死恨無人續竹枝歌

又

年來世事掃除盡猶有閑吟頗自奇安得陟釐九萬箇爲君盡寫莫年詩

自傷

朝雨莫雨梅子黃東家西家鬻蘭香白頭老鰥哭空堂不獨悼死亦自傷齒如敗屐鬢如霜計此光景寧久長扶杖欲起輒仆牀去死近如不隔牆世間萬事俱茫茫惟有進德當自强往從二士餓首陽千載骨朽猶芬芳

雨後絕涼偶作

槐陰日色薄桐葉雨聲長林下有餘適城中無此涼浮瓜寒氷碧斸藥小鉏香未許陶潛達華簪何足忘陶詩云聊用忘華簪

村居

黍酒濃浮瓮瓜菹綠映槃老便藜粥美病喜粟漿酸紗帽新裁穩絁袍舊製寬村居亦何好聊用發詩端

久雨

水長平侵岸雲低半失村菰蒲亂鳧鴨泥潦困雞豚
弄筆排孤悶煎茶洗睡昏荒郊多狗盜及早閉柴門

七十三吟

七十三年事事新涵濡幸作六朝民髮無可白方爲
老酒不能賒始覺貧末路已悲身是客此心猶與物
爲春柴門勿謂常岑寂時有鄉鄰請藥人

會稽

海近風雲惡城高鼓角雄山川横慘淡樓閣半虛空
故國千年鶴征途萬里篷餘生猶幾日盡付杯中
泛舟

山照澄波鬖鬙青新蒲梢上立蜻蜓孤舟每爲尋詩
出輸與漁翁醉不醒

夜觀子虛所得淮上地圖

閉置空齋清夜徂時聞水鳥暗相呼胡塵漫漫連淮
穎淚盡燈前看地圖

水村

家住煙波似畫圖殘年不復歎頭顱深深竹塢見螢度翳翳菰叢聞鳥呼十里笳聲上雲漢一空星影落陂湖天公著我非無地却悔從來錯怪渠

題菴壁

萬里東歸白髮翁閉門不復與人通綠樽浮蟻狂猶在黃紙棲鴉夢已空薄技徒勞真刻楮浮生隨處是飛蓬湖邊吹笛非凡士儻肯相從寂寞中 每風月佳夕輒有笛聲起湖之西南莫知何人意其隱者也

又

俠氣當年蓋五陵今成粥飯在家僧身存但倚貧非病齒落方慚豁可憎踏月閑穿雙艸屩聽琴橫按一枯藤年來萬事都經遍强笑看人獨未曾

晚歸舟中作

路入芙蕖浦家依穲稏村急灘雙鷺立平野萬鴉翻市散人爭渡僧歸寺掩門淒涼誦新句招得欲殘魂

送嚴居厚棄官歸建陽溪莊

曼容不過六百石淵明僅留八十日寥寥千載有兩公海內至今推絕識放翁貪祿老始歸自今不作一錢直見人勇退輒欣慕亟欲起拜忘衰疾吾廬近在官道傍門外未掃車馬迹溪莊有地肯見分會結茅齋傍青壁

次朱元晦韻題嚴居厚溪莊圖

鶴俸元知不療窮葉舟還入亂雲中溪莊直下秋千頃贏取閑身伴釣翁

夢中遊禹祠

湖上無人月自明夢中髣髴得閑行庭空滿地楸梧影風壯侵雲鼓角聲世異客懷增慘愴秋高歲事已崢嶸長歌忽遇騎鯨客喚取同朝白玉京

感懷

老抱遺書隱故山鏡中衰鬢似霜菅規模肯墮管蕭亞夢想每馳河渭間竹帛竟孤千載事江湖敢恨一生閑殘功賴有吾兒續把卷燈前為破顏

侯印何由得酒泉小槽新熟亦欣然放翁達處過彭澤客自在傍吾自眠

病起遊近村

老人擢頽絶造請門設常關艸生徑一年三百六十日三百五十九日病一日不病出忘歸繞村處處扣柴扉水東溪友新酒熟舍北園公菰菜肥平生養氣心不動黜陟雖聞了如夢從今病愈即相尋共聽糟牀滴春瓮

秋夜讀書示兒子

久病少睡眠往往中夕起呼燈取書讀不能盡數紙喟然置之歎生世後闕里持蠡欲測海遽復迫老死人生各有業唐虞本吾事詩書脫秦厄天意固在此異端塞穹壤作俑孰爲始神禹逝不還吾其如洚水

秋晚書感

丘壕相望故舊空放翁猶復寄㵽中少眠危坐待窗

自得酒細傾生頰紅雖媿蛟龍起雲雨尚勝魚鳥困
池籠秋來莫道無遊興野渡村橋處處通

王成之給事挽歌辭

昔泝黄牛峽曾經白鷺洲從容參步武談笑極風流
晚預蓬萊客時從禊祓遊揮毫看半醉追想只添愁

又

詩騷湘水客風度曲江公一夕南樓去千秋東省空
囊封震朝右墨敕絶宮中贈極文昌貴君恩厚飾終

書南堂壁

偶築湖邊舍侵尋四十春山丘未薶骨詩酒尚關身
樵路霜侵屨漁舟雨墊巾忝蒙鄉黨敬六聖有遺民

予生於宣和乙巳歲

又

荒寒淺村步隱翳小茅茨偶逐漁樵住都忘歲月移
閑惟接僧話老始愛陶詩耆齒猶須幾羸然敢自期

秋晚

寒渚雁新下壞牆蛩夜吟庭莎欲無色園樹不成陰
霑灑孤臣淚馳驅壯士心明朝鏡中髮飽受雪霜侵

晨起待子聿歸

老人盥櫛罷坐待汝晨省忽思隔重關懷抱增耿耿
小雨暗北窗誰與慰淒冷卷書默袖手奈此清晝永
懸知河橋下亦已喚舴艋長路歸當飢呼童具湯餅

信筆

吾生本暫寓無日不可死區區遲速間何地著慍喜
朝移一株石暮引一脈水是中亦何樂一笑聊爾耳

又

有酒或一醉無酒終日閑雨足通南澗木落見西山
飯飽出柴門本散腰腳頑偶然遇野人笑語欲忘還

龜堂東窗戲弄筆墨偶得絕句

身如蠶老已三眠一繭何妨自裹纏豆飯藜羹支永
日槿籬竹屋送餘年

又

一樽且復罄幽歡不是癡頑強自寬死去何憂累兒子千錢可買市成棺

又

北菴睡起坐東廂無事方知日月長天與詩人送詩本一夔黄蝶弄秋光

又

老衰有驗詩先退勳業無心夢漸稀淺浦小山孤絶處數家煙火自相依

又

老人孤寂似無家午枕初回日已斜偶得風和身亦健舍南舍北探梅花

次呂子益韻

呂子奇才非復常詩來起我醉中狂大音誰和陽春曲真色一空時世粧東閤獻諛無轍迹西湖寄傲有杯觴病懷正待君湔祓墨妙時須寄數行

舍北行飯書觸目

晚飧初潑一甌茶曳杖閑行興未涯煙樹參差墨濃淡風鴉零亂字橫斜夕陽偏傍平橋路寒蝶猶依晚菊花甚笑衰翁耐荒寂短衣霑露未還家

又

落雁昏鴉集遠洲青林紅樹擁平疇意行舍北三义路閑看橋西一片秋小婦破煙撐去艇丫童橫笛喚歸牛形容野景無餘思自怪癡頑不解愁

明日復得五字

羸病偶不死端居思出遊山寒麥苗短天闊雁聲遒學劍元癡絕脂車久罷休鄰翁獨眷眷同好自相求

又

腰痛今朝愈褰裳野興長黃鴉號亂篠碧蝶繞枯桑陂壞良疇廢村空舊路荒十年逢九潦誰與問蒼蒼

十一月二十二日夜待子聿未歸

寒爐火半銷壞壁燈欲死人行籬犬吠月出林鵲起吾兒信偶非長路老子可憐煎百慮人人父子與我

同立朝勿遣交河戍

南窗

暄妍一窗日的皪數枝梅小鼎煎茶熟幽人作夢回新春又將近晚景但堪哀用底舒懷抱殘書闔復開

幽居

衰鬢蕭條笑舊青一枝棲穩寄餘齡徐行不媿衣露肘安臥何妨席見經視客恰如堂上燕捐書那願案頭螢時時開說前賢事聊遺鄉閭識典刑

春近山中即事

乞得松楠手自栽結茅聊喜避風埃百年孰與夢長短萬事只如雲去來雪後梅花初半吐身閑樽酒盍頻開錦官城外青羊路常記當年小獵回

又

節物貧家有故常春盤臘粥逐時忙悠悠歲月催雙鬢艸艸雞豚薦一觴人意自殊平日樂梅花寧減故時香小園新展西南角挂樹青蘿百尺長

又

世亂王孫泣路隅時平野老醉相扶種樹正可三年大愛竹何曾一日無細路迢迢上雲雨輕舟渺渺入菰蒲莫歸剩欲談幽勝安得丹青爲作圖

雪夜感舊

江月亭前樺燭香龍門閣上馱聲長亂山古驛經三折小市孤城宿兩當晚歲猶思事鞍馬當時那信老耕桑綠沉金鎖俱塵委雪灑寒燈淚數行

將進酒

我欲挽住北斗杓常指蒼龍無動搖春風日夜吹艸木只有榮盛無時凋我欲剗斷日行道暘烏當空月杲杲非惟四海常不夜亦使人生失衰老如山積麴高崔嵬大江釀作蒲萄醅頹然一醉三千杯借問白髮何從來

歲莫懷張季長

已迫桑榆景況逢梅柳時功名終自誤老病獨如期

醉眼嫌天迮孤吟覺鬼悲唐安在何許無字寄相思

謝朱元晦寄紙被

木枕藜牀席見經卧看飄雪入窗櫺布衾紙被元相似只欠高人爲作銘

又

紙被圍身度雪天白於狐腋軟於綿放翁用處君知否絶勝蒲團夜坐禪

送王季嘉赴湖南漕司主管官

它人作陵邑榜笞朝莫急王子乃不然袖手萬事集它人西入都競裁丞相書王子掉頭去長沙萬里餘問子謀身無乃左凜如霜松姿磊砢屈原賈誼死有靈討此兩人心獨可

菴中夜興

示疾維摩無侍者夜闌自掩艸菴門有情梅影半窗月相應雞聲十里村紙帳擁裘尋斷夢地爐撥火煖殘樽扶衰又踐新春境萬事元知不足論

初春欲散步畏寒而歸

峭寒漠漠入重貂酒力欺人凝不消春困苦多無處賣客魂欲斷倩誰招一溪水淺梅枝瘦四野雲酣雪意驕欲到前村無奈懶却尋歸路度西橋

憶昔

憶昔從戎出渭濱壺漿馬首泣遺民夜棲高冢占星象晝上巢車望虜塵共道功名方迫逐豈知老病只逡巡燈前撫卷空流涕何限人間失意人

戊午元日讀書至夜分有感

七十年來又四年雨聲燈影故依然未收浮世風漚夢尚了前生蠹簡緣老學辛勤那有補舊聞零落恐無傳先師鉢袋終當付歎息誰能共著鞭

又

强戴羅幡怯歲增光陰堪歎捷飛騰簷間點滴新春雨窗下青熒半夜燈傍架討尋書散亂倚屏吟嘯髮鬅鬙極知老境惟當佚絶學端居恨未能

雜感

志士山棲恨不深人知已是負初心不須先說嚴光
輩直自巢由錯到今

又

勸君莫識一丁字此事從來誤幾人輸與茅簷負暄
叟時時睡覺一頻伸

又

世事紛紛無已時勸君杯到不須辭但能爛醉三千
日楚漢興亡總不知

又

百年鼎鼎成何事寒暑相催即白頭縱得金丹真不
死摩挲銅狄更添愁

又

世間魚鳥各飛沉茅屋青山無古今畢竟替他愁不
得幾人虛費一生心

又

一杯濁酒卽醺然自笑閑愁七十年今日出門天地別此身如在結繩前

又

山人那信宦塗艱强著朝衣趁曉班豪氣不除狂態作始知只合死空山

又

老子傾囊得萬錢石帆山下買烏犍牧童避雨歸來晩一笛春風艸滿川

又

故舊書來訪死生時聞剝啄叩柴荆自嗟不及東家老至死無人識姓名

又

忍窮待死十年間老子誰知老更頑溪友留魚供晩酌鄰僧送米續朝餐

歎老

朋儕什九墮丘墟自笑身如脫網魚委命已悲吾道

喪垂名眞負此心初齒殘僅可決濡肉眼澀知難讀
細書家事豈容關老子兒曹努力事耕鉏

朝飢食齏麪甚美戲作

一杯齏餺飥老子腹膨脝坐擁茅簷日山茶未用烹

又

一杯齏餺飥手自芼油葱天上蘇陀供懸知未易同

漁隱堂獨坐至夕

斜倚筇枝岸幅巾閉門久已謝知聞中庭日正花無
影曲沼風生水有紋三尺桐絲多靜寄一樽玉瀣足
幽欣世間萬事都忘盡惟向閑中屢策勳

讀書

讀書肝膽尚輪囷蠹簡堆中著此身飽識三千餘歲
事已爲七十四年人鏡中衰鬢難藏老海內虛名不
救貧只欲從今都掃盡剩沽春酒答新春

北望

昔我初生歲中原失太平寧知墓木拱不見塞塵清

京洛無來信江淮尚宿兵何時青海月重照漢家營

蘭

南巖路最近飯已時散策香來知有蘭遽求乃弗獲
生世本幽谷豈願爲世娛無心託階庭當門任君鋤

古梅

梅花吐幽香百卉皆可屏一朝見古梅梅亦墮凡境
重疊碧蘚暈夭矯蒼虬枝誰汲古磵水養此塵外姿

山腳散步由舍北歸

偶散東岡步因成北渚遊鴉昏先小泊魚暖欲羣浮
緩曳紅藤杖斜披紫綺裘閑身病亦可隨處得無愁

又

幽徑欣行藥衰年困負薪梅殘香更遠艸動綠初勻
魚似濠梁樂鷗如海上馴度橋成一笑微健及新春

又

空碧升團月江郊弄夕霏生涯今始是年事古猶稀
冰解魚初躍風和雁欲歸興來忘遠近艸露已沾衣

寄題連江陳氏拂石軒 李似之嘗有歌詞

平生聞説西江水百丈奫淪深見底漁舟來去白鷗飛上有綸巾隱君子作詩自許輩陶謝歗傲煙雲弄清泚紛紛聲利滿人間耳本不聞安用洗李公過江號高流逸氣凜凜橫清秋沙邊一笑偶邂逅掃石蔭松相獻酬浩歌聲斷七十載尚寄萬壑風颼飀放翁老憊狂未歇買船欲作西江遊

得張季長書以大蓬見稱蓋以予寄祿官視昔秘書監也因作五字寄之

老病江湖上煩公問死生偃蓬雖誤到殘錦只虛名近歲裁損濫恩所謂十色錦者所存亡幾 點滴三更雨淒涼萬里情向來遺恨極不遂隱青城

病足累日不能出菴門折花自娛

頻報園花照眼明蹣跚正廢下堂行擁衾又聽五更雨屈指元無三日晴不奈病何拋酒醆麤知春在賴鶯聲一枝自浸銅瓶水喜與年光未隔生

書意

帝命煌煌敕百神方傾天漢洗胡塵但須荊州一好漢安用商山四老人竹帛恐貽千古笑江湖未媿百年身此心欲與何人說病足呻吟又過春

新燕

天工不用翦刀催山杏溪桃次第開要信今年春事早社前十日燕新來

北巖采新茶用忘懷錄中法煎飲欣然忘病之未去也

槐火初鑽燧松風自候湯攜籃苔徑遠落爪雪芽長細叕襟靈爽微吟齒頰香歸時更清絕竹影踏斜陽

連日至梅僊塢及花涇觀桃花抵莫乃歸

千載桃源信不通鏡湖西塢擅春風舟行十里畫屏上身在西山紅雨中俗事挽人常故故夕陽歸櫂莫忽忽豪華無復當年樂爛醉狂歌亦足雄

又

桃花塢近釣魚磯不比劉郎萬里歸水底紅雲迷醉眼樽前絳雪點春衣病依几杖猶能出老愛風光未忍違天借清遊每窮日夜深炬火候柴扉

劍南詩稿卷第三十六終

劍南詩稿目錄

卷第三十七

劍南詩稿卷第三十七

宋　陸　游　務觀

病中作

破裘縫更暖糲食美無餘摩詰病說法虞卿窮著書身羸支枕久足蹇下堂疎今日晴窗好幽懷得好攄

題郭太尉金州第中至喜堂

安康甲第天下傳玉題繡井摩雲煙落成鼓吹震百里意氣欲壓秦山川第中築堂最宏麗奎畫岌岌蛟龍纏知公所喜在勇退顧視解組如登仙公心雖爾天未可終倚北伐銘燕然十年宿衞功第一小卻臥護長淮邊帳前犀甲羅十萬幙下珠履逾三千願公小緩高枕計卽今河雒猶腥羶出師雞鹿擁皂纛畫象麒麟栽玉蟬是時公喜客亦樂爲公滿瀉黃金船

莫春

山陰又見莫春初禁火園林社雨餘世事不妨隨日改年光未遽與人踈豉香下箸嘗蓴菜鹽白開奩得鱟魚艸艸艸一杯終可喜數間茅屋亦吾廬

小園新晴

散髮陽狂不計年園林只在小窗前斷虹千尺卷殘雨新月一鈎生莫天臘釀拆泥留客醉山茶落磑喚兒煎物華心賞元無盡剩住人間作地仙

又

衰病猶煩藥石功殘春終日在園中地偏幽艸爲誰綠雨霽新花如許紅足蹇扶持須稺子杯深暖熱賴鄰翁此身雖向閑中老若比休休却未同 司空表聖休休亭歌曰休休休莫莫莫伎倆雖多性靈惡賴是常教閑處著

春晚感事

據鞍千里何曾病閉戶安眠百病生每憶嘉陵江上路插花藉艸醉清明

又

寒食梁州十萬家鞦韆蹴鞠尚豪華犢車𨏥轆歸城晚爭碾平蕪入亂花

春晚園中作

杏子青青梅子酸山園轉眼又春殘老懷豈復小年樂病骨不禁清曉寒學術背時甘義墮功名無路久心闌鬻蠶收麥熟吾何恨但遣銀杯似海寬

題夷堅志後

筆近反離騷書非支諾皐豈惟堪史補端足擅文豪馳騁空凡馬從容立斷鼇陋儒那得議汝輩亦徒勞

幽居

小舫篠爲纜幽居竹織門短籬圍藕蕩細路入桑村魚膾槎頭美醅傾粥面渾殘年謝軒冕猶足號黎元

聞鳥聲有感

小市提壺酤濁酒東陂脫袴插青秧歸來靜臥茅簷底如覺閑中白日長

又

流年冉冉去無情日夜溪頭布穀聲城郭雖存人換盡令威應悔學長生

與子虞子坦坐龜堂後東窗偶書

時鳥朝莫鳴芳艸日夜生春風捨我去歲律俄崢嶸綴簇繭白白出陂稻青青鳴機織苧葛暑服亦已成小兒結山房窗戶頗疎明萬事不挂眼朱黃浩縱橫佳哉東北風吹下讀書聲功名詎敢望且復慰父兄是日午間聞子聿在山半讀書相與欣然

行年

行年過七十與世兩相忘墨沼龜魚樂藥園芝朮香吾生一蟲臂世路幾羊腸楮弁新裁就翛然學道裝新作兩楮冠

東窗小酌

烏帽翩僊白苧涼東窗隨事具杯觴流年不貸世人老造物能容吾輩狂藤葉成陰山鳥下檜花滿地蜜蜂忙何人畫得農家樂岬軋繅車隔短牆

又

市塵遠不到林塘嫩暑軒窗晝漏長蠶妾趁時爭鹽繭農夫得雨正移秧徒行有客驚頑健爛醉無人笑老狂却掩菴門徑投枕鼾聲雷起撼藜牀

西林傅庵主求定庵詩

粥後鐘魚未動時夜燈仍對碧琉璃不須更說能生慧枯木寒灰也自奇

又

業力驅人舉世忙西林袖手一爐香未能成佛渾閑事十劫看渠坐道場

夏日

將雛燕子漸離巢過母龍孫已放梢日出竝湖初曬網雨餘乘屋旋添茅家貧舊業元知廢身老微官久合抛莫恨門前車馬絕豈無農圃與論交

又

過眼春光久已空曬絲擣麥又匆匆新泥滿路梅黄

雨古木號山月暈風角黍菱新間罇俎靈符墨溼照
房櫳歲華不爲衰翁駐且付餘生一笑中

又

吳中五月暑猶微竟日南堂坐掩扉綠樹露一作霧
香鶯獨語畫廊風惡一作急燕雙歸三千界內人人
錯七十年來念念非投老萬緣俱掃盡從今僧亦不
須依

又

雨斷雲歸旋作晴尚餘紅溼在簾旌燕雛掠地飛無
力梅子臨池墜有聲米糲解包供午餉蔣齏傍枕析
朝酲此翁不負頑軀處捫腹時時繞舍行

又

梅雨初收景氣新太平阡陌樂閑身陂塘漫漫行秧
馬門巷陰陰挂艾人白葛烏紗稱時節黃雞綠酒聚
比鄰掀髯一笑吾眞足不爲無錐更歎貧

夜酌

酒淥孤燈夜梅黃細雨天聊成顧影醉復作曲肱眠
腰下蘇秦印囊中趙壹錢丈夫隨所遇底處不陶然

夏夜

夏夜誰知亦自長幽居渺在水雲鄉月侵竹簟清無
暑風度衣篝潤有香棲鵲自驚移別樹流螢相逐過
橫塘放翁尚苦餘酲在細綆銅缾落井牀

又

山崦風生颼颼悲柴門月上樹陰移熏衣汗雨初乾
後把卷蚊雷不動時孤悶難禁終歲病浮生易滿百
年期釣竿只待清秋近一棹煙波信所之

又

展轉紗幮睡不成一藤扶憊繞廊行月昇雙鵲移枝
宿露下孤螢綴蔓明汲井忽驚人已起開門堪歎事
還生羽衣道帽從吾好柏子煙中起磬聲

又

龜息綿綿破五更起扶藤杖並南榮擇栖孤鵲尚三

匝司日旦老雞俄一鳴移坐徐看山月吐脫巾聊受水
風清不知竟是真仙未夜夜神遊白玉京

泛舟

水鄉元不減吳松短櫂沿洄野興濃鬱鬱冬青森翠
葆離離夜合散紅茸水涯多此二樹村深初度穿林笛
寺近先聞出塢鐘歸路夕陽猶滿岸憑舷一笑覽衰
容

感舊

要識梁州遠南山在眼邊霜郊熊撲樹雪路馬蒙氈
慘淡遺壇側拜韓信壇至今猶存蕭條古廟壖沔陽有蜀
後主所立武侯廟百詩猶可想歎息遂無傳予山南雜詩百
餘篇舟行過望雲灘墜水中至今以爲恨

又

夜涉南沮水朝過小益城梯山天一握度棧土微平
雨近秦雲暗霜高隴月明至今孤夢裏喝馬有遺聲
喝馬皆七字韻語聞之悲愴動人

又

早發金堆市更衣石櫃亭灘聲秋後壯山色雨餘青道滸愁車轍橋危避駝鈴功名竟何在撫事感頹齡

又

塵土暗貂裘森然白髮稠年光真袞袞吾事竟悠悠馬宿平沙夜軍中馬及廐卒夏夜皆露宿沙上烽傳絶塞秋平安火竝南山來至山南城下故人零落盡追寫只添愁

又

凜凜隆中相臨戎遂不還塵埃出師表草棘定軍山壯氣河潼外雄名管樂間登堂拜遺像千載媿吾顏

又

我思杜陵叟處處有遺蹤錦里瞻祠柏綿州弔海椶蹉跎悲櫪驥感會失雲龍生世後斯士吾將安所從

書喜

雨足郊原正得晴地縣萬里盡春耕陰陰阡陌桑麻暗軋軋房櫳機杼鳴亭鼓不聞知盜息社錢易斂慶

秋成天公不負書生眼留向人間看太平

自詠

平生萬事付憨癡兀兀騰騰到死時夜踏亂雲過略彴曉分寒溜注軍持東薪山客招烹石渡海蕃僧乞製碑作箇生涯君勿笑拄天勳業亦兒嬉

露坐 立秋前五日

旋削甘瓜進酒巵斷雲漠漠斗離離北臨積水風來壯東恨長林月上遲秋近不堪聞急杵夜涼已復怯輕絺天孫老抱河梁恨豈獨人生事可悲

又

岸幘臨窗意未便又拖笻杖出庭前清秋欲近露霑艸皎月未升星滿天過埭船爭明日市蹋車人廢徹宵眠齊民一飽勤如許坐食官倉每惕然

親舊或見嘲終歲杜門戲作解嘲

十年蕭散住林間只是幽居不是閑續得茶經新絕筆補成僧史可藏山詩題紫閣憑雲寄藥報青城附

鶴還自笑何曾總無事枉教人道閉柴關

北窗

寒泉斷藕素絲長紋簟開瓜碧玉香午睡覺來桐影轉無人可共北窗涼

新秋以窗裏人將老門前樹欲秋爲韻作小詩

殘暑無多日幽居近小江酒醒中夜起松月入山窗

又

陸子江海人所願守節死潮生釣瀨邊月落菱歌裏

又

小智每自私大患緣有身孰能忘彼己吾將友斯人

又

野艇千錢買明當泛渺茫但能容一榼家具不須將

又

立朝紹興間猶及見諸老魂夢不可逢丘坟閉秋艸

又

朝真方拾杖步月始開門零落山花後經旬掩綠樽

又
唐虞雖已遠至道豈無傳度日一編裏懐人千載前
又
秋風昨夜來聲滿梧桐樹故人渺天末此夕誰與度
又
少年雖婚宦淡然本無欲婆娑三畝園自歎不啻足
又
無食妨何事吾兒可散愁焚香正巾褐聽汝讀春秋
食新有感貧居久蔬食至是方稍得肉
壯遊車轍遍天涯晚得祠官不去家優老每慚千載
遇食新又歎一年加出波魚美如通印下棧羊肥抵
臥沙捫腹笑歌仍索酒不嫌鄰舍怪讙譁
秋夕露坐作
銀河半落露華清南斗闌干北斗明冉冉方悲老將
至纖纖又歎月初生酒淋細滴香浮瓮衣杵相聞聲
滿城萬卷讀書無用處却將耕稼報昇平

有年

不向神林乞雨晴天公自解相西成急符收盡無逋賦新酒沽多足笑聲外戶徹扃停夕柝齊民相勸力春耕傳聞夜市連三鼓却恨龐公不入城

大雨

北風挾驕雲突起塞宇宙赫日初未西盼轉失白晝翻空黑幟合列陣奇鬼鬬雨鏃飛縱橫雷車助奔驟平階水入戶溝瀆不能受對面語不聞持繖避屋漏兒童抱圖書衣屨那暇救縱暴理豈長忽已收簷霤比鄰更相勞捃拾如過寇老子獨癡頑長歌對醇酎

東西家

東家雲出岫西家籠半山西家泉落澗東家鳴珮環相對籬數掩各有茆三間芹羹與麥飯日不廢往還兒女若一家雞犬意自閑我亦思卜鄰餘地君勿慳

予自春夏屢病至立秋而愈作長句自賀

良藥扶衰抵萬金漸加糜粥輟呻吟溪風拂簟有秋

意山影半庭生夕陰薄俗只成驚老眼幽居正得遂
初心岸巾待月欄干曲更覺天公愛我深

七月十一日雨後夜坐戸外觀月

浴罷淡無事岸幘臨前軒雷雨始退散雲月相吐吞
風蟬斷還續枝間終夕喧露螢闉復開熠熠綴艸根
殘暑會當去孰敢厭炮燔四時莽相代所歎歲月犇
歡悰挽不留白髮生無根兒女日夜長子且復有孫
澗松偶未薪野鶴猶孤騫華表幸來歸餘事何足言

王與道尚書挽詞

朗朗百間屋汪汪千頃陂直能彰主聖清不願人知
許國多艱日逢辰獨斷時人猶望霖雨殄瘁不勝悲

又

昔遇開藩日嘗叨下榻榮從容陪讌笑傾倒及平生
借譽言猶在懷知涕易橫終慚五字句不盡百年情

初秋

雨氣排殘暑風聲送早秋拂窗聞葉落繞井看螢流

臥起須人助炊舂尚自謀蕭條歲將晚百慮入搔頭

感秋

秋色關河外秋聲天地間壯士感此時朝鏡凋朱顏一身寄空谷萬里夢天山噫嗚怒皆裂憤激悲涕潸古來真龍駒未必置天閑長松倒澗壑委棄同蓁菅得志未可測談笑濟時艱凜然出師表一字不可刪

北窗試筆

老來日月速去若弦上箭方看出土牛已復送巢燕清晨覓絺衣正午廢紈扇北窗小雨餘盆山鬱葱蒨病體爲之輕一笑玩筆硯雖無顏柳工揮灑亦忘倦紙窮墨漸燥虵蚖爭入卷屬兒善藏之勿遣俗子見

秋思

秋毫不受俗塵侵隨處悠然一散襟天際挂虹初斷雨雲頭翳日又成陰引泉北澗長澆竹拂榻西窗自斲琴藥石掃空身便健始知萬事要無心

又

雨長蒼苔滿釣磯坐令秋暑斂餘威天高月破殘雲出野曠風驚蠹葉飛終歲鉏犂猶不飽萬家碪杵獨無衣早知竟坐儒冠誤射虎南山未必非

又

身似龐翁不出家一窗自了淡生涯山薑零落初成子石竹凄涼半吐花寒澗挹泉供試墨墮巢篝火喚煎茶掩關本意君知否兩耳衰年不耐譁

又

老懷不慣著閑愁信腳時爲野外遊過雁未驚殘月曉片雲先借一天秋村醅似粥家家醉社肉如林處處留七十已稀今又過問君端的更何求

新涼

山居謝來客病體喜新涼幽艸上牆綠落花霑土香捐書心自息聽雨夢偏長菰葉鄰人餉欣然獨舉觴

又

菰首初離水薑芽淺漬糟粳香等炊玉韭美勝炮羔

露下殘蕪溼風生萬木號從今更何事痛飲讀離騷

自遣

踽踽人間未死身鄉閭共敬六朝民睡無由著緣多感醉不能成坐一貧幽屏最憎蟲弔夜狂吟略似烏鳴春也知世俗誰知我猶待君王獵渭濱

自規

曲肱飲水彼何人汝獨何爲厭賤貧大節勿汙千載史少時便盡百年身圖書幸可傳遺業雞黍何妨約近鄰今日仲秋還小雨剩鉏麥壟待新春 鄉人謂八月一日得雨宜來年麥

感舊末章蓋思有以自廣

庚寅歲入巴東硤臥聽清猿月下聲二十九年窮未死却思當日似前生

又

百堂小益最初程朱棧青崖照眼明十日經行圖障裏時時馬上聽鶯聲

又

路入梁州似掌平鞦韆蹴鞠趁清明未論日遠長安
近且喜南山天際橫

又

青城山裏屏風疊太華峯頭腰帶鞓跨鶴橫空吾欲
去九秋月露看青冥

秋日獨酌

艸木秋始繁黃碧照籬落雖云各有時意緒終索莫
老人固多感對此聊命酌風霜肅萬物過雁在寥廓
吾當識其大微物不足託何以豁曠懷短章可時作

夙興

艸堂風雨少睡眠骨冷始覺非壯年水鳥長鳴聲戛
然庭中棲鴉亦已翩老人清餓如龜蟬起坐甚愛小
窗姸一生宦遊膏火煎歸來杜門氣纔全人看雖不
直一錢知我自有穹穹天賦詩稿成棄不傳殘鐘斷
磬知誰編

身世

身世浮沉等一漚臥看校尉匃封侯青燈微火藥鐺夜淡月淒風衣杵秋醉裏不辭嘲兀兀吟邊時得寄悠悠卽今老眼無閑處又向城南倚寺樓

憶昔

憶自梁州下益州身閑處處醉紅樓早知虛起彈冠意悔不常爲秉燭遊詩思已慚馳陣馬目光猶覺射車牛蓮峯日觀何時到下看人間萬里秋

豐歲

豐歲驩聲動四鄰深秋景氣粲如春羊腔酒擔爭迎婦鼉鼓龍船共賽神處處喜晴過甲子家家築屋趁庚申老翁欲伴鄉閭醉先辦長衫紫領巾

村居

孤村淺浦近江城西折坡陁一嶺横墟落煙生含莫色園林風勁作秋聲年豐租稅無逋負酒熟鄉鄰遞送迎老病愈知難報國只將高枕送餘生

中秋夜半後無雲而月色微淡尤為絕景

輕煙薄靄九霄寒素月渾如隔縠看此夕洞庭應更好誰能從我跨青鸞

夜賦

老人不食覺魂清況若身遊白玉京夜靜月驚林鵲起水涼風颭露荷傾昏燈一點窺孤夢畫角三終轉五更欲醉海山還懶去且攜羽扇憩青城

遣興

學廢文章傳世少身閑車馬過門疎壯心易盡堯肩酒義氣肯貪熊掌魚列聖仁恩深雨露兩京宮闕尚丘墟素懷華渭嗟誰問且作狂歌楚接輿

秋賽

柳姑廟前煙出浦冉冉縈空青一縷須臾散作四山雲明日來為社公雨小巫屢舞大巫歌士女拜祝肩相摩芳茶綠酒進雜遝長魚大胾高嵯峨常年徵科煩箠楚縣家血溼庭前土妻啼兒號不敢怨期會常

憂畏官府今年家家有餘粟縣符未下輸先足木刻
吏蒲作鞭自然粟帛如流泉儲積不愁無九年

寄題周丞相平園

先生道心平如砥秋毫忿慾何曾起漫將周易著牀
頭本不洗心那洗耳先生國論如砥平三朝倚之作
權衡泰階兩兩元不動自然萬里無欃槍如今歸來
曲肱臥世事無窮俱看破不栽桃李不鉏蘭山僧野
叟時來過吾儕七十固已壽更到期頤亦何有倘知
生死本自平拈放一邊如把酒

雨三日歌

秋風戒寒雨三日空村無人莫蕭瑟北窗書生萬卷
書齒豁頭童真可惜輪囷新蟹黃欲滿磊落香橙綠
堪摘與來尚能氣吞酒詩成不覺淚漬箋士生蓬矢
射四方掃平河雒吾儕職湖中隱士倘可逢握手與
君談至夕

戲作治生絕句

治生何用學陶朱少許能慳便有餘惜酒已停晨服
藥省油仍廢夜觀書

龜堂雜題

龜堂端是無能者妄想元無一事成最後數年尤可
笑飽餐甘寢送浮生

又

癡頑老子老無能遊惰農夫酒肉僧閉著庵門終日
睡任人來喚不曾譍

又

長腰玉粒出新春秋穫真成畝一鍾衣食麤供官賦
足何妨世世作耕農

又

冷雨蕭蕭澀不晴亂書圍坐正縱橫忽聞小瓮新醅
熟急喚兒童洗破觥

偶讀陳無已芍藥詩云一枝剩欲簪雙髻未有
人間第一人蓋晚年所作也爲之絕倒戲作小

詩
少年妄想已癡絕鏡裏何堪白髮生縱有傾城何預
汝可憐元未解人情

村舍

過埭六七里竝江三四家潮生魚滬短風起鴨船斜
世守桑麻業長無市井譁

雨中作

雨聲可愛秋方見睡味無窮老始知半醉擁衾支倦
枕誰能三復放翁詩

江郊

白艸江郊莫青帘野店秋喧呼估船客嵬峩飲家流
老豈題橋柱愁惟倚寺樓更傷昏澀眼煙際數歸牛

閑趣

被擁聽秋雨兒扶上夜香甑炊霜後稻糟漬社前薑

又

馬病空思路僧歸却住房風扉久嘔軋錯認艣聲長

飯滿七綴缽香凝百衲窗雨聲酣曉枕燈燼落秋缸
疾豎元知避天魔亦已降超然對兒子未媿鹿門龐

又

老至衰滋劇秋高病尚侵坐看兒學字臥聽客彈琴
囷滿雀方鬬栖寒雞欲瘖世情元自懶不是事違心

小飲

莫笑放翁顛歌呼覆酒船雙螯初斫雪珍鮝已披緜
寒雨連旬日新橙又一年更須重九到作意菊花前

作字

整整復斜斜翩如風際鴉書成半行艸眼倦正昏花
未辦倉盛筆寧能錐畫沙老夫端可媿頭白不名家

晝睡起偶賦

蝴蝶與蒙莊頹然寓一牀日隨香篆過夢逐雨聲長
酒喜新蒭綠橙如故歲黃昏昏還隱几誰識老龜堂

小舟過吉澤効王右丞

澤園霜露晚孤村煙火微本去官道遠自然人迹稀

木落山盡出鐘鳴僧獨歸漁家閑似我未夕閉柴扉

湖山雜賦

門前天鏡倒千峯舍後菰蒲與海通乘興出遊無遠近煙波何處覓孤篷

又

一生到處賈胡留身屬官倉不自由白首歸來更何恨十年爛醉石帆秋

又

東西相望兩湖橋來往無時一畫橈買酒每尋村市步煑蔬時就野僧寮

又

不到梅山二十霜望中常似隔他鄉一杯罌粟紗燈下最憶初寒宿上方 梅山寺與敝廬南北相望無二十里然不到最久

又

煙中一棹小江秋憶上牛頭倚寺樓今日籬邊殘照

裹却從西北望牛頭

太息

早歲元于利欲輕但餘一念在功名白頭不試平戎策虛向江湖過此生

又

書生忠義與誰論骨朽猶應此念存砥柱河流僊掌日死前恨不見中原

又

自古才高每恨浮偉人要是出中州卽今未必無房魏埋沒胡沙死卽休

又

闗輔堂堂墮虜塵渭城杜曲又逢春安知今日新豐市不有悠然獨酌人

學書

九月十九柿葉紅閉門學書人笑翁世間誰許一錢直窗底自用十年功老蔓纏松飽霜雪瘦蛟出海拏

虛空即今譏評何足道後五百年言自公

晩興

壯遊車轍遍天涯晩落農桑不自知許國雖堅身遽老讀書未倦眼先衰雲深嶺路樵歸晩雨細江亭渡發遲一事猶堪慰孤寂錦囊傾倒有新詩

秋晴見天際飛鴻有感

新晴天宇色正青羣鴻高騫在冥冥兒童相呼共仰視我亦扶杖來中庭豐年到處稻粱滿胡不暫下栖沙汀應須江海寄曠快肯爲霜雪嗟飄零書生可笑不自喜憔悴久羈籠中翎鷗波萬里每媿杜鶴化千載知非丁風前哀號漫激烈月下孤影常竛竮詩成欲寫復嬾去誦似溪友聲泠泠

初寒獨居戲作

開殼一作皴得紫栗帶葉摘黃甘獨臥維摩室誰同彌勒龕宗文樹雞柵靈照挈蔬籃一段無生話燈籠可與一作自可談

夢觀牡丹

忘却晨梳滿把絲楝花嫌不似臙脂起來一笑看清鏡惟插梨花却較宜

書喜

水際柴荊鍵不開野人相覓漫敲推寒鵶陣黑疑雲過老木聲酣認雨來酒價日低常得醉官租時辦不勞催平生未省如今樂却笑傍觀誤見哀

又

今年端的是豐穰十里家家喜欲狂俗美農夫知讓畔化行蠶婦不爭桑酒坊飲客朝成市佛廟村伶夜作場身是閑人新病愈賸移霜菊待重陽

又

滿川秋穫重頳肩拾穗兒童擁道邊夜夜江村無吠犬家家市步有新船奪攘不復憂山越安樂渾疑是地仙惟有衰翁最知達避胡猶記建炎年

小飲罷行至湖塘而歸

社酒真如粥面濃朱顏頃刻換衰容霜輕已覺樹搖落雲起始知山疊重梅市魚歸衝雨棹寶林人定隔城鐘此翁大似遊僧樣爐煖窗深又過冬

病雁 祠祿將滿幸麤支朝夕遂不敢復有請而作是詩

蘆洲有病雁雪霜摧羽翰不辭道路遠置身湖海寬稻粱亦滿目鳴聲自辛酸我正與此同百憂雙鬢殘東歸忽十載四忝侍祠官雖云幸得飽早夜不敢安乃知學者心羞媿甚飢寒讀我病雁篇萬鍾均一簞

澤居

澤居僅足不求餘曠快真同縱壑魚平日酷憎蠅附驥莫年肯作鶴乘車齒搖但煑岷山芋眼澀惟觀冑監書此際自應還往絕本無心與俗人疏

秋穫歌

牆頭累累柹子黃人家秋穫爭登場長碓擣珠照地光大甑炊玉連村香萬人牆進輸官倉倉吏炙冷不暇嘗訖事散去喜若狂醉臥相枕官道傍數年斯民

阨凶荒轉徙溝壑殣相望縣吏亭長如餓狼婦女怖死兒童僵豈知皇天賜豐穰畝收一鍾富萬箱我願鄰曲謹蓋藏縮衣節食勤耕桑追思食不饜糟糠勿使水旱憂堯湯

戊午重九

朋舊相望天一涯登高結伴只鄰家秋風自欲吹紗帽衰鬢何曾泥菊花藥市神仙思益部鮓盤節物記京華自憐病後歡悰薄小醉歸來日未斜

重九懷獨孤景略

昔逢重九日初識獨孤君竝轡洮河馬聯詩劍閣雲已悲吳蜀遠更歎死生分安得持巵酒澆君丈五坟

晨鏡

晨起覽清鏡有叟鬢已皤馘黃色類梔面皺紋如鞾熟視但驚歎初不相誰何久乃稍醒悟舉手自摩挲與汝周旋久流年捷飛梭生當老病死求脫理則那切勿彊撐拄據鞍效廉頗惟須勤把酒暫遣衰顏酡

秋霽遣懷

陸生少日心膽壯萬里憑陵寄疎放玉關曾誓馬革裹滄海豈憂魚腹葬人生富貴本細事釣築逢時俱將相正令不遇亦何慊藥鑱丹爐老青嶂今年秋晚苦多雨三十六溪新綠漲極知世事不足論霽日小舟行可榜

屛迹

昔者航濤江雲山迎我東擊楫誓江神永託冥冥鴻十年桑榆暖萬事馬牛風邇來愈屛迹庭戶深蒿蓬就甕挹新醅傍畦擷晚菘隣曲或念我小鮮亦時供喟然撫几歎恨今已龍鍾向使早十年何媿柴桑翁

初寒

今日霜露冷凜然悲莫秋垂帷跨微火發篋出輕裘徂歲逝將換殘生愈覺浮一杯還自閔小獵記梁州

風雨

風雨從北來萬木皆怒號入夜殊未止聲亂秋江濤

渺然老書生白頭臥蓬蒿閉門不敢出裂面風如刀鄰人閔我寒牆頭過濁醪時哉一昏醉新橙宜蟹螯

龜堂自詠

龜堂一老翁短褐立秋風時過同籬菊身衰似井桐新霜萬瓦白朝日數櫺紅且復尋書卷悠然度歲窮

又

采藤持織履剡楮治爲冠看劍心空壯騎驢骨本寒病多辭酒伴老甚解祠官 予十月奉祠歲滿不復敢請 賴有扁舟在秋濤萬里寬

閑居初冬作

香椀蒲團又一新天將閑處著閑身東窗換紙明初日南圃移花及小春婦女晨炊動井臼兒童夜誦聒比鄰早知閭巷無窮樂悔不終身一幅巾

病中排悶

面骨崢嶸鬢雪新承平版籍有遺民 予生於宣和中 心雖願繼無傳學力不能支已廢身開卷眼昏如隔霧

擁爐肺渴欲生塵老龐亦有兒孫念付與天公不問
人

季秋已寒節令頗正喜而有賦

霜降今年已薄霜菊花開亦及重陽四時氣正無愆
伏比屋年豐有蓋藏風色蕭蕭生麥隴車聲碌碌滿
魚塘老夫亦與人同樂醉倒何妨臥道傍

劍南詩稿卷第三十七終

劍南詩稿目錄

卷第三十八

劍南詩稿卷第三十八

宋　陸游　務觀

秋懷

形骸歲歲就枯朽意氣時時猶激昂水遠浮鷗方浩蕩霜高殘菊更芬芳人皆有舌是非在劫未成灰時世長三百里湖行自復子孫努力事耕桑 鏡湖廢百七十餘年故吾鄉多凶會有復之者

吳體寄張季長

九月十月天雨霜江南劍南途路長平生故人阻攜手萬里一書空斷腸人生彊健已難恃世事變遷那可常兩家子孫各長大他年窮達毋相忘

嘲畜貓

甚矣翻盆暴嗟君睡得成但思魚饜足不顧鼠縱橫欲騁銜蟬快先憐上樹輕朐山在何許此族最知名

俗言貓爲虎舅教虎百爲惟不教上樹又謂海州貓爲天下第一

立冬日作

室小財容膝牆低僅及肩方過授衣月又遇始裘天寸積篝爐炭銖稱布被綿平生師陋巷隨處一欣然

初冬

志士逢秋已自傷老人況復惜年光正看溪碓舂粳滑又見山坡下麥忙桐落井牀多槁葉菊殘衫袂尚餘香讀書有課眞當勉剩貯明膏伴夜長 是日方買油

醉題

生來避世傲公卿海內無人識姓名九節筇邊秋萬里長明燈下雨三更心安白髮何勞掃藥熟黃金固可成只待蓬壺賦詩罷却來京洛看昇平

新作火閤

旋設篝爐下紙簾樂哉容膝似陶潛囊中佩藥無時服架上堆書信手拈似玉秋菰殊未老如雲宿麥不須占掃空祠祿吾何欠陋巷簞瓢易屬厭 祠祿止此月

又

山路霜清葉正黃地爐火煖夜偏長中安煮藥膨脝鼎傍設安禪曲彔牀木槁不知年自往雲閑已與世相忘更闌坐穩人聲靜時聽風簾響暗廊

舍北行飯

蔓絡疎籬艸滿塘飽嬉聊復步斜陽一霜驟變千林色兩犢新犂百畝荒野寺僧殘尚鐘鼓官堤舟過見帆檣歸來笑補空囊課寒日誰知亦自長

遣興

轍迹當年遍九州晚歸始解臥林丘愛身每戒玉抵鵲養氣要如刀解牛柔艣搖殘天鏡月短筇領盡石帆秋儘言未辦常扃戶竟是吾身得自由

又

出仕纔堪斗大州初歸便擬築糟丘虛名大似月蟾兎榮路久如風馬牛唧唧悲蛩常弔夜蕭蕭蠹葉更禁秋靜觀世事頻興歎千載前時有許由

舟中

柂邊潮水落還生篷底寒燈滅復明約束長年牢繫纜報人風雨有鼉鳴

又

蕭蕭風雨小江秋不是愁人亦合愁忽聽疎鐘知寺近笑尋沙路上牛頭

又

龕山古戍更漏聲白塔小市燈火明六十年間幾來往依然惻愴路傍情

雨夜感舊

雨來猛打窗燈暗猶照壁老人耿不寐撫事悲夙昔風生枯柏渡馬病金牛驛梟枝猿下飲登樹熊自擲危巢窺鶻棲深雪見虎跡至今清夜夢猶想嶓山碧廢棄謝功名老疾輟行役賦詩雖不工聊用慰今夕

夜聞落葉

我行出柴門初喜春艸生俛仰幾何時落葉終夜聲

嗟我日益老抱疾況未平晨興就盥櫛頽亦彊支撐齋中有兩童熟視不能名定非張睢陽大笑頽冠纓死至人所同此理何待評但有一可恨不見復兩京

閉門

閉門高臥鏡湖傍元自無閑可得忙泛罷杯觴餘菊苦玩殘指爪帶橙香燈昏共度空階雨蛩冷偏依丈室牀不待衰年宦情盡未來如雁到衡陽

祠祿滿不敢復請作口號

今年高謝武夷君飯豆羹藜亦所欣參透莊生齊物論掃空韓子送窮文心如脫穽犇林鹿迹似還山不雨雲猶幸此身強健在鄉鄰爭看布襦帬

又

祠庭八載竊榮名一飽心知合自營牘後落銜便手倦月頭鐫俸喜身輕弊衣不補惟頻結濁酒難謀且細傾賴有東皐堪肆力比鄰相喚事冬耕

又

白首還山不自存天書四降海邊村慚非故將前侯
比誤辱優賢養老恩龜壽自應能食氣鶴歸那得更
乘軒從今再艸公車奏惟有挂冠神武門

過鄰家

扶杖過吾鄰相誇自在身年豐稱貸少酒賤往來頻
羣散雞歸柵聲喧雀噪囷丁寧語兒子切勿厭沉淪

舍北野望

短景妨遊興長歌慰作勞葉凋西埭近水落北橋高
病每隨時劇衰難與世鏖旗亭新釀美萬事一秋毫

又

斷壠圍蔬圃枯桑繫釣查經行橋獨木佇立路三叉
野卉棲孤蝶平川起亂鴉榰笻無定處興盡卽還家

又

溪彴通西崦山蹊繞北村殘霞明水面落葉擁籬根

又

野父編龍具樵兒習兔園吾今井蛙耳敢復慕鵬鯤

早歲遭逢異，中年促召頻。馳驅猶許國，臥起已須人。藥石三秋病，風波萬里身。籬門殘照裏，慘淡易傷神。

書感

常記當年賦子虛，公卿交口薦相如。豈知鶴髮殘年叟，猶讀蠅頭細字書。出處幸逃千載笑，功名從負此心初。荒園落葉紛如積，日莫歸來自荷鋤。

冬夜爐邊小飲

擁爐可使曲身直，飲酒能回槁面紅。若使金丹真入手，飛騰亦在立談中。

龜堂獨酌

幅巾蕭散餞餘齡，江左諸賢可乞靈。護枕小屏圖紫閣，映窗矮卷寫黃庭。曠懷與世元難合，幽句何人可遣聽。一酌蘭溪遺萬事，時看牆底臥長瓶。偶得蘭溪十餘樽，清醇馥烈，殆不可名。

又

一榼蘭溪自獻酬，徂年不肯為人留。巴山頻入初寒

夢江月偏供獨夜愁越石壯心雞喔喔子卿歸信雁悠悠天生我輩初何用病骨支離又過秋

冬夜作短歌

飢鼠窺殘燈寒犬踏枯葉小室擁燎爐清笳下危堞老人素多疾舉動常畏怯衣裘視寒煖日夜自調燮食必按本艸下箸未嘗輒體安疾自去藥石無此捷欲求神氣住先戒事物接寧爲子光瘖不效嗇夫喋敢學李輕車霸亭夜遊獵況如馬新息萬里聽鳶跕明晨一杯粥趺坐横白氎無魚何足道爲爾歌長鋏

病愈

倦榻呻吟每自哀占著來告一作吉出餘災自能洗研拂書几時亦折花尋酒杯久類寒蛟潛岫穴忽如老馬噴風埃霜晴爛熳東窗日一笑山坡訪早梅

自遣

枳籬茅屋枕孤峯偃盡初來手種松睡少未成千里夢愁深先怯五更鐘中天日月逢真主數畝桑麻伴

老農世事古今誰料得不堪陂水照衰容

感舊

君不見資中名士有李石八月秋濤供筆力初爲博士不暖席晚補臺郎俄復斥諸公孰睨亦太息摧壓至死終不惜生前何曾一錢直沒後遺文價金璧後之視今猶視昔此事誠非一朝夕山城舊廬晴荆棘羸然諸孫守墳籍撫孤我負朋友責萬里詩成淚空滴

又

君不見蜀師渾甫字伯渾半生高臥墓頤村才不得施道則尊死已骨朽名猶存文章落筆數千言上友離騷下招魂望之眉宇何軒軒高談浩若洪河翻范尹敬如綺與園方飾羔雁登衡門小人謗傷實不根妄指拱壁求瑕痕窮通在公豈足論浮雲終散朝陽暾安得此老起九原入贊國論蘇黎元　范至能帥成都欲以遺逸起之幙客有沮之者遂不果

寒雨中偶賦

鬢毛蕭颯齒根浮徂歲翩翩肯暫留窮巷多泥誰問疾空堦滴雨又經秋自營可笑誇三窟善守寧須築百樓但使胸中機事盡一樽隨處送悠悠

又

莫年心事與誰同到處飄然一病翁斷夢淒涼燈影裏殘詩零落雨聲中莫驚顏鬢渾非昨略數朋儕已半空祠祿上還猶負媿何功班綴冠僊蓬（予官視祕書監）

壽考如富貴

壽考如富貴初亦不自知邂逅偶不死亦或至期頤予少多疾恙五十已遽衰齒搖頷鬚白蕭然蒲柳姿俛仰忽二紀臥病實半之富貴不可求壽亦豈汝私萬事付自然孰爲樂與悲惟當老益學易簣以爲期

午飯

我望天公本自廉身閑飯足敢求兼破裘負日茆簷

底一椀藜羹似蜜甜

又

民窮豐歲或無食此事昔聞今見之吾儕飯飽更念
肉不待人嘲應自知

題王仲信畫水石橫幅

王郎書逼楊風子畫亦憑陵蜀兩孫豈是天公憎絕
藝一生憔悴向衡門

治圃

槁蔓殘蕪滿幽圃多具鉏耰課僮豎非惟吾圃要翦
除亦恐爾輩成惰窳老桂盤鬱飽風霜修篁當軒弄
煙雨一松孤立信豪傑兩槐對植如賓主珍禽揀枝
春欲動蠹穴掃空吾甚武蘼蕪芽蘖已暗長甘菊根
芽亦潛吐山薑澗蒲乃微艸露葉參差看仰俯世間
安得有遺才位置要須令得所

冬日感興十韻

霧雨天昏曀陂湖地阻深藪空鵶作陣暗路棘成林

有客風埃裏頻年老病侵夢魂來二豎相法欠三壬
舊憤開孤劍新愁感斷砧唐衢惟痛哭莊舄正悲吟
瘦跨秋門馬寒生夜店衾但思全舊壁敢冀訪遺簪
樓上蒼茫眼燈前破碎心長謠傾濁酒慷慨壓層陰

冬日出遊十韻

吳會寒常薄冬深略未冰荒郊覩雉鬬大澤見魚騰
釣艇頻容借籃輿漸可乘有時穿密篠隨處倚枯藤
金石秦遺刻衣冠禹舊陵叢祠祈臘雪小市試春燈
問路鉏畬叟爭橋乞供僧疎狂違俗久衰疾與年增
干祿雖知恥懸車媿未能階官有微俸醉髮任鬅鬙

思蜀

園廬已卜錦城東乘驛歸來更得窮只道驊騮開道
路豈知魚鳥困池籠石犀祠下春波綠金雁橋邊夜
燭紅未死舊遊如可繼典衣猶擬醉郫筒

又

二十年前客錦城酒徒詩社盡豪英才名吏部傾朝

野意氣成州共死生吏部郎宇文紹奕衰自成州守宇文子震子友廢苑探梅常共醉遺祠訪柏亦俱行即今病臥寒燈裏欲話當時涕已傾

又

譚侯才氣敵文園國子監丞譚季壬德稱日日銀鞍畫戟門奇句入神聞鬼泣巨觥如海看鯨吞一官冑監能令死萬里銘旌忍更論湖上秋來頻入夢憑誰詞翰與招魂

作雪

雪雲寒不動林烏噤無聲病起衰何劇囊空醉不成中原亂方作弱虜運將平臺省多賢俊常談媿老生

又

荒村雪欲作耄叟病無聊樹暝烏鳶集茆深雉兔驕溪灘觀趁渡嶺路數歸樵即死無它憾終身負聖朝

戲詠山家食品

牛乳抨酥瀹茗芽蜂房分蜜漬棕花舊知石芥真尤

物晚得蔓蒿又一家疎索鄉鄰緣老病團欒兒女且喧譁古人不下藜羹糝斟酌龜堂已太奢

耕罷偶書

新漑東皐畝一鍾烏犍觳足事春農灞橋風雪吟雖苦杜曲桑麻興本濃老大斷非金谷友生存惟冀酒泉封莫嘲野餉蕭條甚箭茁蓴絲亦粗 一作且供

雨夜

末路蕭條客子心不堪徂歲更沉陰低簷雨滴睡眠少敗壁燈殘感慨深不辦典衣謀盡醉尚能擁鼻作微吟交朋一散如天遠試向今宵夢裏尋

菴中晨起書觸目

山重水複怯朝寒一卷窗間袖手看朱擔長瓶列雲液絳囊細字拆龍團數峯移自侏儒國一研來從黯淡灘要識放翁頑鈍處胸中七澤著猶寬 雲液揚州酒名近淮帥餉數十尊營道小山及劍硯得自張季長張仲欽適在案閒

又

暉暉初日上簾鈎漠漠清寒透衲裘雪棘竝棲雙鵲瞑金環斜絆一猿愁廉宣臥壑松楠老王子穿林水石幽幽戲事自憐除未盡此生行欲散風漚 唐希雅畫鵲易元吉畫猿廉宣仲老木王仲信水石皆菴中所挂小軸

又

賦形不使面團團聳膊心知到骨寒晏子冗非枕鼓士杜生那有切雲冠時扶還客桄榔杖日厭詩人苜蓿盤賴是平生憎阿堵今年初解侍祠官

又

初歸誓墓老鄉邦手結茆茨近小江北渚露霑行藥屐東廂日射勘書窗孤忠自信丹心折萬事空成雪鬢霜長媿宗人白崖老贈行期我鹿門龐 予自成都召還禱射洪白崖陸使君祠使君以杜詩爲讖予得全家隱鹿門之篇

三山杜門作歌

我生學步逢喪亂家在中原厭犇竄淮邊夜聞賊馬嘶跳去不待雞號旦人懷一麨艸間伏往往經旬不

炊爨嗚呼亂定百口俱得全孰爲此者寧非天
又
高宗下詔傳神器嗣皇御殿猶揮涕當時獲綴鵷鷺
行百寮拜舞皆歔欷小臣疎賤亦何取卽日趨召登
丹陛嗚呼橋山歲晚松柏寒殺身從死豈所難
又
中歲遠遊踰劍閣青衫誤入征西幙南沮水邊秋射
虎大散關頭夜聞角畫策雖工不見用悲吒那復從
軍樂嗚呼人生難料老更窮麥野桑村白髮翁
又
晚入南宮典牋奏濫陪太史牛馬走忽然名在白簡
中一櫂還家傾臘酒十年光陰如電雹綠蓑黃犢從
鄰叟嗚呼古來骯髒例倚門況我本自安丘園
又
寬恩四賦仙祠祿每忍慚顏救枵腹五秉初辭官粟
紅一瓢自酌巖泉綠天公乘除不負汝宿疾微平歲

中熟嗚呼字字細讀逍遙篇此去八十有幾年

老境

白髮短欲盡人嗤心尚孩埋盆池瀲灩累瓦塔崔嵬輭飯三春米醇醪九醖醅忽然拈筆起記著早梅開

又

今日霜殊重衰翁老可憐朝晡兩炊火覆藉一牀氊人客容稱疾兒童不攪眠雲開見殘日更愛小窗妍

記戊午十一月二十四夜夢

街南酒樓粲丹碧萬頃湖光照山色我來半醉躡危梯坐客驚顧聞飛屐長紹短帽黃絁裘從一山童持藥笈近傳老仙嘗過市此翁或是那可識逡巡相語或稽首爭獻名樽羞餘瀝我欲自言度不聽亦復軒然爲專席高談方縱驚四座不覺雞呼夢破人生自欺多類此撫枕長謠識吾過

六經示兒子

六經如日月萬世固長懸學不趨卑近人誰非聖賢

馬能龍作友蝸乃瓮爲天我老空追悔兒無棄壯年

舍北晚步

漠漠炊煙村遠近鼕鼕儺鼓埭西東三义古路殘蕪裏一曲清江淡靄中外物已忘如棄屣老身無伴等羈鴻天寒寂寞籬門晚又見浮生一歲窮

對酒

老子不堪塵世勞且當痛飲讀離騷此身幸已免虎口有手但能持蟹螯牛角挂書何足問虎頭食肉亦非豪天寒欲與人同醉安得長江化濁醪

夜坐求酒已盡喟然有賦

澹月微霜夜漏徂披裘不睡附寒爐清笳嫋嫋已三弄殘火熒熒纔一銖報國無期心欲折讀書自力眼將枯麴生作態年來甚不受閑人折簡呼

食粥 張文潛有食粥說謂食粥可以延年予竊愛之

世人箇箇學長年不悟長年在目前我得宛丘平易法只將食粥致神仙

寒夜

堅冰塞川厚莫測斷雁叫羣聲可哀艸圍小甕酒未熟霜壓瘦枝梅不開稚子忍寒守蠹簡老夫忘睡畫爐灰低頭就世吾所諱千載伯鸞安在哉

梅花

五十年間萬事非放翁依舊掩柴扉相從不厭閑風月只有梅花與釣磯

又

山村梅開處處香醉插烏巾舞道傍飲酒得仙陶令達愛花欲死杜陵狂

又

一花兩花春信回南枝北枝風日催爛熳却愁零落近丁寧且莫十分開

又

廣寒宮中第一仙情深不礙韻超然勸君莫作兒女態但向花前傾玉船

又

稊歸江頭煙雨昏客舟夜繫梅花村相逢萬里各羈
旅不待猿啼已斷魂

又

青羊宮前錦江路曾爲梅花醉十年豈知今日尋香
處却是山陰雪夜船

三山卜居今三十有三年矣屋陋甚而地有餘
數世之後當自成一村今日病少間作詩以示

後人

印累累綬若若換君朱顏君不覺冠如箕劍拄頤蒼
頭廬兒笑君癡不如短褐歸鄉舍上畢租庸下婚嫁
橫陂引水蒔禾黍高陸犂荒種桑柘比鄰畢出觀夜
場老稚相呼作春社雞爭春米茅簷底犬吠行人槿
籬罅數椽幸可傳子孫此地它年名陸村藜羹一飽
能世守殊勝養牛弁上尊

又

再見封侯未爲快一擲成盧安用再世間得意固多矣甚笑窮人事常敗我生出仕四十年寸進恰如船上瀨卽今臥病茅簷裏回首窮通竟何在荊山之下玉抵鵲兩京春薺論斤賣蘇秦煌煌佩六印尼父栖栖厄陳蔡玄傑美官輒見思東野出門常有礙躬耕至老豈不佳子孫當以吾爲戒

南園觀梅

小嶺清陂寂寞中綠樽歲晚與君同高標賴有詩人識絕豔真窮造物工正喜參差橫夜月又驚零落付春風老諳世事寧多歎身自人間一轉蓬

歲盡苦寒

曉寒無賴透重裘三日江雲暝不收歲月推移吾輩老交朋零落此生浮東皋苦潦猶中熟舊疾雖存亦小瘳禹廟蘭亭俱在眼剩沽春酒破春愁

己未新歲

餞歲愁雖劇迎年喜亦深桃符帶艸寫椒酒過花斟

車馬久無迹兒孫聊慰心更欣春意早處處有鳴禽

歲首書事

東風入律寒猶劇多稼占祥雪欲成雲陰作雪彌旬至開歲雪意愈濃明日戊初立春猶可爲臘雪也鬱壘自書誇腕力屠蘇不至歎人情今歲無餽屠蘇者呼盧院落譁新歲鄉俗歲夕聚博謂之試年庚賣困兒童起五更立春未明相呼賣春困亦舊俗也白髮滿頭能且健剩隨鄰曲樂昇平

又

扶持又度改年時耄齒侵尋敢自期中夕祭餘分餺飥鄉俗以夜分畢祭享長幼共飯其餘又歲日必用湯餅謂之冬餛飩年餺飥黎明人起換鍾馗春盤未抹青絲菜今年正月二日立春壽斝先酬白髮兒聞道城中燈絕好出門無日歎吾衰客來多言府中今歲上元燈甚盛

初春

元日人日來聯翩轉頭又見試燈天且欣一雪壓災瘴不怕連陰咽管絃陌上漸多酤酒舍岸邊初理下

湖船紫姑擬卜元無事只問今春幾醉眠

菴中獨居感懷

身愈龍鍾髮愈稀流年冉冉迫殘暉讀書十紙勤雖在上樹千囘事已非仗馬曾鳴宜取斥牧羝雖乳亦忘歸餘生自笑知何似萬里遼天老令威

又

自閉菴門不點燈惰耕村叟罷參僧一生已是膠黏日投老安能夏造冰頑面敢辭乾汝唾蔬餐聊得曲吾肱高春睡熟無多笑那有禪師解放鷹

又

無錢溪女亦留魚有雨東家每借驢藜粥數匙晨壓藥松肪一椀夜觀書黃紬被暖閑無厭白布衫長樂有餘南陌東阡春事動放翁作計未全疎

戲作貧詩

垂老貧彌甚虛敎遇太平竈閑無馬穴釜冷有魚生妾病常停織兒飢屢輟耕癡頑惟此老未廢浩歌聲

又

左券頻稱貸西成少蓋藏苦飢炊稻種緣病賣桑黃土焙憐煙煖藜羹愛糝香君看首陽叟窮死亦何傷

春日園中作

杏花開過尚輕寒盡日無人獨倚闌久別名山憑夢到每思舊友取書看塵埃幸已賒腰折富貴深知欠面團老去逢春都有幾一杯行復送春殘

中春連日得雨雷亦應候

誰言白首意低摧老子逢春亦樂哉犂畔方吹社公雨壠頭又轉阿香雷睡餘支枕聽鶯語醉裏題窗記燕來更有山家堪喜事吾孫上樹欲千回 德孫幼病足今已行步健甚

雨後微陰光景益奇復得長句

結轍軒車已掃空揮犀談笑與誰同日消淺醉閑吟裏春在輕陰薄靄中百尺遊絲喜風定一雙新燕說泥融天工只費須臾力開遍東闌半丈紅

春日小園雜賦

久矣雲霄鎩羽翰小園聊得賦春寒 魯望有春寒賦 風生鴨綠紋如織露染猩紅色未乾不向山丘歎零落且從兒女話團欒人言麥信春來好湯餅今年慮已寬

又

市塵不到放翁家繞麥穿桑野徑斜夜雨長深三尺水曉寒留得一分花閑從鄰舍分春瓮閑就僧窗試露芽自此年光應更好日驅秧馬聽繅車

簡鄰里

今年意味報君知屬疾雖頻未苦衰獨坐空齋如自訟 三舍法行時嘗上書言事者屏置一齋曰自訟 小鐫殘俸類分司 樂天詩猶彼妻孥教漸退莫求致仕且分司 閑撐野艇漁蓑溼亂插山花醉帽欹有興行歌便終日逢人那識我爲誰

客叩門多不能接往往獨坐至晚戲作

貧舍久疎羅酒撥客來不復倒衣裳官情已盡詩情
在世味無餘睡味長紅練帶飛穿柳去錦熏籠暖撲
簾香蕭然自笑渾無事漁唱聲中又夕陽

園中偶題

綠衣粲粲味微丹映葉穿枝立畫欄莫戀主人驚不
去五陵年少有金丸

又

春深無處不春風數樹桃花乃爾紅鶯蝶紛紛自常
事不應也著白頭翁 禽名

又

憶向彭州取牡丹蠟封馳騎露初乾如今歷盡人間
事縱有姚黃亦懶看

又

九日春陰一日晴不堪風駕浪花生畫船欲解還歸
臥寂寂窗扉聽鳥聲

北窗偶題

雨叢香百合一架粉長春堪笑龜堂老歡然不記貧

又

曉晴林鵲喜晝暖蜜蜂喧我老詩情盡逢春亦一言

又

簾外燕翩翩歸時在社前不辭飛渡海來看賽豐年

又

煙波雨鸂鶒肯爲放翁來菰米猶能給蒼顏得屢開

沈園

城上斜陽畫角哀沈園非復舊池臺傷心橋下春波綠曾是驚鴻照影來

又

夢斷香消四十年沈園柳老不吹綿此身行作稽山土猶弔遺蹤一泫然

劍南詩稿卷第三十八終

西元二〇二二年一月一日重製一版

陸放翁全集 冊二（宋陸游撰）

平裝六冊基本定價伍仟元正
（郵運匯費另加）

發行人：張敏君
發行處：中華書局
臺北市內湖區舊宗路二段一八一巷八號五樓（5FL., No. 8, Lane 181, JIOU-TZUNG Rd., Sec 2, NEI HU, TAIPEI, 11494, TAIWAN）
客服電話：886-8797-8396
公司傳真：886-8797-8909
匯款帳戶：華南商業銀行西湖分行
179100026931
印刷：維中科技有限公司
海瑞印刷品有限公司

No. N3076-2

國家圖書館出版品預行編目(CIP)資料

陸放翁全集/(宋)陸游撰. -- 重製一版. -- 臺北市 : 中華
書局, 2022.01
冊 ; 公分
ISBN 978-986-5512-68-2(全套 : 平裝)

845.23 110021462